富貴不求人

2

風文創 823

塵霜 著

風文創 823

目錄

第十一章 005
第十二章 035
第十三章 069
第十四章 103
第十五章 135
第十六章 165
第十七章 197
第十八章 227
第十九章 265
第二十章 295

第十一章

蟬鬼兒在枝頭不要命地喧鬧著，灼灼烈日炙烤著大地，轉眼已經入了五月。過了端陽節後，日子一日熱過一日，蘇家人搬來五里橋已兩月。

兩個月時間，蘇家人已經從一開始的個個面黃肌瘦養得胖了三圈不止。小孩子的營養跟上了，加上幼金每日都堅持帶著幾個孩子鍛鍊，個頭也長了不少，如今幾個孩子的衣袖都短了些，雖瞧著仍比同齡人瘦弱了點，不過也比以前好了許多。

四月裡藥的那幾回魚讓蘇家掙了十幾兩銀子，加上這些日子蘇氏的身子日漸好轉，也能做些便宜的吃食給帶到城裡賣，每日還能賣賣菜，偶爾賣賣魚。

許是五里橋水土養人，蘇氏吃了一個多月的藥養身子以後，身子有了很大起色，不像之前稍微勞作一下就大喘氣，連身子骨比較弱的幼寶與幼綢也都沒病沒痛地過了兩個月，一家人在這兒過得倒是滋潤不少。

端著一碗冰涼涼的酸梅湯，姊妹幾個咕嚕咕嚕地就喝完了。就連最小的幼綢也喝了小半碗，然後滿足地嘆了口氣。「唉呀！太好喝了！」

蘇氏熬的桂花酸梅湯也是有秘製方子的，雖原料比不上宮廷御供，梅子跟甘草都是幼金從山上採回來曬乾存起來的，桂花也只是買去歲別人存下來的舊桂花，但簡單的材料熬出來的酸梅湯卻是最好喝不過。

蘇家院裡的幾個小娃娃喝得盡興，洛河州裡頭，酸梅湯賣得也十分好。自天氣熱起來以後，幼金姊妹便開始賣酸梅湯。

從那回被那個趕車的大叔口無遮攔地問過一次後，幼金便換了另一個年紀大些的老漢的牛車坐，那老漢也不多話，每日只來拉人到集上去，兩人合作得倒是很愉快。

如今幼金姊妹三人每日都要拉兩大桶酸梅湯到洛河州去賣，因著不是賣菜、賣肉，幼金便沒有進西市集裡頭賣，只在東西市交界邊上每日花五文錢租了個流動攤位賣酸梅湯。

蘇家的酸梅湯口感好，加上每日都是夜間熬出來後在井裡吊了一夜，浸得涼絲絲又酸甜可口的，自然也招攬了一批回頭客。

「幼金啊，快給我來一碗酸梅湯！這鬼天兒真是熱煞人！」一個三十出頭的圓臉婦人挎著裝滿了肉菜的籃子，笑著過來要了碗酸梅湯。「我喝了這麼些酸梅湯，還是妳家的最好喝！」

幼金笑吟吟地將酸梅湯盛入大大的粗瓷碗，裝滿了一碗。「劉嫂子您慢些喝。」然後接過那婦人遞過來的兩文錢。蘇家的酸梅湯一碗賣兩文，來喝的大都是城裡的百姓。

那婦人從熙熙攘攘的西市出來，擠出了一身汗，一碗酸梅湯下肚，才算通體舒暢。她笑呵呵地擦乾嘴角說道：「今兒個妳娘咋沒做豌豆黃了？我家那丫頭上回吃了些，吃出味兒來了，今日還纏著我要買些回去呢！」

「昨日做得少，已經賣完了，要不明日我給您留些？」幼金笑著解釋了一番。蘇家的酸梅湯做得好，糕點做得也綿軟可口，加上價格比點心鋪子賣的便宜許多，每日都賣得極快。

「成，那妳明日給我留兩份啊！」見又有客人來買酸梅湯，那婦人便笑著跟幼金告別。

幼金這頭送走相熟的客人，那邊幼珠已經俐落地舀好了酸梅湯給下一個客人，幼銀則負責收銀子，姊妹倆倒是配合得十分好。

蘇家的酸梅湯每日都能賣完，刨除坐牛車的錢、攤位租金還有酸梅湯的成本，每日能進帳八、九十文。

但蘇家日子過得火熱，倒引來不少眼紅的，比如現在。攤子前來了三個一看就不是什麼好人的後生，喝完酸梅湯卻不肯掏銀子。

「三碗六文錢，謝謝！」

見幼珠管他們要銀子，他們便直接將碗給砸到地上，「哐啷」一聲，吸引了附近不少人的目光。

「呸，什麼玩意兒也敢管小爺我要錢？」打頭一個滿臉麻子的首先發難。「小爺我還沒說妳這東西喝壞小爺的肚子，管妳要錢呢！」

「你！」幼珠性子烈，立時就想往前衝，卻被幼金攔住了。

幼金給了幼珠一個眼神示意她安靜，自己轉頭看向那幾個搗亂的。「幾位公子，自古買賣銀貨兩訖，我既沒有強迫幾位買我家的酸梅湯，自然算不得強買強賣，還請幾個公子體諒我們小本經營。」

「哦？強迫小爺？妳倒是來啊！」另一個男子一臉淫笑地看著出落了不少的幼金。「或者妳來體諒體諒小爺，小爺自然也能體諒妳們不是？」

幼金的唇角露出一絲冷笑，這是上門挑事的啊！心裡默默衡量著自己一挑三個成年男子，打贏的機率是多少？

那三人見她不說話，便以為她是怕了，相視一笑，轉頭輕佻地看向幼金。「怎麼樣啊小丫頭？要麼就陪我們哥兒幾個玩玩，要麼就把妳們酸梅湯的方子交出來，小爺我就放妳一馬如何？」

敢情還是衝著自家酸梅湯的方子來的啊！原來是自家生意太好，才招了這群不安好心的人的注意啊！幼金微微嘆了口氣。「三位大哥，一會兒巡街的捕快就來了，你們確定這樣欺負良民真的沒問題嗎？」

「小姑娘還知道捕快要來巡街呢！那妳知道不知道我是誰啊？」那人露出一個噁心的笑容。「小姑娘，妳若是不拿出點什麼來，今兒個這事可沒這麼容易了的！」

正當幼金眼中漸漸浮現殺意時，一個囂張跋扈的少年聲音響了起來——

「哪來的野狗在這兒亂吠？真是窮鄉僻壤，什麼野狗都能進城！」

原來是一個騎著一匹漂亮的白馬，長得跟白玉似的少年臭著一張臉，不耐地說道。

「你這臭小子罵誰是野狗！」

果然，欠揍的人一來就立即轉移了三個地痞的注意力。

三人轉身指著那穿著一看就很有錢的半大少年怒罵道：「小子，今天不給你點顏色瞧瞧，你就不知道什麼叫天高地厚！」

「哦？我長這麼大還是第一回有野狗敢衝到我面前亂吠的呢！」少年漂亮的臉蛋上露出一絲譏諷的笑。「還真是不知天高地厚——」少年的話還沒說完，就已經被三個地痞團團圍住。

「小子，你若是從小爺我的褲襠下鑽過去，今兒這事就算完了，不然……呵呵！」

幼金沒想到這少年只是個會打嘴炮的。大哥，你要叫囂也把小弟帶出門啊！

事態急轉直下，肖臨風沒想到那三個不入流的癟三居然真敢來威脅自己，白玉般的臉上浮現出一絲難堪的紅。「你們敢攔小爺的馬！知不知道小爺是誰？」

看著三個已經準備上手的癟三，幼金深深地嘆了口氣，蹲下身子小聲地跟兩個妹妹說道：「幼銀，妳快些帶著幼珠從後邊走，然後直接回家去。」

「大姊？」幼銀和幼珠都有些慌。大姊這是什麼意思？讓她們兩個走，那她自己呢？

幼金搖了搖頭安撫道：「沒事的，妳們先走。再說了，大姊還隨身帶著刀呢！」從腰間取出防身用的三寸長的匕首晃了晃。「放心，我有武器，他們空手，大姊不會輸的。」

直到姊妹倆的身影消失在自己的視線範圍內，幼金才回頭看向那個已經被團團圍住的貴公子，若不是他還騎在馬上，怕是早就被痛扁一頓了吧？

一個箭步衝上前去，趁其中一人不注意，反手一個過肩摔；在另外兩人還未有反應時便俐落地一記左勾拳揮向其中一人的肚子，幼金用了十成力氣，那人應聲痛呼；最後趁著明顯是三人小團伙中的老大衝過來的時候虛晃一招，匕首便架在了他的脖子上。

在場所有人都沒想到，三個成年男子竟片刻就被一個十一、二歲的小姑娘放倒了！連馬背上的肖臨風也是儀態極其不雅地張大了嘴。這小丫頭這麼強悍的嗎？

「小丫頭……不、不，女俠饒命啊！」那個被幼金拿著匕首架在脖子上、滿臉麻子的癟三感受到那道鋒利的存在，不由得嚇抖了腿。「女俠、女俠，我們錯了！我們有眼不識泰山，您老大人、大人有大量，放我們一馬吧！」

另外兩人一個被過肩摔得渾身發痛，一個被一拳打得肚子疼到扭曲，三人誰都沒想到這小丫頭還是個硬茬，看著鋒利的匕首橫亙在老大脖子上，便立時都慫了。

肖臨風見事態一變再變，如今明顯是這個小丫頭片子掌握上風，便囂張地下了馬，直接一腳踹過去那個還躺在地上裝死的。「嚎啊！方才不是嚎得挺厲害的嗎？一條野狗也敢在小爺面前亂吠？不知死活！」

幼金露出一絲無奈的笑。「多謝公子為我們解圍。」

周圍看熱鬧的人群默默腹誹：蘇家姑娘妳太謙虛了吧？明明是妳救了這個傻瓜富家公子好吧？

可肖臨風卻理直氣壯地點點頭收下幼金的感謝。「不過舉手之勞，妳快去給我盛碗酸梅湯來。」原來肖臨風是那日嚐過身邊的小書僮買回來的酸梅湯，今日一時發饞，又在別院待著無聊，才偷偷騎馬出來，哪裡想到會撞見這一幕？

喝過了酸梅湯，定了明日叫她送一桶酸梅湯到肖家別院來，又打包了兩碗，他才心滿意足地回去。

肖臨風痛痛快快地喝過酸梅湯以後，晚上用膳胃口都好了不少，飯都比前兩日多吃了半碗，倒是讓肖家長子肖臨瑜覺得有些神奇。

肖臨瑜挾了一筷子八寶鴨給幼弟。「怎地，這回想通了？肯回去了？」這幼弟最是調皮的時候，時不時要跑出去玩，叫他回京不樂意，前些日子還要跟自己絕食抗議來著。

肖臨風沒好氣地瞪了眼自己的大哥。「老祖宗又不在這兒，大哥你就睜隻眼、閉隻眼不行嗎？」要不是大哥下令了，自己怎麼可能會偷溜不了？

臨風最受老祖宗的疼愛，本來說是過兩日就要送他回京的，不過聽說了今日之事，肖臨瑜倒覺得留在洛河州或許比回京更好些，便打發了京裡來的人。

過了一會兒，松言端著兩碗在冰窖放了好半天的酸梅湯過來。「大少爺、小少爺。」

瞧著小巧精緻的白玉碗裡裝著的不明液體，肖臨瑜明顯聞到一股酸酸的味道。「酸梅湯？」

看著大哥臉上淡淡的嫌棄，肖臨風心裡頓時就有點不高興了，他可是想了好一會兒才肯勻一碗給大哥的，他居然還這麼嫌棄！於是便氣道：「大哥你不要就還給我！」

肖臨瑜年長肖臨風近六歲，加上是家中長子，背負的擔子重，從小就接受最嚴苛的教育，性子老成。不過肖臨瑜十分疼愛這個幼弟，見他一臉不高興，便端起那碗自己有些嫌棄的酸梅湯，飲了一口。

「怎麼樣？好喝吧？」肖臨風看到大哥滿意地點點頭，才插著腰，驕傲地仰著頭說：「這可是我好不容易才買回來的！」

肖臨瑜臉上掛著淡淡的笑。「還不錯。」

肖臨風知道自己長兄吃過的好東西多，能進他嘴裡的食物本就不多，還能得到他這般評價的食物就更少了，因此更是驕傲地挺直了腰，一副「都是我的功勞」的模樣跟他邀功。

肖臨瑜自然知道弟弟出門是為了什麼，他也很好奇自小吃慣了山珍海味的弟弟竟然能為著一碗酸梅湯偷溜出門，此時一嚐，果然是不錯。

兄弟倆有一搭、沒一搭地說著話，肖臨瑜還答應他過兩日帶他出城一趟，肖臨風這兩日的不豫才都消散了。

第二日一早，蘇家姊妹又進城賣酸梅湯了。先是將今日要賣的兩桶放到平日裡支起來的流動攤子上，幼金又交代了姊妹倆兩句後，自己才坐著牛大爺的牛車往東市榆錢巷子去送昨日約定的一桶酸梅湯。

肖府別院中，前院後廚有條不紊地忙著，肖家的大少爺每日辰時三刻要出門，負責膳食的後廚自然要忙著準備精緻可口的早膳給自家主子。

幼金送酸梅湯到肖家門外時，用完早膳的肖臨瑜已經坐上馬車準備出發了，聽到大門口的動靜，便叫停了馬車。「外頭何事？」

坐在馬車外的書僮回道：「回大少爺，是送酸梅湯來的一個小丫頭。」

想必是昨日救了幼弟的人。肖臨瑜打起馬車的車窗簾子朝大門口瞧了眼，只見到一個身穿竹青色上衣下裙、不過十一、二歲模樣的小丫頭，竟制伏了三個成年男子，救了臨風，莫名對這小丫頭生出一絲激賞之意，遂招手叫來守門的一個小廝。「去帳房支五十兩銀子來給她。」就當是多謝她救了自己那個不知天高地厚的弟弟一次的報酬。

在肖家門口等著的幼金，一下子領了五十兩白銀，不由得都驚訝得張大了嘴。怎麼，現在有錢人都這麼會玩？一桶酸梅湯頂多就七、八十文，他怎麼給自己五十兩？雖然幼金也很想收下，不過良心著實過意不去。「小哥，我們家酸梅湯還不到這個價錢……」

那小廝微微笑道：「小丫頭妳運氣好，這是我們家大少爺親自發話的，妳收下便是。」

雖然幼金很想問他們家大少爺是不是不識數？不過她還是很識時務地將這話給嚥了回去，道了聲謝後，領了銀子便從肖家出來。她還要趕著回攤子上接著賣剩下的酸梅湯呢！

至於屋裡頭睡到日上三竿才起來的肖臨風洗漱完，然後美美地喝上一小碗冰鎮酸梅湯，再配上幼金今日一起送來的豌豆黃與芝麻酥後，才滿足地嘆了口氣，真是愜意得不得了。

「沒想到這小破地方還是有些能吃的東西的！」一口接一口，不一會兒，一小碟豌豆黃就都吃完了，肖臨風才意猶未盡地咂吧咂吧嘴，然後指使松言明日再去買些點心回來。

賣完今日帶出來的酸梅湯後，幼金姊妹很快將空桶還有空碗一一收拾好。

幼珠瞥見不遠處那兩個熟悉的身影，便拍了拍幼金。「大姊妳看，那兩個小乞兒又來了。」

原來是上回幼金買肉包子時，遇見了兩個偷肉包子被店家逮住後打倒在地卻一句話也不說的小乞兒，後來還是幼銀心有不忍，求著幼金出錢救了兩人。

打那以後，那兩個小乞兒便每日都到自家攤子不遠處守著，既不過來，也不說話，就只遠遠地看著。

幼銀看著一個約莫十二、三歲、一個約莫四、五歲，早已看不清本來面目、渾身髒兮兮的小乞兒，不由得同情心繼續氾濫。「大姊，要不咱們幫幫他們吧？」

幼金嘆了口氣，說道：「幼銀，咱們自己的日子原就沒多好過，咱們家一家十口要吃飯，妳覺得咱們還有閒錢來做善事嗎？」

「可是他們真的很可憐啊！」幼銀也知道自己家的狀況並沒有多好，可她見到那兩個相依為命的小乞兒，就會想到自己跟幾個姊妹在月家過著的苦日子，便總有些不忍心。

「大姊，要不咱們就幫幫他們吧！」連一旁的幼珠都忍不住幫著說了兩句。「我瞧著他們就想到咱們還在翠峰村的時候，若不是大姊護著我們，我們哪裡還會有今日的光景？那大乞兒自己一個人總比帶著個累贅好，可他卻沒有丟下小的不管，就像大姊沒有丟下我們一樣呀！」

看著已經站到統一戰線的姊妹倆，幼金不由得嘆了口氣，她是該覺得驕傲還是無奈？驕傲的是兩個妹妹都已知道怎麼用言語攻陷他人了，無奈的是被攻陷的這個人是她自己！

在姊妹倆哀求的眼神中，幼金認輸地嘆了口氣。「好，我認輸了。」從懷裡掏出十文錢。「給妳。」

「大姊妳真好！」姊妹倆歡呼地接過幼金遞過來的銅板，然後笑著往那兩個小乞兒的方向走去，走到他們跟前才停下來。「給你們，拿著去買點吃的吧！」

看到她們走過來，還捧著好些個銅板遞到自己面前，兩個小乞兒都愣了一下，然後那個大的搖搖頭，拖著小的轉身就跑了。

幼銀姊妹倆誰都沒想到會是這樣的結局，不由得愣住了，姊妹倆面面相覷，她們很嚇人嗎？

不遠處的幼金也瞧見兩個小乞兒落荒而逃的模樣，臉上的笑斂了三分。給錢都不要的乞兒，要麼是傻，要麼是別有所圖。安慰了幾句兩個垂頭喪氣回來的妹妹以後，姊妹仨才一起往家去。

而姊妹仨卻誰都沒注意到，姊妹仨後頭遠遠的，那兩個跑了的小乞兒又返回了原處，看著她們離去的身影。

「哥，我餓！」小的那個哭喪著臉，一手被哥哥緊緊地牽著，另一隻手則揉了揉今日一日都還沒吃過東西的肚子。

大點的乞兒這才回過神來，應道：「爾華餓了嗎？哥哥這就給你找吃的去。」然後才牽著弟弟，一步三回頭地看向蘇家姊妹身影消失的地方，往相反的路走了。

肖家別院，肖臨風今日一日都沒怎麼吃過東西，把後廚的廚子急得團團轉，這小少爺要是出了什麼么蛾子，都不用京城的老祖宗叫人來，大少爺直接都能扒了他們的皮啊！

在外忙碌了一日的肖臨瑜回到家中，坐在飯廳用香湯洗淨雙手後，接過一旁侍女遞過來的帕子，卻絲毫沒接收到侍女連著帕子一起抛過來的媚眼。看著一旁坐沒坐姿的幼弟，他聲音中隱隱含著一絲不悅地問：「怎地，我聽下人說你今日都未吃過東西，小少爺這是要修仙不成？」

百無聊賴的肖臨風癱坐在榻上，撇了撇嘴道：「這廚子的手藝著實不怎麼樣，我都吃膩了！」

「真要高床軟枕又吃得好，不如明日我安排人送你回京？」肖臨瑜放下手中的汝窯青瓷杯，淡淡抬眼看了眼幼弟。

肖臨風雖然囂張，但是有個優點就是會看人眼色，見大哥明顯不悅了，便立即坐直了身子，連連搖頭。「不用不用，我就隨便說說！大哥在外奔波一日想必是累了，還不快些傳膳！」

外頭的下人手腳也快，不過片刻，六菜一湯便擺滿了圓桌。

在自家長兄面前，肖臨風自然不敢不吃，乖乖端著白玉瓷碗有一口、沒一口地吃著，上好的碧玉粳米飯也彷彿是難以下嚥的糟糠一般。

「你今日不是叫人送了一桶酸梅湯進府，怎地喝了這麼些還苦夏呢？」肖家自己家人吃飯的時候素來沒有食不言、寢不語的規矩，見幼弟這般鬱鬱寡歡的模樣，肖臨瑜便以為他還苦夏。肖臨風苦夏是肖家上下都知道的，這回肖臨瑜北上洛河州，肖臨風便是嚷嚷著要來洛河州消暑，老祖宗心疼他苦夏，才讓他跟著自己回了洛河州。

肖臨風心虛地垂下了頭，不敢告訴兄長，自己是今日點心吃多了才不想吃飯的。想起昨日兄長也覺得酸梅湯不錯，便趕緊又叫松言上一碗給兄長。「大哥在外奔波勞累，多喝些消消乏！」

肖臨風見兄長今兒個也是喝了小半碗，突發奇想道：「大哥，你說咱們家酒樓要是也有這方子，是不是也能掙不少銀子？」肖家家業大，自然也是有涉獵酒樓餐飲的，洛河州的雲味軒便是肖家的產業之一。

肖臨瑜哪裡不知道幼弟的心思，買下方子賺錢不過是藉口罷了。「買方子掙錢是假，你是怕回了京城喝不到這酸梅湯了才是真吧？」

被戳穿心思的肖臨風嘿嘿笑了幾聲。「大哥！你想想，那小丫頭連個門面都沒有，就在街上沿街叫賣，一日都能賣出幾大桶，那若是放到咱們家酒樓裡賣，豈不是能翻個數十倍甚至數百倍不止？」

肖臨瑜端起還剩半碗的酸梅湯又喝了一小口，確實，這湯雖然利薄，但耐不住薄利多銷。肖家在全大豐的酒樓也有十數家，大豐夏季炎熱，若是每個酒樓都多一個秘製方子，生意自然是不愁的。不過那方子想必也是人家小丫頭一家賴以生存的寶貝，肯不肯賣還是一回事呢！

三日後，車水馬龍的集市上，蘇家姊妹賣完今日的酸梅湯，正在收拾東西準備回家時，兩個穿著上好料子、家丁打扮的男子來到攤子前頭。

幼金以為是來買酸梅湯的，笑道：「實在不好意思，兩位小哥，今兒都賣完了，明兒再來吧！」

其中一個長了張娃娃臉的小夥計笑得很親切。「小姑娘，我們不是來買酸梅湯的，是我家主子想請姑娘到雲味軒有事相商。」

幼金有些疑惑，皺著眉問：「你家主子？」她應該沒得罪什麼有錢人家吧？這兩個家丁都穿得比自己好不知道多少，連下人都這麼有錢，那主子得多有錢？「找我有什麼事？」

見她一臉防備的模樣，那家丁就笑道：「小姑娘，我家主子說是有一筆生意要與妳談，我家主子姓肖。」

他一說姓肖，幼金便想到那個人傻錢多……不，財大氣粗的肖家。肖家要與自己談生意？雖然幼金有些將信將疑，還是決定去一探究竟，轉身交代兩個妹妹。「妳們去南城門那邊找牛大爺先送妳們回去，我一會兒再自己回去。」雖然說是談生意，不過也不知道是真是假，還是讓兩個妹妹先回去再說。

「嗯！大姊放心！」幼銀、幼珠心裡不疑有他，畢竟大姊不是第一回給人送酸梅湯，加上眼前的兩個小哥看著也不像壞人，姊妹倆便提著空桶乖乖走了。

幼金看著兩個孩子都走了，才笑著跟那兩人說：「實在不好意思，咱們走吧。」

那小家丁笑了笑，也不說什麼，在前頭帶路，不一會兒便到了雲味軒門口。

此時，肖家兄弟正在二樓的雅間裡頭等著。

今日肖臨風知道哥哥要到雲味軒來，便也吵著跟了出來，別院那兩個廚子的手藝他是真吃膩了，所以死纏爛打，還賭咒發誓不給哥哥添亂，肖臨瑜才勉強同意帶他來。

進了雲味軒，黃三爺倒是親自站在樓梯口守著，見幼金來了，「唉呀」的一聲拍了拍手。

「原來是蘇家丫頭妳啊！」方才自家主子一來就說有人要來談事情，黃三爺還戰戰兢兢地守著樓梯口，生怕怠慢了主子的貴客呢，哪承想肖家兩個家丁帶過來的竟然是老熟人蘇家丫頭！

幼金笑吟吟地拱手向黃三爺行禮。「三爺，幾日不見，越發紅光滿面了！」

「我聽說妳這丫頭在街市口賣酸梅湯的名聲了，怎地過來也沒給我帶一碗？」黃三爺在洛河州這麼些年，自然有自己的人脈關係，對於好吃的、好喝的，他也是耳聰目明得很。

黃三爺將人往二樓雅間引。

幼金面上笑著不言，心裡猜測這肖家是什麼來頭？連黃三爺都出動了，可見不是一般人家。

走到雅間門口，黃三爺才斂起笑容，恭恭敬敬地敲了三聲緊閉的門板。「大少爺，蘇家丫頭到了。」

「進來吧。」一個乾淨好聽的聲音從雅間內傳出。

黃三爺這才微微推開右側的門。「蘇家丫頭，進去吧。」

幼金微微點頭道了聲謝，邁過門檻進去以後，黃三爺便從外頭關上了雅間門。

「蘇姑娘，請坐。」繞過門口的沉香木屏風，才見到今兒約自己前來的正主，原來是個年約十八、九歲、身穿繡雲紋的竹青色長衫、一雙星眸含著溫和笑意的翩翩君子。

幼金還是第一回見到長得這般好看的男子，不由得多看了兩眼，一旁穿著騷包朱紅色衣裳的肖臨風就有些不高興了。

「小丫頭，妳別光看我兄長呀！」

被當場戳穿的幼金面露緋色，不好意思地笑了下，瞪了一眼那日騎著白馬的騷氣少年。其實她一進來就看到肖臨風了，奈何美色惑人，他個沒長大的蘿蔔菜有啥好看的？

肖臨瑜彷彿沒看到兩個人的擠眉弄眼一般，笑著為幼金斟了一杯茶。「蘇姑娘，請坐。」

幼金並沒學會行禮規矩，便拱手道：「多謝公子。」然後規規矩矩地坐下。「不知公子喚我前來，所為何事？」

看著眼前不卑不亢的小丫頭，肖臨瑜莫名對她生出激賞之意，加上救了臨風一事，對她更有好感。「上回臨風惹禍，多得姑娘出手相助，肖某在此謝過姑娘。」

「明明是我救了她好吧？」一旁的肖臨風被「扭曲事實」的大哥氣得哇哇直叫。

肖臨瑜抬眼看了看弟弟，笑道：「你連一點拳腳功夫都不會，怎麼救人？」又轉頭對幼金抱歉地說道：「抱歉，蘇姑娘，幼弟年少無知，多有得罪。」

「無妨，那日本也是他先出手相助。」雖然沒有他添亂，自己一樣能解決三個地痞，不過幼金也知道這話可不能說出來傷了熊孩子的心。

兩人寒暄了幾句以後，肖臨瑜才進入正題。「今日請姑娘前來，是有一筆生意想跟姑娘談談。你們酸梅湯的方子，不知可否割愛？」

原來是買方子的啊！幼金微微挑眉，心中盤旋不過片刻，便笑道：「割愛自然不難，不知肖公子能有多大誠意？」

看著她一副財迷的模樣，肖臨瑜不禁微微發笑，這小丫頭還真有些不同，膽子夠大，也夠貪。他反問：「蘇姑娘覺得多少合適，不妨直說？」

一大一小兩隻狐狸在這兒你來我往，誰都不著急，倒是一旁看熱鬧的肖臨風急得不行。

「小丫頭，妳就看在我救過妳的分上，把方子賣給我們吧！我大哥不會虧待妳的！」然後朝肖臨瑜使了個眼色。「大哥，你說是吧？」

肖臨瑜尷尬地咳了兩聲，這弟弟還真是會坑害自己啊！哪有自家買東西還幫著賣家抬價的？不過面上還是溫和地笑道：「蘇姑娘不妨開個價？」

幼金想了想，然後緩緩舉起右手，五指張開。「這個數，公子以為如何？」幼金承認自己是獅子大開口了，不過他們既然敢來買方子，想必也早已有心理準備吧？

雖然有敲詐的嫌疑，不過也在肖臨瑜能接受的範圍內。來之前他便算過，只要這方子拿到手，都不用過完這個夏天，不僅買方子的本錢回來了，至少還能翻幾番。所以略微思忖後，便點頭同意了。「可以。」

不壓價的嗎？幼金微微愣了一下，早知道這樣，她就再多喊一些了！錯過了宰肥羊的機會，心中正扼腕的幼金突然又想到自家還要靠這個方子賺錢，便趕忙說道：「肖公子，我有一個要求。」

「蘇姑娘但說無妨。」手裡輕搖著摺扇的肖臨瑜淺笑著看她，一副溫潤如玉的模樣讓幼金真的有些心生罪惡感，不過為了自己家的日子，吃大戶就吃一回吧！「方子賣給你可以，只是我們家還要做完今年夏天，如何？」

這點小要求，肖臨瑜自然不會拒絕。自家生意是朝達官貴人做的，蘇家那邊的客人主要都是一般百姓，兩不影響，倒也無妨。

既然雙方都沒意見，肖臨瑜便執起紙筆重新寫了一份協議，新添了幼金方才提的要求。見她兩眼冒光的模樣，估摸著是識字的，寫完便將協議遞給幼金。「蘇姑娘瞧瞧，沒什麼問題的話，這事就這麼定了如何？」

幼金接過去看了看，賣方子的協議文書自己還是看得懂的，大略看了一遍後覺得沒問題，便點點頭，抓起一邊的毛筆，歪歪扭扭地寫上「蘇幼金」三個大字，然後再按了手印。

看著寫得比自己三歲啟蒙時還糟糕的幾個鬼畫符一般的名字，肖臨瑜笑了笑，喚了在外頭守著的黃三爺進來。「黃三叔，到帳上支五百兩銀子來。」

黃三爺稱了聲「是」便出去，然後很快回來了，將五張輕飄飄的銀票放到桌上才又退了出去。

連協議文書都簽好了，銀票也到位了，幼金便不好意思地笑道：「肖公子，我字寫得不好，要不我說你寫如何？」

一旁的肖臨風倒是搶先一步道：「我來我來！」他字也寫得可好了，逮到一個機會能炫耀自己的字，他自然不會錯過。

兩個人你一句、我一句的，不過片刻便將蘇家祖傳的酸梅湯方子都寫下來給了肖家。

一旁的肖臨瑜聽幼金說著方子，原來是加了這麼些東西，怪不得入口甘甜，酸甜可口，倒是比京城自家廚子做的酸梅湯還好喝三分。

將銀票收入懷中，幼金笑道：「肖公子，如果沒什麼事，我便先回去了，家裡忙。」

肖臨瑜微點頭，也不怕她給的是假方子。他能把人找來買方子，自然也能查到她家在哪兒，何況一個鄉里丫頭，想來也沒有這個膽子敢矇騙自己。

從雲味軒出來後，抬頭看了眼烈烈灼日，幼金不由得感慨人生無常。誰又能想到一個十來歲的小丫頭片子會一日暴富，身上還揣著五百兩銀票呢？

今日賣酸梅湯掙回來的銀子還在幼金身上，想著家裡的米缸已經空了大半，又想想自己如今身懷鉅款，便頂著烈日到西市買了五斤上好的五花肉，然後才提著沈甸甸的肉回家去。

蘇家姊妹們見長姊提著一刀大大的豬肉回來，個個都歡喜得不得了。

連小七都依偎在蘇氏腳邊愛嬌地說道：「娘，小七今兒想吃紅燒肉！」

「好，那咱們今兒就吃紅燒肉。」蘇氏抱著鬧覺的小八哄著，笑著點點頭應承了，然後又看向幼金。「不是昨兒個才買了肉，怎地今兒個又買這麼些肉？」

幼金笑吟吟地將肉遞給一旁的幼銀，然後接過幼珠倒過來的一大碗涼水，「咕嚕咕嚕」地喝完了才說道：「今兒掙著銀子了，便多買些肉回來給大家吃。」

蘇氏也聽了早前先到家的兩個女兒說大女兒談生意去了，以為又是昨日那樣要訂整桶酸梅湯的客人，便有些心疼地說道：「那一桶酸梅湯也賣不來多少銀子，哪就買這麼些肉了？」

幼金只是笑了笑，並沒有說什麼。

直到晚上幾個孩子都睡了，幼金才跟蘇氏說了實話。「娘，我把咱們家的方子給賣了，這酸梅湯咱們家做完今年夏天，明年開始就不做了。」

一聽說女兒把方子賣了，蘇氏不由得有些焦急。「方子賣了？那咱們家以後怎麼辦？靠啥賺錢呀？」不由得有些怪幼金。「這麼大的事妳也不跟家裡商量商量，妳這孩子真是越大主意越大了！」

幼金也不生氣，壓低嗓門說道：「娘，方子我賣了五百兩。」

「五百兩?!」這下蘇氏也忘了自己方才還怪女兒，大大地倒抽了一口冷氣。「咋能賣這麼些銀子呢？」

「娘您別操心這麼多，明日咱們一起到城裡醫館再給您瞧瞧身子吧，不然等冬天可就有得罪受了。」幼金笑著安撫蘇氏。

母女倆又說了好一會兒話，才各自睡下。

第二日一早，幼金姊妹還是到城裡賣自家的酸梅湯，等幼銀回去取第二輪酸梅湯時，再順帶將蘇氏還有一對雙生子帶了出來，只留下幼寶在家看著幾個妹妹。

這還是蘇氏搬到五里橋以後第一回進城，坐在牛車上看著沿路的風光，倒是有些恍若隔世的錯覺。

蘇家的酸梅湯如今在洛河州小有名氣，加上價錢也不貴，買的人就更多了，兩桶酸梅湯不到半個時辰就全都賣完了。

幼金姊妹們租的流動攤子是一處賣雜貨的鋪子門外，那雜貨鋪的老闆名叫李二順，也時不時要些酸梅湯喝，幼金也不要他的銀子，兩人合作得倒也算得上愉快。

李二順見她端著碗酸梅湯進來，便笑呵呵地說道：「蘇家丫頭，妳就是忒客氣了些！」不過也沒有拒絕她手裡的酸梅湯。

「李掌櫃的，我們在您門口擺攤也多虧您照看，應當的。」幼金將酸梅湯放到櫃檯上，然後才將自己擺攤的簡易木頭桌子抬了進來，放在角落裡頭，這才笑著跟他道別。「李掌櫃，那我們就先走了，明兒見。」

「欸！」李二順笑著端起一大碗滿滿的酸梅湯喝了口，才滿足地嘆了口氣，這鬼天兒真是越發熱了。

賣完酸梅湯，又將空桶寄放在牛大爺那兒，幼金還跟牛大爺說好了一會兒到西市口來接自己一家人。等跟蘇氏看完大夫以後，他們還要去買些糧食，沒有牛車可回不去。

醫館內，一個鬍子都花白了的老大夫沈吟著把完蘇氏的脈象才道：「內裡虧損嚴重，身子都虧空了，如今雖然沒大病，若不早些調養，等過幾年可是要出大事的，於壽數也是有礙。」

一旁抱著康兒的幼金眉頭緊鎖，沈聲道：「大夫，要吃什麼，您老直說，只要能給我娘調養好身子，花多少錢都行。」

看著他們一家都是穿著洗得發白的粗布衣裳，老大夫嘆了口氣道：「一帖藥要一錢銀子，我先給妳開幾帖，回去吃吃看吧。」

「這麼貴?!」蘇氏驚呼出聲。雖然如今家裡有些銀子，可這也太貴了些吧？

倒是一旁的幼金微微搖頭。「大夫，麻煩您開夠一個月的分量，我們有銀子。」說罷，從懷裡掏出幾塊一兩的銀子放到桌上。

那老大夫與蘇氏都沒想到幼金竟掏出了這麼些銀子。

老大夫見她有錢，便點點頭，寫下一張藥方，然後交給一旁的藥童。「每日一帖，去揀一個月分量的藥來。」然後又轉頭跟幼金說道：「妳娘的身子都是多年虧空下來的，須得多吃些滋補藥品才是。」

給蘇氏看完後，又瞧了瞧兩個早產的雙生子，蘇家人才提著三十包藥，從醫館出來。

出了醫館，日頭已上中天，母女幾人趕忙到糧鋪買了五斗粳米還有一些粗糧，才著急著回家。

由於今日蘇氏也出來了，家裡一時沒了做飯的人，幼金便領著眾人到西市一個包子攤上，按每人一個肉包、一個菜包的量，買了十幾個包子。

跟在幼金身後的幼銀又見到了那兩個髒兮兮的小乞兒，不禁拉了拉長姊的衣袖示意。「大姊……」

幼金無奈地嘆了口氣。「老闆，再多要兩個肉包子。」將那兩個裝在大葉子裡的肉包子交給幼銀。「去吧！」

幼銀歡喜地接過包子，然後快步走到兩個小乞兒面前，直接將包子塞進大的手裡。「你們吃吧！」然後又快快跑回了幼金等人身邊，跟著往南城門去，還悄悄地回頭朝兩個還發愣著的乞兒揮了揮手道別。

小乞兒聞著哥哥手裡熱呼呼的肉包香氣，饞得口水直流，焦急地拽著看向遠方的哥哥道：「哥哥，我要吃肉包……」

直到蘇家人的身影都消失不見了，大乞兒才回過神來，將熱呼呼的肉包與弟弟一人一個分來吃。黑膩膩的手指印在暄軟的包子皮上，在旁人看來極其倒胃口，可兩個小乞兒卻吃得特別香，一個成人拳頭大小的包子，兩人不一會兒就都吃完了，小的還意猶未盡地咂吧咂吧嘴。

給蘇氏看病並沒有花多少銀子，如今家裡也有六百多兩銀子的家底，幼金知道自己該思考下一步要做些什麼了。雖然六百兩不算少，可自己家還有七個陸續長大要嫁人的妹妹，光是嫁妝就能把家底掏空啊！

看著河對岸已經一片綠油油的平整土地，想到在這個時代土地的重要性，便決定再多買些土地，哪怕佃出去給人種，也總比銀子放在手裡捂著好。

第二日上午賣完酸梅湯，幼金便去找了當時給自家牽線買下這宅子的陳牙人。

陳牙人對這個買下五里橋凶宅的小丫頭還是有印象的，見她來，本來還擔心是不是要賣了宅子？結果一聽她是要買地，心裡不禁鬆了口氣。「小姑娘這回想買多少地？」

「上等良田現在是多少錢一畝？」幼金端起面前的茶杯喝了口茶。還是先問問價格，再來決定買多少地。

陳牙人笑道：「如今上等的良田要賣到八兩銀子一畝。」見幼金眼睛都大了，陳牙人便解釋道：「蘇姑娘，是這樣的，這價錢是五里橋附近良田的價，若是妳覺得貴了，那往遠了去，五里橋過去再走六、七里地，那邊的話七兩銀子一畝也是有的。」

這價格也著實是有些高的，在翠峰村也不過六兩銀子一畝，這五里橋竟然貴了這麼多！幼金盤算了好一會兒，才決定道：「陳大叔，咱們還是先瞧瞧如何？」對比過後，她才好作出決定。

幼金在月家待了十一年，自然知道如何分辨一塊田地是不是上等良田。到了五里橋往南七里一處叫侯家灣的村子外頭，陳牙人說的十六畝良田便在河灣過去不遠處。

幼金倒是看得認真，圍著陳牙人說的地方認認真真地轉了一圈，又看水渠、又下手看土，倒算得上滿意。

陳牙人沒想到這小姑娘竟還會看這些，原來心裡還有些看輕的，如今也不敢再這麼想了。頂著大太陽，他笑道：「蘇家姑娘，這地是真不錯，難得的連成片的十六畝良田，灌溉也很方便，邊上就是官道，只除了離洛河州遠些這點不好，旁的都是一等一的好，不然也不敢要七兩銀子一畝不是？」

幼金點點頭，不過卻也沒說要立時買下來，只道：「陳大叔，咱們繞回去看看五里橋那兒的再說吧。」

陳牙人也理解，畢竟買田地不是小事，點了點頭，兩人上了騾車便往五里橋回。

五里橋這處的良田只有八畝，就在河東邊民居的後邊，距離五里橋河倒是有些距離，灌溉不像侯家灣那邊便利。

看完五里橋的以後，幼金心中已經有了定奪。相較之下，侯家灣那處已經勝出。

幼金與陳牙人一前一後地走在河基邊上往蘇家去。「陳大叔，那侯家灣的地能否再便宜些？」

「妳若是十六畝都要了，算六兩七錢一畝如何？」陳牙人想了片刻，給出了一個還算優惠的價錢。「蘇姑娘，那處地是真不錯，又平整又便利灌溉，還難得是連成片的。」

幼金推開院門，院子裡原本或坐或趴的四條狗立即警醒起來，見原來是自家主子，便都搖著尾巴走了過來。幼金笑著擺了擺手，示意牠們讓開，然後請陳牙人進來。「多虧陳大叔，我們一家才能在洛河州安家落戶，今兒個也進來歇歇腳，喝口水吧。」

陳牙人不是第一回到這處宅子來了，可之前每回來都覺得鬼氣森森的，倒是今日再來，只覺得院子裡人間煙火之氣十足，那個荒涼的鬼宅已經變成了一個溫馨齊整的農家小院。陳牙人坐在幼金搬過來的小凳上，喝了口蘇家秘製酸梅湯後，才舒服地嘆了口氣。「看來你們在這兒住得挺好的，想必跟那秦家姑娘也算得上是有緣人了。」

幼金笑了笑，也不說什麼，把話題往侯家灣的土地拉回來。「陳大叔，這六兩七錢一畝著實也是貴了些，六兩五錢吧，若是主人家肯，那我便都買了。」

六兩五錢，這已經不是陳牙人能說了算的。他想了想，便道：「成，那我明日再去一趟侯家灣，若是主人家同意，我一準給妳帶信兒來。」

兩人說完事，陳牙人也歇夠了，便笑著跟幼金道別，並約定明日午後他再過來一趟。

第十二章

第二日中午，蘇家人吃完午飯才沒多久，外頭便傳來了敲門聲。

幼金取了擦手的帕子將手擦乾，然後才往前邊去。「來了！」心裡還想著，這個點來的應該是陳牙人了。

果不其然，門外頭站著的正是從侯家灣回來的陳牙人。

一見幼金，陳牙人便笑呵呵地拱了拱手，道：「蘇家姑娘，這事成了！」那侯家灣十六畝良田的主人等著錢使，幼金雖然壓了價，不過也還在對方的接受範圍，便忍痛點頭同意了。「只是有一點，那地裡種的莊稼還得是他家的，地要等秋收過後才歸妳，妳看這……」

幼金不是那種要算到盡的人，便點點頭同意了。

買賣雙方都同意，那這筆生意也就成了。

幼金回房取了一張一百兩的銀票並十兩銀子出來，給了陳牙人。「還有勞陳大叔幫我跑這一趟換了紅契回來。」

陳牙人倒是沒想到蘇家居然有銀票，一時還愣了神。聽幼金這麼說，才趕忙接過銀子。「蘇姑娘客氣了，這都是我們做牙人該做的不是？」

陳牙人辦事效率快，第二日下午便將紅契送了過來，還另外退了幼金幾兩碎銀。「蘇姑娘，田地錢是一百零四兩，換紅契的稅費是一兩六錢，另牙人錢收妳三錢銀子，統共是一百零五兩九錢。」大豐買賣東西，牙人錢慣例都是由買賣雙方各出一份的，陳牙人這一次牽線賣出了十六畝地，兩邊的牙人錢加起來怎麼也有半兩銀子了。

幼金笑著收下了陳牙人遞過來的碎銀子跟紅契，看著紅契上端端正正地寫著「蘇幼金」三個大字，便笑眯了眼。「多謝陳大叔。」

陳牙人笑了笑，道：「蘇姑娘日後若是有什麼需要，儘管來找我，我定然盡我所能給姑娘尋到價錢合適的好田地！」

幼金笑著點點頭，送走了陳牙人，然後將紅契放在正房的桌上給蘇家眾人展示了一番。

眾人都瞪大了眼睛看著，彷彿這上頭能看出一朵花來一般。

蘇氏嚥了口口水，有些不可置信地問道：「這十六畝地就都買下來了？」陳牙人來家裡的時候，為著避嫌，蘇氏並沒有露面，只是隱約知道女兒要買地，哪承想她竟一口氣買了十六畝地！

幼金笑著點點頭，然後將地契收起來，說道：「哪怕咱們家將來沒銀子了，好歹手裡還有十幾畝地，總不會吃不上飯不是？」摸了摸依偎在自己懷裡的小七已經沒那麼枯黃的髮絲，笑道：「總要給我幾個妹妹攢些嫁妝才行呀！」

聽到幼金這麼說，幾個還不通人事的妹妹都「哄」地笑了，倒是蘇氏這才驚覺大女兒這是在為幾個孩子的將來鋪路呢！

「咱們手裡不是還有銀子？要不再多買些地？」蘇氏在鄉里生長了一輩子，自然覺得土地才是最有保障的，經大女兒這麼一說，還生了多囤些地的想法。

「娘，咱們如今有十六畝良田，加上家門口還有四畝荒地跟四畝窪地呢！」幼金笑道：「手裡的銀子得要想法子繼續生銀子才是，總不能坐吃山空。」如今手裡還有五百多兩銀子，在洛河州也將將能買個臨街的小鋪面了。自家都是弱女子，如果能賣東西賺錢，總比土裡刨食輕鬆多了。

蘇氏聽女兒這麼說，也就不再發表什麼意見，畢竟這銀子都是女兒賺回來的，幼金想怎麼花便怎麼花就是了。

肖臨瑜這回來洛河州，其實是為著洛河州設立內河航道一事。

肖家雖不是做航運發家的，不過從肖臨瑜的父輩起便開始涉足內河航運，加上如今肖家二叔在朝廷戶部為官，有他的庇護，肖家在內河航運這方面就更吃得開了。此次肖臨瑜從京城北上洛河州便是因為朝中有消息，聖上要將內河航道通到洛河州，因此肖家便先人一步趕到洛河州來了。

如今洛河州城鎮附近的水道最寬的除了水流湍急，不適宜內河航運的洛河以外，也只有五里橋這條不過十三、四尺寬的河，若真要做內河航運，要麼只得另外選址，要麼就是得開鑿運河河道。肖臨瑜來之前，二叔曾說過，聖上心裡還是想開鑿河道的，只是開鑿河道的花費頗大，一時間還沒有定奪。因此肖臨瑜到洛河州這十來日，一邊等著京中的來信，一邊則是四處探尋洛河州附近可以開闢內河碼頭的地方。

肖家別院中，肖臨瑜手裡拿著京城八百里加急的信，展開細細讀了一遍，然後放至燭火上點燃，嘴角帶著一絲淡淡的笑意，跟廳中間站著的中年男子說道：「聖上心意已決，二叔信中提到要沿著洛河州南邊的河開挖，如今河道不過十三、四尺，估摸著是要挖到五十尺寬，向南五十里接到通往京城的運河中去，如此一來，洛河州的內河航運也算是通了。」

那中年男子聽完大少爺的話，便道：「先前二老爺不是說了朝中銀錢緊缺，怎地還要開鑿運河？」

「二叔說了，聖上有意讓民間有涉足內河航運的商賈集資開鑿運河，等運河開鑿通運以後，凡是參與開鑿運河投資超過十萬兩的，即可免除內河航運賦稅十年、海外航運賦稅五年。」肖臨瑜將肖二老爺信中提到的均說與肖韓知曉。「內河航運一年的賦稅銀子不多，可外海航運，光是我肖家，一年賦稅便已逾萬兩，這筆買賣，只賺不虧。」外海航運風險雖大，可利潤更大，肖家的帳上很大一部分收入都是從外海航運那頭來的，若是能減免五年外海航運的賦稅，著實可觀。「洛河州要開挖運河的消息一旦傳出，沿岸的土地價格想必也是要水漲船高。韓叔，你這兩日辛苦些，洛河州城鎮外沿岸兩、三里的地都可以先收著了。」如今洛河州外頭的地地價不貴，幾兩銀子一畝的地收回來，只等開鑿運河的消息傳出去後，那便是翻個數十番的價錢了。

肖家動作快，其他幾家做內河航運的人家手腳也不慢，不過三、五日，洛河州外頭沿河兩岸的田地便都被這幾大家收入囊中，原先不過八兩銀子一畝的良田，如今已炒到二十兩一畝。現今洛河州城裡城外都在傳著洛河州要開鑿運河的消息，那些早賣了田地的人不少都捶胸頓足，懊惱不已，一時間，整個洛河州都陷入一種癲狂的土地搶購風潮。

蘇家如今在城裡賣酸梅湯，這樣的消息自然也不會錯過，今兒已經是幼金第十七回聽到有客人跟自己提起五里橋要開挖運河一事了。

「蘇家丫頭妳聽說沒？你們五里橋那邊要開挖運河了！你們家要是在河邊有地啊，想必能掙不老少銀子吧！」這回跟幼金說這事的是一個比較熟識的婦人，大約知道蘇家是住在五里橋那頭的。

幼金笑著嘆了口氣。「我們家要是有地，如今我就在家蹺著二郎腿等人伺候了，哪裡還要在這兒頂著大太陽賣酸梅湯，您說是不？」

那婦人一聽，覺得也是，便嘆了口氣道：「也是。妳說這真是人各有命，誰能想到那些荒地如今也能賣十幾二十兩銀子一畝呢？早知道是這樣，我就早早叫我們當家的砸鍋賣鐵也要去買個十畝二十畝的了！」喝完酸梅湯，又打包了一竹筒帶走，那婦人才嘆著氣走了。

至於「家裡沒地」的幼金，心裡至今都十分慶幸自己前段日子在侯家灣買完十六畝良田後，在自家原先的荒地邊上又買了六畝！本來只是想著湊個十畝的，那時洛河州要開鑿運河的消息還未傳出來，所以幼金還是以二兩銀子一畝的低價買入，倒真是無心插柳柳成蔭了。

參與這次投錢開鑿運河的共有八家，不足半月，八十萬兩白銀便湊足上交朝廷。銀錢足夠，五里橋外的開鑿運河也就提上了日程，只等夏季過了，秋季枯水期來臨，便可以開鑿運河。

看著突然間越來越多人的洛河州，幼金便知道開挖運河一事十有八九是真的了。開挖運河想必要不少勞力，這些開挖運河的人不一定都是洛河州的，那他們的衣食住行就成了問題，這都是商機。

「妳要找人蓋房子？」何浩真不知道該說蘇家人有遠見好，還是說他們運氣佳好了，誰能想到蘇家幾個老弱婦孺，花那麼些銀子買這麼多荒地下來，本來自己還覺得人家傻，沒承想轉眼就來打臉了，傻的是自己啊！「你們家如今房子不夠住了嗎？」

幼金笑著解釋道：「我瞧著這洛河州如今人來人往的，怕是修建運河一事也是板上釘釘了，便想著在荒地上蓋些茅草泥磚房，多多少少也能掙些銀子。」蘇家如今在距離五里橋河邊大約一箭之地距離的十畝地裡，只有四畝是種了東西的，還有六畝空著，若是蓋些房子，將來租給河工當宿舍，也是生財的法子。與蘇氏商量過後，幼金便來尋里正找人幫忙了。「我們家在五里橋也沒啥熟人，所以就想找里正叔您幫幫忙，給找個工匠隊。」

何浩心中感慨萬千，也怪不得人家蘇家人日子過得好，這蘇家大丫頭還真是敢想敢做啊！他點點頭，道：「成，這事就包在我身上！」如今整個五里橋就蘇家一家在河西邊有十畝地，自己若想趁著這開鑿運河的東風掙些銀子，也要跟蘇家搞搞關係才行了。

「那就多謝里正叔了！等房子蓋好，到時趙嬸子也可以做些包子、饅頭啥的到那邊去賣，多少也能掙夠一家老小花銷的。」幼金自然知道有來有往，若光是自己一家把銀子都掙了，旁人不得眼紅死？

「成啊！到時還要靠幼金妳多多幫襯我們才是！」趙春華真是越來越喜歡這蘇家大丫頭了，嘴又甜還會來事，就是年歲還小，不然娶回家當兒媳婦倒是不錯的選擇。

跟里正說妥以後，兩日後，一支十八個人的工匠隊便到河西邊的荒地上，按照幼金的設想開始打地基，建造房子。

宿舍主要是分成兩種，一是大通鋪，一間房能住下二十個人；另一種則是小單間，有小小的炕床，再配上簡單的桌椅板凳，這種則是為河工中的管事準備的。

河西邊蓋房子的動靜也驚動了不少五里橋的村民，往河西邊來看熱鬧的村民越來越多，對突然間發起來的蘇家，有羨慕的，也自然有眼紅的。

幼金為了打消有些心懷不軌的人的念頭，還特意牽著大黃、小黑在村裡轉悠過幾圈。

看著透著寒光的牙齒，威風凜凜地跟在蘇家那小丫頭身後的狗，確實嚇退了不少有想法的人。

日子一天天地過，轉眼就到了七月流火季節，蘇家河邊上的房子已經蓋好了。

幼金採取的是跟一般民居差不多的格局，只有一個大門可以出去，分為正房跟東西廂房，不過全都做成了大通鋪，兩個正房、東西廂房兩側共六個大通鋪房，最多能容納一百二十人住下。

至於大通鋪房的旁邊則是蓋得稍微好些的單間，單間連成排，每間都是單獨出入，只有淋浴跟茅廁是公用的，也沒有院牆跟院門。這邊幼金是打算直接長租給河工的管事們住，到時只需找個人定期把茅坑清理了便是。

蘇家房子蓋好又過了半月，運河開鑿，幼金直接帶著幼銀、幼珠到河邊招攬需要住宿的客人。

「一晚只要三文錢的大通鋪！一晚三文錢！」幼金定的價錢並不算高，住滿一個月也才九十文，相對於洛河州城裡一晚六文的通鋪，已經便宜了一半。

果然，幼金才喊了沒幾聲，就立即有人來問了。

「小姑娘，真是一晚三文錢？」這回挖運河的人不少都是從外地過來的，挖運河雖然是累了些，不過一日也能掙個三十文，可這不包吃、不包住的，洛河州城裡的物價又高，最便宜的大通鋪也要六文錢一晚，再加上每日吃飯少說也要十文錢左右，真正能剩下的就只有十來文了。出來當河工的大都是想掙些銀子的，自然是能省則省。

幼金見有人上門問，趕緊指著遠方一個小黑點說道：「那就是我們家的房子，一間通鋪住二十人，一晚三文錢。幾位大叔要去看看不？」

聽到幼金招攬的聲音而過來問的三人看了看她指著的方向，走過去估摸著也就兩、三里地，倒不算遠，便跟幼金約好今晚要去住。

幼金姊妹在河基邊上不過待了半個時辰，便已經有不下三十人過來問了。

還有一個外地口音、管事模樣的中年男子過來問道：「小姑娘，你們家那兒有單間不？」

「有的有的！單間按月來算，一個月四百五十文。」這還是第一個上門問單間的管事，幼金忙給他介紹自家單間的情況。「我們家單間裡頭是炕床，有桌椅板凳。」

「成，我一會兒下工了也去瞧瞧。」一個月四百五十文的價格，相對於城裡頭每天二十文，還是有優勢的，那管事便點點頭，也決定要去看看。

為著管理方便，幼金還花一錢銀子一個月，從五里橋村裡雇了個五十出頭的鰥夫洪大爺過來看顧河工宿舍的院門。

一個月能掙一錢銀子，洪大爺本就年紀大了，種地也難種，便也高高興興地來上工了。

當晚，住進蘇家宿舍的河工就已經有將近三十人，單獨的單間也租出去了兩間。都是先付錢後入住，這一下子就收入了將近一兩銀子，蘇家眾人更是歡喜得不得了。

收銀子的時候，幼金便直接問了眾人，要不要訂明日一早的早飯。「一個三合麵饅頭、一碗粗糧粥，兩文錢。」

眾人聽了覺得價錢也合理，便都要了一份。

安置好住宿以後，又跟洪大爺交代了兩句，還留下小黑在這邊守門，幼金才帶著大黃，打著燈籠往不遠處的家走去。

第二日一早，天還未亮，幼金便提著燈籠從東廂房出來，進了廚房將蘇氏與幼珠昨夜已醒好的麵團切成大小相當的分量，放進蒸籠，架在熬著粗糧粥的鍋上邊。曬得乾燥的竹子燒得噼哩啪啦地響，不過兩刻鐘，便都準備好了。

將饅頭全都裝進鋪著一層白色細棉布的背簍裡頭，然後將粗糧粥盛進木桶裡時，正房的蘇氏與西廂房的幼銀也都起來了。幼金揹著背簍，與蘇氏兩人抬著一大桶粗糧粥，幼銀揹著乾淨的粗瓷碗，母女三人趁著淺淺夜色往河工宿舍去。

早起的河工們才出院門，便瞧見蘇氏母女已經架起攤子，成人拳頭大小的三合麵饅頭噴香的氣味勾引著甦醒過來的味蕾，眾人便都忙不迭地掏出兩文錢遞給幼金，要了碗粗糧粥，就著三合麵饅頭美美地吃完早飯才走。

河工們上工的時間都差不多，早飯不過一刻鐘就都賣完了，母女三人收拾好東西便往家去。

再說里正何浩家，趙氏也聽說了已經有幾十人住進蘇家河工宿舍的消息，不禁有些焦急了。「當家的，你說咱們要不趕緊支個攤子到河對面？能掙不少銀子呢！」

何浩是個守成的莊戶人，從來也沒做過買賣，還是有些擔憂，不過想想蘇家孩子都敢做的事，自家也可以做，便道：「妳一會兒去找幼金丫頭商量商量，他們家如今不是蓋了好些房子？咱們租一個下來。」

聽到當家的這麼說，趙氏才喜上眉梢，「欸」了聲，便急急忙忙出門往河西邊去了，路上還碰著兩個做了饅頭到河那邊賣的村民笑得見牙不見眼地回來，想必是生意不錯。趙氏見狀，便更急了，可不能錯過這個掙錢的機會啊！

中午幼金又給十九個河工辦了登記入住的手續，如今已經改成每十日交一回住宿費，河工們雖然有些不願意，不過誰讓蘇家的宿舍比城裡便宜，便也都掏了銀子。

從河工宿舍回來的幼金聽說趙氏來了，趕忙進了正房，見趙氏正在裡頭跟蘇氏有說有笑地閒聊著。

「幼金回來啦？我和妳娘才說到妳呢！」趙氏笑吟吟地坐在炕沿，懷裡還抱著小臉圓嘟嘟的小八在逗弄著。「這一大攤子事都是妳一個人在操心，也真是不容易啊！小八說是不是呀？」

小八已經半歲多了，也不怕生，見趙氏逗著她，便「啊啊」地喊著，不知道說些什麼，卻逗得幾個人都哈哈樂了。

蘇氏知道趙氏是有事來找幼金的，就笑道：「幼金回來了，趙嫂子妳倆先說著，我抱康兒出去轉轉。」說罷便抱著康兒往外頭去了。

幼金接過伸手要自己抱的小八，笑著坐到與趙氏隔了一個炕桌的炕沿，問道：「趙嬸子今兒個過來是為著賣吃食的事吧？」

趙氏不好意思地笑了笑。「原也不想麻煩你們家的，妳里正叔不好意思，就只得我腆著這張臉來求妳幫幫忙了。」

「我們一家搬到五里橋這幾個月，也多得趙嬸子跟里正叔幫襯著，你們有事，我自然義不容辭。這般吧，我們家在河工宿舍邊上還蓋了兩間房子，雖然不大，一間只放得下七、八張桌子，這其中一間便給您跟里正叔先用著，嬸子覺著呢？」幼金將心中的想法大略跟趙氏說了。「這開鑿運河，少說也有數百人，每日就算只賣出去一百份吃食，那都能掙不少銀子。」

趙氏一聽，也覺得做得。哪怕一日只掙個十文、二十文的，一個月下來也能掙不少不是？得了幼金的準話，她便歡歡喜喜地回家去了。

送走趙氏後，幼珠幾個才圍過來問道：「大姊，咱們自己做吃食賣不好嗎？還要給村裡人分一份，那咱們可不就少掙了很多？」

幼金笑著搖搖頭道：「咱們家又是買了十畝荒地，又是蓋河工宿舍的，日子好了起來難免是要遭人記恨的。雖然把早點鋪子的生意給了里正家做，但這樣一來咱們家也多了依仗，將來誰要想欺負咱們家，里正家能袖手旁觀不成？」

「大姊的意思是，用了咱們家的房子，也就欠了咱們的人情，大姊妳說是不？」一旁的幼寶也想明白個中緣由了，歪著腦袋思索一番後如是說道。

「幼寶說得對。這世上錢債好還，但人情債可不好還。」幼金笑咪咪地說道，抓住一切機會教育妹妹們。

趙氏那邊手腳也快，不過兩日就置辦好了開個包子店的物件，雖只有幾條板凳跟三、四張舊桌子，不過收拾收拾也能開店。

七月微涼的清晨，天才矇矇亮，寂靜的河堤上，只有趙氏與何浩夫婦倆所在的一間小房子裡頭燈火通明的。趙氏用力地揉著麵，外頭門口已經擺上兩個簡易的灶臺，灶臺上頭摞起了七、八層的蒸籠，熱騰騰又香噴噴的煙霧隨著七月的風飄散在鄉間，吸引了早起的河工們。

經過前幾日住進來的河工們的口耳相傳，如今蘇家的河工宿舍已經住進了九十餘人，十間小單間也租出去了七間，可以說生意十分好。

趙氏做事俐落爽快，做出來的包子和饅頭也都好吃，雖然價錢都跟城裡一樣，可是個頭比城裡的大了一半不止，一個成年漢子吃了一個肉包加一碗半稀的粗糧粥，便能頂過一上午，也才花四文錢；至於想儉省些的就可以選擇三合麵饅頭，一個饅頭加一碗粗糧粥，也不過兩文，跟之前蘇家賣的價錢一樣。

雖然何家包子鋪的饅頭比不上早些日子蘇家賣的，不過味道也算不錯，因此生意日日都好。何家夫妻倆每日早早起來開店做生意，一日也能賺回來一百多文錢。

至於河工宿舍那頭，因著如今住進來的人越發多，洪大爺一個人著實是忙不過來，幼金便在城裡把之前一直跟著自己家酸梅湯攤子的兩個小乞兒給找了過來。

「想不想吃飽飯？」

小的一聽說可以吃飽飯，便連連點頭。

大的則一臉防備地看著幼金。「妳想幹麼？」

幼金站在兩人對面，說道：「我可以給你們提供住的地方，還讓你們每天都能吃飽飯，你們幫我做事如何？」

「做什麼？」那大點的乞兒其實都已經比幼金還高了半個頭，不過卻謹慎地跟她隔了五、六步距離，彷彿她是吃人的怪物一般。

幼金也不計較他的防備，笑著說：「我們家在五里橋那兒開了河工宿舍，還缺兩個打雜的小夥計，你們要是願意，沒有銀子，但保證每天能吃飽飯，怎麼樣？」

小的那個一聽說可以吃飽飯，便立即兩眼放光地看著大的那個。

大的那個卻不知在想什麼，猶豫了好一會兒才點點頭。「好。」

一旁的幼銀聽他答應了，也鬆了口氣。這可是她跟大姊軟磨硬泡了大半日才換回來的機會呢，要是拒絕了多可惜！

賣完今日的酸梅湯以後，幼金姊妹便帶著渾身髒兮兮的小乞兒回了五里橋。

回到蘇家院門外，幼金便直接叫兩人到河裡去把自己打理乾淨。「把自己給洗乾淨了，舊衣裳也全扔了，另外把頭髮都給我剃光了，我們家可不能讓跳蚤、蝨子進門。」

大的那個聽她這麼說，便帶著小的往淺水處去，先小心地將小乞兒已經結成團、污穢至極的頭髮全剃了，然後再一言不發地把自己的頭髮也剃了精光。

等幼金給兩人送乾淨的衣裳跟毛巾過來的時候，只見到一大一小兩個光頭孩子正泡在水裡認認真真地洗掉身上的泥污，便喊了聲。「衣裳跟擦乾身體的布都放這兒了，一會兒洗完澡就自己回來！」

聽到河堤上的聲音，大的已經知道害臊，立即整個人蹲了下去，只露出一顆腦袋在水面上，這才紅著一張臉回道：「知道了。」

幼金知道這是小男生害羞了，嗤笑了一聲便走了。

等兩個小乞兒洗乾淨回到蘇家院門外時，幾聲狗叫聲傳來，嚇得兩人不敢動，不過裡頭很快傳出一個小姑娘喊著「旺財別叫」的聲音，然後快步出來帶著兩人進去。

原來是一直等著的幼銀聽到動靜，這才趕忙出去的。

將人帶到正房，也算是見過蘇家眾人後，坐在炕沿的幼金才笑著開口。

「見過這麼多回，今兒個倒是第一回見到你的真面目！你們倆叫什麼名字？」

大點的瞧著也有十三、四歲，長得一副憨厚的模樣，不過卻防備心極重，走到哪兒都將小的護在身後，生怕有人將小的搶走一般。見幼金這麼問，他便有些囁嚅著說道：「我叫韓立，他叫……他叫韓爾華。」

小的瞧著不過四、五歲模樣，也不怕她們，站在韓立身後，歪著頭看著幼金。「姊姊，妳真有飯給我們吃嗎？」

「自然有了，不過姊姊家的飯可不是白吃的喔，想要吃飯就要做事喔！」幼金笑咪咪地回道。長得好看的小娃娃她喜歡，對韓爾華自然也就多了幾分親切。見他們確實餓了的模樣，便說道：「先吃飯吧，有什麼事吃完飯再說。」

如今蘇家的飯菜是固定的一葷一素一湯，雖算不得豐盛，但味道確實不錯。飯桌上，韓立兄弟倆雖有些狼吞虎嚥的，卻沒有吃相太難看。

蘇氏見兩個孩子吃得著急，也是心疼，不住地給兩人挾菜。「好孩子，慢些吃，不夠還有。」蘇家的飯菜雖然菜色簡單，不過分量很足，可以保證每個孩子都吃飽，這也是幼金對家裡飯菜的唯一要求。

端著已經放涼的竹筍豬骨湯慢慢地喝完後，韓立才心滿意足地將手裡的粗瓷碗放下。看著一旁還在小口小口喝著湯的韓爾華，他不由得心頭一熱，這都好幾年了，兩人總算吃上了一頓熱飯熱菜！他對蘇家眾人的防備心便也降低了許多。

當然，蘇家的飯碗也不是這麼好端的。

吃完這頓飯以後，韓家兄弟倆便被安排到河工宿舍那邊去跟洪大爺住在院門進來右手邊的小房間裡頭，不過炕床夠大，三個人睡也不算擁擠。

幼金帶著韓立兄弟在河工宿舍裡轉了一圈。「每間房裡頭的不用管，只負責共用地方的清理，前後兩個院子的地你要每日掃乾淨，然後茅廁也要定時打掃好。另外，大院裡頭是可以生火燒水的，所以一定要注意，不要出現走水之事。你每日的工作就這麼些，有什麼問題嗎？」

韓立是比較沈默寡言的人，聽完幼金的話也只是點點頭「嗯」了聲，沒啥要問的。見他沒問題，幼金便將人交給洪大爺。「洪大爺，這哥兒倆都還小，凡事還要您老多費點心。」然後轉頭跟哥兒倆說：「一日三頓便到我們家吃就是，每日開飯的時候我會叫幼銀她們來叫你們。」

一旁的洪大爺笑呵呵地說道：「幼金啊，妳這兒還包吃的呢！可別把我老頭子給落下啊！」

幼金笑道：「自然不會把您老的給落下。」前兩日洪大爺特意找上她，說願意每月只拿五十文，剩下的便做他的伙食費，想讓蘇家幫著一起把他的飯也做了。幼金也知道洪大爺家裡的情況，早些年洛河州鬧瘟疫，洪大爺一家老小就活下了洪大爺自己，要做飯也著實費勁，便答應了。

笑著送走幼金後，洪大爺才將韓家哥兒倆帶進他平日睡覺的小房間裡。「往後你倆也跟我一起住這兒，要是有人欺負你們，便跟大爺我說。」

韓立有些拘謹地謝過洪大爺，然後問道：「洪大爺，那我現在要做些什麼？」

見他有些防備，洪大爺也不在意，道：「那你先去把院子打掃乾淨吧！」

有活兒幹的韓立便提著掃帚往後院去了，韓爾華則邁著小短腿緊緊地跟在哥哥身後。兄弟倆一個掃地，一個在院裡玩，倒也十分自在。

蘇家蓋的河工宿舍住進來的人越來越多，如今六個大通鋪都已經住得差不多了。五里橋村裡頭有心思活泛的村民，也將家裡空出來的房間老宅都拾掇出來，跟蘇家的河工宿舍一個價錢，三文錢一晚，倒也吸引不少河工住進村子裡頭去。

推著板車與趙氏從河西邊回來的何浩看著三三兩兩從村子裡往外走的都是生臉的成年男子，不禁有些憂心。「這一下子村裡來了這麼些生人，若不約束好，怕是要出事啊！」

趙氏哪裡聽得懂這些？只道：「就你操心操得多！有人住進來，大家一起掙錢不是好事嗎？還能出什麼事？」近日何家開的早點鋪子生意越發好，看著每日不斷進帳的銀子，趙氏還巴不得多些人住進來呢！

何浩的擔心不是沒有道理的，才過了沒兩日，村裡頭就出事了。

這夜剛剛掌燈，何家院子外頭就傳來一個小後生氣喘吁吁的聲音——

「里正叔！村……村裡出事了！」

剛吃完晚飯在院裡納涼的何浩一聽說出事了，立即出來打開院門。「出什麼事了？」

「住、住……住在陳三叔家的河工，說他們的銀子丟了，現在正跟陳三叔家鬧呢！」那後生也是聽到動靜去瞧熱鬧的，不過看著兩邊人快打起來了，村裡老人才叫他趕緊來請里正過去主持大局，小後生便一路跑過來，倒是喘壞了。

「陳老三家？」何浩一聽便知道要壞事了，這陳老三可是五里橋村裡頭最無賴的無賴！他趕忙掩上院門道：「快，快去看看！」

何浩還沒到陳老三家門口，遠遠就聽見陳老三家院子裡頭的喧鬧聲。

夜色中，院子外頭還圍了一圈在瞧熱鬧的人；院子裡，丟了錢的河工與陳老三兩幫人正兩相對峙著，氣氛劍拔弩張。

這回住進陳老三家的一共有五個河工，都是外鄉來的，所以並不認識「名聲在外」的陳老三，陳老三也是篤定他們幾個外鄉人就算被偷了也不敢做什麼，才大著膽子去偷了五人的銀錢。

陳老三是多年的潑皮，要賴撒潑也是一流的，見里正一來，眼睛一轉就開始惡人先告狀。「里正你來得正好，這幾個外鄉人住在我家不給銀錢就算了，還冤枉我偷他們銀子！你身為里正，可要為我們主持公道啊！」

「明明是你偷了我們的銀子，還紅口白牙地在這兒誣衊我們住進來不給錢！」那幾個被偷了銀子的外鄉人個個氣憤不已，指著陳老三大罵。

打頭的紅臉漢子見陳老三管何浩叫里正，便也轉身朝他拱了拱手。「你是村裡的里正是吧？我們在他家裡住著，昨日才發的工錢，今日下工回來就發現都不見了，屋子裡頭還被翻得亂七八糟的，除了他還能有誰進來翻我們的東西？」

「你們丟了多少銀子？」何浩皺著眉頭看著亂糟糟的院子裡頭，這陳老三是越來越沒分寸了。

「我丟了七錢！」

「我丟了六錢！」

「我丟了……」

河工的工錢挺高的，但相較於別的活計卻是十分辛苦，都是窮苦人家出身，這一下子丟了這麼些銀子，不急才怪呢！

何浩只覺得眼前一黑，他也是莊戶人家，哪裡不知道六、七錢銀子對於一個家庭的重要性？緩了好大一口氣，他才看著陳老三問道：「老三，這事可是發生在你家裡頭，你作為主家，這事無論是誰幹的，你都得給人一個說法才是。」

道理是這麼個道理，可那陳老三是個什麼人物？他能給個啥說法？

陳老三故作無奈地攤攤手。「我能如何？那偷兒也不是我放進來的啊！再說了，誰知道他們是真丟銀子還是假丟銀子？他們說自己丟了幾錢銀子，我還說他們住進來以後我家丟了幾兩……不，幾十兩銀子呢！」

這會兒不僅丟銀子的五位苦主氣得倒仰，連何浩跟外面趴在牆頭看熱鬧的村民都對陳老三的無賴再次震驚了，這是惡人先告狀啊！

陳老三在村裡這麼些年，是個連小孩的雞蛋都能騙了吃的無賴，哪怕村人都知道錢是他偷的，可他就是咬定河工們沒有證據，誰也奈何不了他。

看著陳老三一副得意洋洋的樣子，那五個漢子頓時氣得氣血往腦袋上湧，兩個年輕氣盛的當即就往前衝，拳頭徑直往陳老三得意的臉揮去。

能做河工的人，力氣那可都不小，陳老三這些年盡是靠坑矇拐騙過日子，雖然個子不矮，卻是十分瘦弱，哪裡扛得住十八、九歲年輕小夥子用盡全力的一拳？

「哎喲！」一應聲而倒的陳老三鼻子往外滲著血，在幾個豬朋狗友的攙扶下才晃晃悠悠地站了起來。「格老子的！在老子的地頭上還敢打老子？哥兒幾個！」

跟陳老三平日裡一起鬼混的人今兒個也都在場，看著陳老三被一拳打得鼻子噴血，也只得壯著膽子上。若被打都不還手，那以後他們幾個還怎麼在洛河州混？

那被偷銀子的後生心中也著實氣不過，雙方便直接動起手來。

河工們雖然只有五人，可個個都是一身腱子肉的青壯，陳老三這邊雖然有七、八個人，卻是眾不敵寡。一時間，滿是哀號聲、揮舞得虎虎生風的拳頭聲、沈悶地捶進肉裡的聲音……現場頓時陷入混亂。

何浩雖然在場，不過只有他一個人，攔也攔不住，便趕忙招手讓外頭看熱鬧的村民進來拉架，折騰了好一會兒才將打得滿眼發紅的兩幫人拉開。

雙方都受了些傷，不過幾個河工只是臉上有些輕微擦傷，每個都直挺挺地站著；而以陳老三為首的幾人卻個個鼻青臉腫，還不斷地哀號著這兒痛那兒痛的。

以往被陳老三坑騙過的村民見狀，個個都覺得心裡痛快極了，這種人就應該讓人來狠狠揍他一頓才是！

陳老三是什麼人物？是你從他家門口走過，都能說你偷了他家牛的人物啊！他咋可能被揍了還不吭聲呢？只見他直接倒在地上，捂著被打破的鼻子哀號道：「哎喲！打死人了！快報官啊！」

陳老三家的媳婦兒也是個厲害的，直接一把將怯怯地站在一旁的小閨女掐哭，然後也一屁股坐到地上嚎哭起來。「沒天理了啊！欺壓良民了啊！」

大人的哭鬧聲、小孩子扯著嗓子的哭聲全攪混在一起，陳家一時間真是熱鬧得不行。

何浩被眼前這一家老小齊上陣訛詐外鄉人的行徑氣得頭痛，怒喝道：「都別鬧了！」

連陳老三這潑皮都被平日裡好說話的里正突然發難給嚇到，一時間張大了嘴也不出聲，只愣愣地望著臉有些黑的何浩。

看熱鬧的村民自然也不說什麼，畢竟沾上陳老三的事可都不是什麼好事，能不跟自己沾邊就最好不要沾上。

「幾十歲的人了，還在這兒耍賴打滾，也不臊得慌！」何浩沒好氣地罵了陳老三兩句，然後轉頭看向一旁兩個年輕人。「趕緊將人扶起來，這像個什麼樣子！」

被扶起來的陳老三也是一開始被嚇到而已，回過神後便舉著沾滿灰塵的衣袖，裝模作樣地擦擦眼角並不存在的淚，嚷道：「何浩大哥，你身為一村的里正，可不能由著外鄉人欺負我們五里橋的人啊！你瞧我都被他們打成什麼樣子了？今兒個他們若不拿出十兩銀子賠給我當醫藥費，這事就沒完！」

「何浩哥啊！你可得給我們當家的主持公道啊！我們一家好幾張嘴可都靠我們當家的養活，他要是有個三長兩短，我們孤兒寡母可怎麼活啊！」陳老三家的又悄悄伸手掐了把已經哭過的閨女，哭哭啼啼地賣慘。

何浩被陳老三家的跟孩子尖銳的哭聲煩得不行，眉頭越皺越深。這一家子還真是一家人，耍賴撒潑都是個頂個的！深吸口氣後，他才大聲道：「好了！都別鬧了！」

這陳老三家就是一灘渾水，若非他是里正，這事自己根本一點也不想沾手。他先是轉頭看向幾個緊緊站在一起，個個用仇視的目光看著自己的五個外鄉人。「今兒這事，公說公有理、婆說婆有理，你們說是他偷了銀子，可也沒有證據，再者你們還先動手打了人，他可以告你們栽贓、傷人。」

五個河工一聽，心裡都涼了半截，可他們身在異鄉，人單力薄的，倘若現在人家去報官說自己栽贓誣衊，他們又能怎麼辦？

何浩見幾個河工眼中滿是忿怒，深嘆了口氣，轉過來看向陳老三。「至於陳老三，你身為主家，他們住在你這兒丟了銀錢，你也難逃責任！這樣吧，你把他們五人交的住宿銀錢還出來，這事便算了了。」

「憑什麼？就讓他們白住我們家這些日子不成？」陳老三家的也是個潑婦，一聽還要自家把到手的銀錢還出來，立時便發難了，站起身子指著何浩罵道：「你身為里正，竟還偏幫外鄉人，就不怕我報官去，摘了你這里正的官帽，看你還怎麼耀武揚威！」

「我何浩雖沒有大作為，可這輩子做過的事，我捫心自問無愧於心。誰若是覺得我處事不公，自然可以到衙門去告上一告！」淡淡的目光在陳老三一家人身上轉了圈，又道：「此事我唯一有愧的，是不能為他們五人找回被偷的銀錢。最好就報官看看吧，說不準還真能把被偷的銀子找回來，然後那些天殺的偷兒個個被抓進去判他坐個三、五年大獄！」

何浩這話說得重，那幾個做賊的自然是心虛了幾分。

陳老三沒好氣地瞪了眼自家婆娘，這是要害死自己不成？雖然一人退幾十文，加起來也有兩錢多銀子，可想想自己藏起來的、鼓鼓囊囊的錢袋子，他便咬咬牙認下了。「既然何浩大哥你都這麼說了，我陳老三也算是個講理講義氣的，咱好聚好散，就當跟幾位交個朋友吧！」然後從自己懷裡摳摳搜搜地掏出錢，賠了五人每人半個月的住宿銀錢，接著嬉皮笑臉地還想跟幾個一臉悲憤的河工勾肩搭背。「兄弟幾個要是哪日還想回來我這兒住，隨時歡迎啊！」

其中一個被他搭上肩膀的小後生重重地將他的胳膊甩開，然後氣呼呼地跟在打頭的河工身邊，五人提著自己僅有的幾件舊衣裳，氣沖沖地離了陳老三家，往河西邊走去。

一場鬧劇就這麼結束了，村民們見沒熱鬧可瞧，便都散了。

何浩看著嬉皮笑臉的陳老三，深深地嘆了口氣，搖搖頭也走了。

等無關人等都走完以後，陳老三家的婆娘才沒好氣地怪道：「你幹啥答應賠銀子？你這還被打傷了呢！那住宿的銀子本就是咱們應得的，還白白賠了！」

陳老三摸了摸自己被打破皮的下巴，「哎喲」了一聲，才沒好氣地說道：「妳以為我願意賠？那何浩的臉都黑成煤炭了，若不損失點銀子，那幾個外鄉人真報官可如何是好？」說罷還惡狠狠地啐了口，心裡對偏幫外鄉人的何浩又多了一分記恨。

說到何浩，陳老三家的也沒好氣地罵了兩句。「還真把自己當成官老爺不成！就會欺負我們，等我兒將來出息了，定要讓他們這起子小人好看！」

再說那五個河工，從五里橋村裡出來以後，看著黑乎乎的一片，耳邊時不時還傳來幾聲不知道是狗叫還是狼嗥的聲音，夜風一吹還有點涼。

幾個年輕點的一時間都沒了主意，面面相覷，不知去哪裡好。

那帶頭的漢子也著實猶豫了好一會兒，才沈聲道：「走，咱們往河西邊去！」瞧見遠遠還微微透著光的河西邊的河工宿舍，幾人也只得往那邊去碰碰運氣了。其實他們一開始也是想住進蘇家的河工宿舍的，可蘇家那邊早就住滿人了，也是沒法子才去了河東邊，住進了陳老三家，哪承想這一下子會出這麼多么蛾子？

正準備歇下的洪大爺聽到外頭的敲門聲，示意韓立與韓爾華先睡下，自己打著燈籠，披著外衣裳便往前院去。「這大晚上的，誰啊？」

「大爺，我們是原先住在河對面的河工，想來你這邊借宿一晚，能不能行個方便？」那打頭的河工拱了拱手，有些不好意思地問道。

洪大爺一聽是要投宿的，便擺了擺手道：「我們這兒都住滿了，沒地兒再住人了啊！」

一聽說沒地方住，幾人都有些失落，垂頭喪氣地準備離開。一個年輕的小子不死心，便多求了一句。「大爺，我們是被河對面的陳老三一家坑了！他把我們的銀子都偷了，我們也是實在沒法。這大晚上的，城門也關了，我們實在沒地兒去，大爺您老人家行行好吧！」

一聽說是住在陳老三家的河工，洪大爺不自覺地就皺了眉頭。「你們咋住到他家去了？」不過還是動了惻隱之心，帶著五人往院子邊上那一排單間走去，用鑰匙打開其中一個還空著的房間。「要不你們今兒就先住這兒吧，我們這邊的單間都是按月交錢的，我看你們也不容易，就先給一晚的錢吧。」

幾人見他這般通融，自然感激不已，趕忙湊出了一晚的房錢給了洪大爺，待感恩戴德地送走了洪大爺後，才打量了一番蘇家的單間宿舍。勉強能睡下五個人的炕，還有桌椅板凳，雖然小是小了些，不過好歹能將就一晚。

第二日一早，洪大爺便將此事跟每日固定時間過來查看河工宿舍情況的幼金大略說了一遍。「……那幾個河工就在旁邊的單間住了一晚。幼金丫頭，妳別怪老頭子我自作主張啊！」

聽完洪大爺的話，幼金笑了笑。「大爺，這事您做得沒錯，咱們家收留他們一晚，舉手之勞而已。不過這河東邊究竟發生了什麼事？」蘇家住在河西邊，跟村子離得遠的好處是清靜，壞處就是村裡發生什麼事，自己都是後知後覺。

說到這個，洪大爺就嫌棄地啐了一口。「那陳老三也忒不是東西，幾個河工的血汗錢都偷了！要不是里正出面，讓退了那些個河工每人半個月的住宿銀錢，那幾人怕是真要露宿街頭了！」

聽完洪大爺將打聽回來的事大略說了一遍，幼金才皺著眉頭問道：「那幾個河工不會去報官嗎？丟了這麼些銀子，官府不能不管吧？」

洪大爺嘆了口氣，道：「幼金丫頭，你們家才搬過來不足半年，是不知道那陳老三的厲害。他在咱們這片都是出了名的，以前不是沒有苦主報官過，可那陳老三偷完東西都不知道藏在哪兒了，官府也找不到證據，最後都只能不了了之，苦主們也只能自認倒楣啊！」

「那還真是個禍害不成？」幼金這般問道，也生起一絲危機感。自家一家老小大都是手無縛雞之力的閨女，若是真被陳老三這起子人惦記上，怕是要出大禍！

洪大爺無奈地搖搖頭，這事誰又能說得準呢？

在幼金的建議下，洪大爺將自家的土房子租給那五個河工，按每人每日一文錢的標準，收了五人十日的錢。

五個河工也不嫌棄洪大爺家的土房子破舊，畢竟好歹能有個落腳的地方不是？

不過陳老三家的事也給幼金敲響了警鐘，雖然自家不會去偷河工的銀子，但是河工們內部也說不準會有什麼樣的人，這要是出事，怕也是要影響自家的生意。

如今河工宿舍都已住滿，每日能給蘇家帶來差不多四錢銀子的收入。河工宿舍營業已有兩個月，當初投入建設的銀子也早就回本了，如今每日賺回來的都是純利，這樣一門好生意，幼金可捨不得丟開。

時序已進秋，蘇家在侯家灣買的十六畝良田只待原主家的糧食收割，往後便是蘇家的地。如今酸梅湯的生意已經淡了不少，幼金乾脆就停了這門生意。

蘇家邊上的向日葵已經結出碩大的葵花籽盆，微微彎曲的向日葵正欣喜地向人訴說著豐收的喜悅。

而跟著蘇氏學了小半年廚藝的幼珠手藝也慢慢進步了，蘇氏是個有耐心的，幼珠也是個認死理的主兒，兩人碰到一起，倒真是有些要成事的樣子。

「大姊，快來嚐嚐我新做的點心！」臉上都沾成了花貓的幼珠捧著一碟子做成梅花樣子的糕點進了東廂房，歡歡喜喜地跟幼金獻寶。

幼金將穿成串的一百文銅錢緊緊繫好放到桌上，才笑著問道：「這是來找我試毒的還是試味道的？」

將點心碟子小心地放到空出來的桌上，幼珠才嘟著嘴撒嬌道：「大姊！」雖然一開始她是做了好幾回難以下嚥的東西，可現在連娘都說她大有長進了，大姊還笑自己！

幼金見她這樣，也不打趣她了，用一旁的粗棉帕子擦了擦手，然後撚起一塊淡黃色梅花形狀的糕點放入口中，淡淡的花香氣瞬間在口腔中散開，雖然點心原料比不上城裡頭點心鋪子的精緻，不過也別有一番風味。幼金本就有些餓了，兩三口便都吃完了，滿意地點點頭問：「不錯。這點心叫啥？」

得了長姊的好評價，幼珠才咧開嘴笑了。「娘也不知道叫啥名兒，只說外祖姥兒就是這麼教她做的。」然後便歡歡喜喜地捧著點心出去給幾個小的嚐嚐，順便正正自己這個姊姊的威風！

倒是東廂房裡頭的幼金不禁開始想著自家開一個點心鋪子的希望有多大？如今自家有五百多兩家底，還有蘇氏的好手藝，雖然蘇氏身子差，不過可以買幾個小學徒回來學著，這樣一來倒也不成問題。

幼金前後想了好幾日，才將開點心鋪子一事跟蘇氏商量一番。

蘇氏雖然不懂經營的事，不過讓她教人做點心也確實沒多大問題。「只是這樣一來，咱們家的手藝不就外傳了？」

這個時代的人總是對家傳的技藝十分執著，蘇氏身為女兒能學到家傳的手藝已經不易，更何況是要外傳？見蘇氏這麼問，幼金便將心裡的計劃大略說了說。「我準備去買幾個丫頭回來，跟著娘一起學。身家性命都在咱們手上，若是敢外傳，自然有法子治她們。再者，咱們可以把方子留住，只讓她們幫著和麵啥的，不就好了？」

聽完幼金的盤算，蘇氏才放心地點點頭。「既然妳都想好了，那我自然也沒意見。」

第十三章

洛河州是有專門的人口買賣集市的，每月逢初十、二十兩日開市，往來的人販子們還有要買人的客戶都會在這兩日進到集市中去進行買賣。

幼金今年不過十二，自然不會自己一人到人口買賣集市去，便直接找上了相熟的陳牙人，陳牙人自然也是樂得接下這筆生意。

見有客上門，那人販子趕忙笑著迎了上來。「大爺要挑些什麼樣的回去伺候？我這兒什麼樣的都有，您瞧瞧？」

看著那滿口黃牙的人販子，陳牙人微微皺了皺眉，然後看向幼金。「蘇姑娘，妳覺得呢？」

原來正主是後頭那個穿著細棉衣裳、不過十一、二歲模樣的小姑娘啊！那滿臉橫肉的人販子便朝她也露出一個諂媚的笑。「小姑娘隨便看，覺著有合適的就跟我說！」

幼金細細打量著被一根粗麻繩緊緊連在一起的人們，最後挑出來三個約莫十四、五歲的女孩子，朝陳牙人點點頭。

陳牙人微微頷首，然後便跟一旁搓著手的人販子談妥價錢。

幼金付了銀子後，拿到三人的賣身契，正準備離開集市時，瞧見一個有些不同於周圍人的、低垂著頭的女子，便上前問道：「這人賣身錢多少？」

那人販子見幼金問的是一路上沒少給自己惹事的那個女子，嫌棄地皺了皺眉，才道：「姑娘若是想要，八兩銀子如何？」

「這麼貴？」幼金方才買了三個，加起來也才五兩銀子，這一個就要八兩，也忒貴了些！

那人販子見她還是挺有興趣的模樣，自己也是想趕緊脫手，便道：「姑娘妳若是真心想要，七兩如何？小姑娘，她可是我從京城買回來的官宦人家的家眷，七兩銀子著實不貴！」

兩人一番你來我往地殺價，最後以六兩五錢買下了那個看不出真實面貌與年歲的女子。

出了人口集市，跟陳牙人分開後，眾人坐上幼金雇的騾車，往五里橋去。

蘇家人除了蘇氏，其他人都不知道原來幼金是到城裡買人的，見她一個人去五個人回，其中四個還是髒兮兮的，都好奇地圍了過來。

幼金帶著四人進了蘇家院子，先讓她們好生沐浴一番。

蘇氏則找出四套以前她穿的舊衣裳給了四人，雖然不大合身，但總比穿著之前又髒又臭的衣裳好多了。

四人都仔細沐浴過後，才露出各自的本來面目——三個小丫頭都是出身窮困的人家，樣貌只算得上清秀，不過瞧著倒都是有一把子力氣、能幹活的人。

而那個據說是京中官宦人家的家眷梳洗完以後，也終於露出了原先的模樣——二十出頭、梳著婦人髮髻的模樣雖然只是中人之姿，但眉目流轉間倒是別有一番風流姿態。

她朝幼金深深地行了個福禮。「玉蘭多謝姑娘。」

雖然身上穿的是半舊的村婦衣裳，可玉蘭身上的氣度明顯與一旁三個縮手縮腳的鄉下丫頭有著天壤之別。幼金滿意地點點頭，覺得自己的六兩五錢銀子沒白花。「玉蘭嫂子客氣了。」

跟四人說了好一會子話後，幼金也將四人的背景大略瞭解得差不多了。

二丫、陳小荷、吳芽兒三人都是被家裡爹娘給賣了的，跟著人販子從北邊戰亂的地兒到了洛河州，從小都是做慣粗活的人；至於玉蘭，夫家原是京中的九品小官，玉蘭原也是舉人家的閨女，打小識文斷字，哪知一朝天災，家破人亡，玉蘭也被打入賤籍。

「我先跟妳們說說日後要做些什麼，二丫妳們仨就跟著我娘還有幼珠在廚房做事，玉蘭嫂子妳就每日負責教我們家的女孩兒們識字，並幫著我娘帶小八跟康兒。」小八跟康兒已經半歲多了，正是好動的時候，蘇氏一人著實是帶不過來。

玉蘭也是生養過的，如今見了牙牙學語的小八跟康兒，想起自己的兩個孩子，兩眼不自覺地有些發紅，伸手接過不怕生的小八，感激地應下。「欸！我一準能做好！」原以為自己這輩子注定是要跌落泥淖中，雖然蘇家比起自己前二十幾年的生活差得太遠，但總歸是有片瓦遮頭，還不用墮落塵埃中去，已是萬幸了。

蘇家一下子多了四口人，所幸如今的宅子還夠大，幼金帶著二丫三人到西廂房將下房收拾出來，玉蘭連著三個小姑娘便住到了西廂房幼銀姊妹隔壁的房間。

接下來的日子，蘇氏帶著幼珠與三個丫頭每日在廚房研究點心吃食。

幼金則忙著與陳牙人打交道，她要在入冬之前尋到一處合適的鋪面，把點心鋪子開起來。

玉蘭也按著幼金的話，每日抽一到兩個時辰教家裡的女孩子們寫字讀書，買不起筆墨，就帶著她們拿著樹枝在院子的地上寫寫畫畫的，倒也有些成效。

金秋時節，秋高氣爽。

從洛河州南城門出來一直往南，五里橋河兩邊的稻田中，金黃的稻穗早已低下頭，涼爽的秋風吹過，一片嘩啦啦的聲音，那是豐收的喜悅，又到了一年裡頭莊戶人家最盼望的秋收時節。

蘇家今年只種了兩畝多的葵花籽，也到了成熟的時候。

家裡那十來隻已經長成可以下蛋、打鳴的雞還在雞圈裡沈沈地睡著，廚房裡頭卻已經升起裊裊炊煙，粳米粥的香氣瀰漫在小院子裡，勾醒沈睡的人們。

梳洗好的幼金邁著鬆快的步子進了廚房。

輪到今日做飯的吳芽兒見她來了，便咧著嘴笑了。「幼金妳倒是早，早飯還要等一會兒呢！」

自從家裡多了三個幹活的好手以後，幼金便將原先由蘇氏負責的一日三餐交給三個能幹的少女，每人五日地輪流著來做飯。

三個丫頭都是極能吃苦的，來了蘇家以後雖然也有活計要做，但是頓頓都能吃飽，幹的活計也比以前在家時鬆快多了，所以都歡喜得很。

秋日的清晨，井水透著絲絲涼意，用冷水洗過臉精神了不少的幼金笑著點點頭，進了廚房後很快拿碗筷擺好，那邊吳芽兒也將早飯配粳米粥的蔬菜炒好端上了桌。

要早起幹活的人都起來了，五、六個小姑娘胃口也都好，不一會兒便吃完了小半鍋熬得綿軟可口的粳米粥，驅散早起的睏意與秋天的涼意，拿著鐮刀，揹著籮筐一起往邊上的向日葵田去了。

「這花盆子可比我的臉都大多了！」二丫笑嘻嘻地割下一個葵花盆，往自己臉上比了比，才笑嘻嘻地放進籮筐中。

吳芽兒也笑著割下一朵葵花，捧在手裡沈甸甸的，應道：「是哩！這花盆子可真夠大的！」

幼金堆的肥都往這荒地裡用，養肥了地，葵花自然也長得好，可以說是大豐收。

幾個小丫頭一邊笑鬧著，手裡的活計也沒耽誤，等到日頭升起，浸潤在葵花上的露水都消散之時，兩畝半的葵花田已經收割了一大半。

割倒在地的葵花桿子扔得到處都是，只等著曬乾再一把火燒成草木灰用來養肥土地。

這已經是幼金幾人第五趟抬著裝滿籮筐的葵花花盆回家了。

日頭漸漸升高，秋天的涼爽也一扭臉變成秋老虎。蘇家統共就這麼些葵花要收割，自是不著急的，瞧著還有不到一半沒割的葵花，幼金拿起搭在肩上的粗棉帕子擦擦額頭的汗珠，道：「今日就先到這兒吧，明日一早再來把剩下的割完。」

幾人見她這麼說，便都停下了手裡的活計，將割下來的葵花裝入籮筐，抬著回家去。

路上還碰到好幾個推著板車拉糧食回村裡曬穀場曬的村民，笑著跟幼金打招呼。

「幼金丫頭，這日頭都還沒起來呢就回家去了啊？」

「是啊，吳嬸兒！我們家都是女孩子，曬不得哩！」笑著上前幫吳嬸兒夫婦搭了把手，推著板車到蘇家門口，幼金才停下，笑著跟兩人揮手道別，然後推開院門進去。

此時蘇家院子裡曬滿了葵花盆子，倒讓人有些無從下腳。幼金小心地挪動著，生怕踩到。

進廚房打了熱水沐浴一番，又換上乾淨的細棉衣裳後，幼金才出來幫著蘇氏抱走黏人的康兒，讓蘇氏帶著幼珠還有三個丫頭到廚房繼續培訓廚藝去了。

玉蘭雖然不通廚藝，也沒做過粗活，不過她做得一手好繡活，幫著蘇氏帶兩個半歲大的娃娃也帶得很好，每日還要教蘇家幾個閨女認字，行程倒也安排得十分密集。

繁體字幼金也是大略認得的，不過毛筆字還是寫得不好，為了掩蓋自己的「天賦異稟」，幼金也是每日堅持跟著玉蘭學認字。不僅如此，她還要玉蘭每日教導幾個妹妹禮儀規矩，她可是對每個妹妹都寄予了厚望的。

玉蘭一開始聽幼金說還要教禮儀規矩，也有些嚇到，不過住進蘇家一段時間以後，瞧出來蘇家大姑娘是個有成算的，也不敢輕慢，盡心盡責地教導蘇家的七個孩子詩書禮儀，幾個孩子都是乖巧聰慧的，自己教起來也沒有很費勁。

蘇家的葵花收割完沒幾日，陳牙人便帶著好消息上門來了。

「蘇姑娘，我跟妳說，這回的鋪子妳一準滿意！」陳牙人笑呵呵地喝了好大一口白糖水後，才將這回帶來的好消息說了。「就是前頭妳擺酸梅湯賣的流動攤子後邊的那個雜貨鋪，那家人要離開洛河州，所以急著要把鋪子賣了，我這一打聽到消息就趕忙來找妳了！」

「李掌櫃家的鋪子要賣？」幼金自然記得李二順的，畢竟自己在人家店門口擺了一個夏天的攤子賣酸梅湯。「他家生意做得好好的，怎麼突然說要賣鋪子？」

見她果然記得，陳牙人便笑道：「那李二順老家傳來消息，說是他老爹沒了，要回去守孝呢！他原也不是咱們洛河州的人，這年紀大了也想落葉歸根，便生了賣鋪子回老家的心思，我一聽說這事，就立即找了李二順，讓他先留著，妳一準中意！」

李二順的鋪子雖然不大，但是位置好，位於東西市的交界處，每日光是路過他家鋪子門口的，沒有一千也有八百人，幼金自然中意這處房子，便問道：「那李掌櫃說賣多少錢沒有？」

陳牙人也不言語，比了比兩根手指。

幼金一看便皺緊了眉頭。「這麼貴？」之前也有看過別的鋪子，跟李二順家差不多大小的鋪子最多就一百兩，他也太敢開價了些！

見她這個模樣，陳牙人便知道她是嫌貴，趕忙道：「這李家的價錢是要得貴了些，不過蘇姑娘妳若真想要，我再去跟李掌櫃談談。妳給我個能接受的價錢，我去談。」陳牙人原就是受幼金所託，為著以後能多掙銀子，自然也是偏向蘇家的。

幼金想了好一會兒，才道：「最多一百六十兩，再多就算了。」開一個點心鋪子，前期還要投入不少銀子，加上自家如今有十幾口人等著吃飯，幼金可不能冒這個險。

陳牙人想了想，便點點頭。「成，我這就進城找李掌櫃好好談談。」說罷便匆匆告辭。

第二日，陳牙人便帶來了好消息。

李二順一聽說要買他家鋪子的是蘇家丫頭，原本只肯少到一百七十兩的他也痛快地點頭了，答應以一百六十兩的價錢，將自家帶了一個狹窄後院跟兩間房的鋪子賣給了蘇家。

李二順給面子，幼金自然也承他的情，痛快地銀貨兩訖。

陳牙人辦事效率也快，又過了一日就將鑰匙連著紅契一起交到了幼金手裡，還笑稱幼金為蘇掌櫃。「蘇掌櫃，往後可要多多照顧我的生意才是啊！」

幼金被他臊得有些不好意思，不過臉上還是掛著淡淡的笑容。「往後還有要陳大叔你照顧的地方呢！」

因著是要將雜貨鋪子改成點心鋪子，李二順留下的舊家具也都用不上了，幼金便雇了架牛車將能用的家具都拉回蘇家，然後將鋪子重新翻修了一遍，以明紙糊窗，大大增加鋪子裡的光線，再添了好些個胡桃木貨架，擺上兩盆矮子松與垂絲海棠在角落，與之前光線昏暗的雜貨鋪子比起來真真是天壤之別。

玉蘭字寫得好，幼金便讓她為蘇家的點心鋪子寫好了招幌，又找木匠做了一個新的牌匾掛在門外，用一塊紅布蒙著，只等開張那日揭開。

蘇家鋪子即將開張，幼金要忙的事就更多了，她買了米白色與藕荷色的細棉料子回去，跟玉蘭大致說了自己的要求，然後讓她帶著人為蘇氏、幼金、幼銀、幼珠還有二丫三人每人做出兩套窄袖上衣配百褶齊地裙，上衣的左胸前要繡上「蘇家香」三個字樣。「蘇家香」便是幼金為自家點心鋪子取好的名字。

玉蘭手巧，三個丫頭也懂些針線活，四人一起做衣裳倒也快。衣裳做好後，玉蘭還用剩下的料子給蘇家剩下的幾個沒有工服的小丫頭都做了件好看的小襖子。

蘇氏又跟趙氏打聽附近專門給人看日子的算命先生，看好了十一月初八的好日子。

轉眼便到了初五這日，連著兩個小的，蘇家人全都到鋪子來做最後的準備工作。不過十二坪左右的鋪子，裡頭滿滿當當地站了十幾個人，還真是有點擠。

幼金訂做的點心架子上，每個格子前面已經掛上了玉蘭寫好點心名字的竹牌，玉蘭寫得一手漂亮的楷書，幼金看了十分滿意。

經過幾個月的折騰，還有蘇家內部的投票決定，最後可以擺上蘇家點心鋪子貨架的點心統共有八樣，分別是：菊香酥、棗泥糕、豌豆黃、狀元糕、桂花綠豆糕、桂花赤豆糕、豆沙餡餅以及四色片糕。

十一月初八，蘇家鋪子前，幼金點燃掛在門前的炮仗，扯下遮擋住招牌的紅布，「蘇家香」便正式開始對外營業了。

鋪子裡頭，站在櫃檯前的吳芽兒有些緊張。她因著做點心的天賦比不上二丫與陳小荷，便被幼金指派到前邊來招呼客人，可吳芽兒打小長在鄉里，哪做過這些？心裡自然是忐忑不安的。

站在她身邊的幼銀見她一臉緊張的模樣，便悄聲安慰道：「沒啥可怕的，客人要買哪個就給他拿，再收銀子就成！」初來洛河州之時眉眼間的瑟縮、怯生生早已不見，取而代之的是落落大方的舉止與淡然的神情，儼然一副小掌櫃的模樣。

鞭炮燃放後的硫磺味混合著點心的香味飄散在人來人往的大街上，加上幼金一邊鼓掌一邊喊「買二送一」的叫賣聲，開張不過片刻，還真就有客人上門了。

一個穿著打扮得十分入時的年輕婦人邁著小步子走進鋪子問道：「都有什麼點心啊？」

見有客人上門，幼銀便揚起笑臉，將幼金提前準備好的、已經切成小塊的試吃點心端了起來。「這位太太您嚐嚐，我們鋪子裡現在有八種口味的點心賣，開張前三日買兩樣送一樣！」

本著不吃白不吃的精神，那年輕婦人便拿起碟子上的竹籤扎了一小塊點心放入口中，隨即兩眼微微發亮，又將其他七個口味都嚐了個遍才滿意地點點頭。「那就給我包一份桂花赤豆糕還有四色片糕吧！」

櫃檯裡站著的吳芽兒雖然有些張不開嘴，但是手腳十分俐落，不一會兒就將那婦人要的兩樣點心打包好。

幼銀則笑道：「太太，咱們店裡現在開業買二送一，還送一小份點心，您看要哪個？」

「那就菊香酥吧！」那婦人付了銀子，然後提著點心出了蘇家香。

裡頭的幼銀手裡拿著點心鋪子的第一份收入，歡喜得不得了。

蘇家香的定位是中低消費的點心路線，最貴的四色片糕、菊香酥也才賣一錢銀子一份，至於便宜易得的桂花綠豆糕之類的也才賣二十文一份，對於洛河州那些動輒幾錢甚至幾兩銀子一份點心的大點心鋪子，蘇家香的價格可以說是十分親民了。

地理位置好、加上幼金的大聲吆喝，還有那伴隨著秋風飄得老遠的點心香味，為第一日開張的蘇家香吸引了許多客人。等到打烊時分，後廚裡頭的蘇氏、幼珠等四人已經全都累得抬不起手來了。

幼金與吳芽兒將門板一塊塊安上去，又將店鋪前面的環境稍微收拾了下，眾人才從後門出來，坐上幼金一早就雇好的騾車，趁著關城門之前趕緊出城往五里橋回。

在家眼巴巴等了一日的玉蘭還有蘇家幾個孩子見蘇氏與幼金等人終於回來了，便都趕忙迎上前。「咋樣？」

因著幼金怕店裡人多事雜，家裡幼綾、幼羅、幼綢都還小，便留了玉蘭與幼寶在家守著幾個孩子。

蘇氏累了一日的雙手抱起伸手要自己抱的小八，笑著說：「生意好著呢！我這胳膊累了一日都抬不起來了。」

蘇氏還只是主要配好方子，和麵等需要大力氣的活兒還是二丫跟小荷兩人扛起大頭的，連蘇氏都累成這樣，更別說其他人了。

不過倒是每個人都累得歡喜，因為開業前幼金也跟二丫三人說了，以後按月給她們發銀子，蘇家香生意越好，她們就能拿越多銀子，所以三人幹活都更加賣力。

東廂房裡頭，幼金將今日的收入盤算好入帳後，將銀子鎖入自己專門存放銀兩的小木櫃子裡頭，才拖著有些疲累的身子出來與眾人說話。「等過了這幾日，若是生意真這般好，我就多招幾個人回來幹活。」

見她出來了，眾人眼中都滿是期待地看著她，大家都很好奇今日究竟賺了多少銀子？

幼金也不賣關子，笑道：「咱們今兒統共掙了九兩銀子！」這是幼金大略除掉了成本得出的純利，雖然距離日進斗金還有很大的差別，不過已經是十分好的成績了。

「九兩?!這麼多！」眾人一個個的都驚呆了，沒想到才一日下來就賺了河工宿舍通鋪將近一個月的收入！

幼金將黏人的小七抱進懷裡，笑道：「今日還是第一日，我估摸著明日生意能更好些，咱們今晚就都要辛苦些了。」蘇家做點心的原料都是提前一夜準備好的，第二日就可以減輕很多負擔。

那頭幼銀與吳芽兒已將晚飯做好，一家十幾口分成兩桌，飽餐一頓後，蘇氏等人又開始挽著袖子幹起活來，忙著燒火的燒火、洗豆子的洗豆子，一直忙到二更天，才各自洗洗睡下。

第二日一早，蘇家香的大門才開沒一會兒，就有一撥接一撥的客人上門，不少還是昨日聽鄰居說的，也有回頭客，一個上午下來，收入就已經趕上昨日的總收入。

今日忙得連午飯都是幼金到西市那邊買了十四個肉包子回來，蘇家眾人就著水吃完後，便又繼續開始幹活。

後廚裡頭，蘇氏正忙著將模具裡的點心小心地敲出來，這一批模具也是幼金讓玉蘭先畫好草圖，再找了洛河州有名的木匠雕刻而成的，每個糕點上都印著「蘇家香」的字樣，也算是給自己打廣告的好法子。

「照這麼下去，等過完這幾日，咱們非得累瘦一大圈不成！」蘇氏笑吟吟地看著正大力揉麵的二丫跟小荷說道。

一旁攪拌著紅豆沙的幼珠應道：「是啊，大姊還說等忙過這陣子要給咱們放假呢！這生意這般好，我可捨不得不開門掙錢。」

這話逗得後廚裡其他人都抿著嘴笑了。

為著衛生起見，幼金還讓每人頭上都包著一方藕荷色的帕子，加上一身米白色窄袖上衣、藕荷色百褶齊地裙，十分柔和的配色倒是讓進來買糕點的客人都覺得眼前一亮。

鋪子第二日、第三日的生意都十分好，試營業這三日下來，幼金的錢匣子統共進帳四十三兩七錢，雖然從第四日開始生意漸漸回落，不過倒也一直都能維持在每日淨賺七、八兩的水準。

在今冬的第一場雪飄下來的時候，幼金終於又買了三個十五、六歲的小姑娘回來。其中豆蔻、草果兩個就在廚房幫忙，另一個辛夷則跟紫蘇在前頭學著招呼客人。

紫蘇便是吳芽兒的新名字。在玉蘭的建議下，幼金給家中買回來的丫鬟都統一改成了香料的名字，吳芽兒改叫紫蘇，二丫改叫山柰，小荷改叫白芷，倒與點心鋪子相得益彰。

點心鋪子添了三個幫手後，蘇氏也總算能從這裡邊解放出來了，每日只上午到城裡來幫著做些準備工作，等午飯前便回家帶著兩個已經被自己忽略了一月有餘的小兒女。

「這下雪了，怕是上門的客人要少許多了。」穿著米色棉襖的紫蘇搓了搓凍得有些發紅的指尖，看著外頭紛紛揚揚的雪花，不禁有些擔憂。

幼金將剛收到的銀子裝進抽屜中，頭也不抬地說道：「無妨，生意該做便做，急也沒用。」

托著擺滿豆沙餡餅的木托盆的山柰一手打起簾子，笑著進來。「大姑娘，新出爐的豆沙餡餅！」同樣是在玉蘭的建議與堅持下，如今眾人都已經改口管蘇家姊妹叫姑娘，主僕尊卑的界線已經逐漸明瞭。

「嗯，擺架子上吧。」幼金瞧了瞧新出爐的餡餅，個個色澤金黃，還散發著豆沙的香甜味道，著實誘人。

已經回京城一趟又跑到洛河州來的肖臨風，今日依舊騎著他的愛駒，不過身後倒是跟著一串護衛，這是肖臨瑜與肖家老祖宗一番博奕後的最終結果，肖臨風雖然不喜身後跟這麼些人，不過總比關在家裡悶著強。

騎著馬慢悠悠地走在街上，也不怕雪花沾濕衣裳，因為他還穿了一件上好的白狐斗篷，可以說是騷包至極了。忽然，他聞到寒風中飄著一陣香甜的氣味，勾得他口中不停地分泌著唾液，用力地嚥了口口水後，問著前邊一個香味明顯是從他手裡散發出來的路人。「你這手裡拿著的是啥？」好香啊！

那路人見他是個孩子，長得還好看，也不計較他沒禮貌的行為了，啃了一口餡餅，裡頭還冒著熱氣的豆沙便露了出來。

那撲鼻的香氣勾得肖臨風更是連眼睛都挪不開了。

那人指了指不遠處一面藕荷色、隨風招展的招幌。「這是豆沙餡餅，蘇家香點心鋪子買的。」

肖臨風聽完便眼前一亮，騎著馬一溜小跑到了蘇家香門口，還未下馬呢就被裡頭的香味勾得他挪不動身子了。「真香！」

後頭一路緊跟著的護衛倒也是見怪不怪了，肖家小少爺愛吃、會吃，這都是肖家公開的秘密，也是肖家為何涉足酒樓的一大推力。老祖宗、老爺、太太還有大少爺都十分寵愛小少爺，為了滿足小少爺的口腹之慾，京中府裡光是廚子都養了十來個呢！

在鋪子裡眼巴巴地等著客人上門的紫蘇、辛夷兩人見有客上門，都眼前一亮。「這位小公子要買些什麼點心？有剛出爐的豆沙餡餅、桂花綠豆糕！」

肖臨風也不急著要什麼，先把點心架子上掛著的名牌都細細看了一遍，正準備包圓的時候，卻被一個驚喜的聲音打斷了——

「肖小公子？」

被人打斷了奔向美食之路的肖臨風見到一張有些陌生又有些熟悉的臉，歪著腦袋想了好一會兒，才將眼前這個已經抽條了不少的少女，跟半年前那個凶悍的丫頭片子的印象重合到一起，猶豫地問道：「妳是……酸梅湯？」

幼金露出一絲善意的笑，趕忙拿了個乾淨的碟子，又用竹片燒彎做成的夾子將點心架子上每個口味的點心都取了一塊，轉身擺到肖臨風面前。「肖小公子嚐嚐看？」

肖臨風記得她家的酸梅湯好喝，自然也記得她家的豌豆黃做得好。接過紫蘇遞過來的帕子擦了擦手後，便撚起一塊菊香酥嚐了口，眼前倏地一亮。還鼓著腮幫子慢慢嚼著的肖臨風滿意地點點頭，一口接一口地將幼金擺出來的點心都嚐了個遍，才意猶未盡地接過幼金遞過來的、冒著熱氣的清茶喝了幾口。「妳家這點心做得越發好了！」

幼金看著長得越發白淨的小少年，笑眯了眼說道：「肖小公子喜歡便是它們的福氣了。」

兩人這兒正說著話呢，外頭的護衛又撩起了蘇家香的門簾，一個穿了一身黑色雲紋長衫，外頭還披著墨狐皮披風的頎長身影走了進來。

原來是路過的肖臨瑜見到肖家的護衛，知道幼弟在裡頭，便也進來瞧瞧。

「肖公子。」幼金按著玉蘭教過的女子福禮，規規矩矩地朝肖臨瑜行了個禮。

肖臨瑜認出眼前身姿已有些嫋娜的少女正是半年前那個只會拱手行禮的丫頭，嘴角帶著一絲淺笑。「蘇家姑娘，數月不見，別來無恙。」

幼金又取來乾淨的碟子，挾了些糕點擺到肖臨瑜的面前，才笑道：「多謝肖公子掛懷，一切甚好。肖公子嚐嚐我們家的點心。」幼金對肖臨瑜很是感激，畢竟是他花大錢買了自家的方子，自己才能買地、買鋪子開店做生意。

肖臨瑜倒是對眼前的小丫頭越發欣賞了起來，小小年紀就扛起養活一大家子人的責任，比自己不懂事的弟弟還小，卻十分成熟穩重。弟弟若是多跟窮苦人家的孩子接觸，知道一下民生疾苦，倒也是好事。

撚起一塊桂花赤豆糕嚐了嚐，然後給出了不錯的評價。「味道不錯，鋪子也很好。」點心味道確實可以，只是原料有些次，不過對於洛河州中低價位的點心鋪子來說，已經算是十分不錯的了。

寒暄了幾句，肖臨風還將八個口味的點心都打包了一份帶走，肖家兄弟才與幼金道別。

「蘇家丫頭，我過兩日再來找妳玩啊！」

幼金揮揮手。「好，等你來了，我再請你吃點心。」

送走了肖家兩位貴客，一旁杵在原地的紫蘇與辛夷才大大地鬆了口氣，說道：「嚇死我了，這兩位公子真真是貴氣得很！」

幼金讓辛夷將櫃檯上擺著的碟子收拾好，自己則將方才肖臨瑜堅持付的銀子收進抽屜後，才笑道：「確實是貴客，下回再來，妳們見著可別怠慢了才是。」

「嗯！我們曉得的！」兩人齊齊點點頭，十分受教。

過了臘月上旬，蘇家點心鋪推出綠茶味、核桃味兩個口味的香瓜子。定價雖然比一般口味的瓜子貴了些，不過像洛河州這種大城鎮，最不缺的自然是有錢人。

蘇家新口味的瓜子一推出就受到新舊顧客的青睞。「蘇姑娘，你們家的瓜子再給我每個口味留五斤！」

幼金笑吟吟地應道：「成！新一批的瓜子估摸著後日就有得賣了，那您啥時候來拿？」蘇家的香瓜子一斤賣五十文，也不算貴，那些來買點心的客人們嚐過後，有八成都會順帶捎些瓜子回去，不過幾日竟都賣斷了貨，幼金只得趕忙跟糧油鋪子的人訂了一批生瓜子用於製作香瓜子。如今店裡只接受預定，現貨都沒了。

蘇家香點心鋪子一直開到臘月二十八這日才關門，準備回去過年。將鋪子裡最後一份客人預定好的點心匣子裝好，送走了最後一位客人，蘇家鋪子裡的小姑娘們才歡喜地笑鬧著。「可算是要過年了！」

正在清理收銀子抽屜的幼金笑道：「成，大家夥兒都收拾收拾，一會兒韓立也該到了，忙完這會兒，咱們就可以舒舒服服過個好年了！」入冬前幼金咬牙買了輛騾車，韓立如今每日還要負責來回接送要到蘇家香鋪子上工的幼金等人。

眾人一聽，便都打起精神來，不過兩刻鐘就將該洗的、該收的東西都收拾妥當，韓立也駕著騾車到了。

等眾人都出來後，幼金才落了鎖，上了騾車往五里橋回。

五里橋河工宿舍裡，河工們放了半個月的假，都回去過年了，如今只剩下看門的洪大爺跟韓家哥兒倆。

五里橋的村民們今年都掙了不少銀子，其中尤以河西邊的蘇家跟河東邊的里正何浩家最甚。

看著換上新衣裳的兒女，趙氏歡喜地笑瞇了眼。「都合身得很！」今年因著借了蘇家的一間房子開了個早點鋪子，不過半年左右，也掙了十幾兩銀子，再加上一年下來地裡的出息，自家也能過個肥年了。

坐在炕上的何浩邊抽著旱煙，邊看著歡喜的幾個孩子，笑著交代趙氏。「妳明日揀點麻團子送到蘇家去，我估摸著蘇家剛搬過來，也不一定有做。」麻團子是一種油炸的麵食，是洛河州這邊過年必備的祭祀拜神食品。

「這還用你說？」趙氏沒好氣地白了眼自家男人。「不過這半年下來，人家蘇家一分租金都沒要咱的，我可是聽說了他們家單間的河工宿舍一個月都要四百五十文錢呢！咱們這是不是占便宜占得有些多了？」趙氏是個熱心腸的人，同時也是個不好意思占別人家那麼大便宜的人。「這半年下來，少說也要幾兩銀子呢！」

何浩也知道自家承了蘇家一個大人情。「妳明日去給蘇家送麻團子的時候順道提提，蘇家要多少妳也別還價了。」

「河西頭的蘇家沒收咱們家的租子嗎？」何家長子何軒海在洛河州的書院讀書，只知爹娘在對面支了個攤子賣早點，卻一次都未曾去過，也沒有見過蘇家人，只每次都聽爹娘提起，倒是有些好奇。

「蘇家大姊姊人可好了，上回她還給我吃綠豆糕呢！」何家幼女何小寧今年不過十歲，倒是跟河西邊的幼寶姊妹幾個來往得多些，也時常見到幼金。

幼金對於乖巧可愛的小姑娘自然就多了幾分親近，對何小寧也算得上親近。

「家裡的事你別操心，有我跟你娘就成了。還有不過一年就是院試，你如今正是不能分心的時候。」何浩從來不讓這些俗務攪擾兒子的清靜，何軒海今年不過十五，已經考上童生，他對長子的期盼遠大著呢！

「是，孩兒謹遵父親教誨。」何軒海恭恭敬敬地站了起來，朝何浩行了個禮。

何家人又就著溫暖的燭火說了好一會子話，才各自散去歇下。

趙氏想著自家如同一棵翠竹般的兒子已經十五歲了，便歪著身子看向何浩。「當家的，咱們家軒海已經十五了，你覺著我若是跟蘇家娘子透個風聲……」經過近十個月的相處，趙氏是對蘇家的大丫頭越來越滿意了，只覺得真是個不錯的兒媳婦人選。

何浩聽完妻子的話，卻皺著眉搖了搖頭。「咱們家軒海鎮不住蘇家丫頭的！」都不到一年的光景，蘇家一家老弱婦孺就已置辦下這麼些家業，再過個三、五年，蘇家就算在洛河州排不上名號，怕是十里八鄉也是有名的了。

「咋？咱家軒海也不差啊！十四歲就考上童生，明年要是中了秀才，過幾年再中個舉人，那可就是官老爺了！」趙氏對自己的長子可是寄予厚望的，哪怕是自家男人說他壞話，那也不行。

見她不死心，何浩白了她一眼。「不信妳明日就去問問蘇家大丫頭，看她咋說？」說罷，捲著厚實的棉被翻了個身不理人，不一會兒就睡著了。

「問就問！」趙氏倒是對自己兒子很有信心，畢竟自家條件雖然比不得洛河州的大富之家，可在五里橋也算得上殷實之家，加上自家兒子那可是十里八鄉都有名的小童生，蘇家怎麼會不同意？

第二日一早，趙氏便挎著半籃子麻團子，帶著何小寧往河西邊去了。

走在出村子的路上，在路邊坐著閒聊的婦人見她挎著籃子往河西邊去，不由得都撇了撇嘴，小聲說道：「真真是臊得慌！身為里正家的婆娘，竟上趕著給外來戶拍馬屁！」

畢竟何家的早點鋪子每日生意極好，村裡人說不眼紅羨慕，那都是假的。不過這些個長舌婦也只敢私底下這麼嚼幾句舌根，真讓她們當著趙氏的面這麼說，依著趙氏那潑辣的性子，怕是撕破她們的嘴都是有可能的。

如今蘇家人多，西廂房的幼銀三姊妹已經搬到正房跟蘇氏一起住了，西廂房上下兩房則由玉蘭帶著六個十四、五歲的小丫頭住著，雖然有些擠，不過倒也勉強過得去。

「大姑娘起來了，灶上粥還溫著呢！」從廚房出來的山柰見披著外衣裳站在廊下的幼金起來了，便笑吟吟地說道：「我先打些熱水給大姑娘洗臉。」說罷又回了廚房去。

看著雪後初晴的農家小院，幼金滿足地嘆了口氣，這樣的日子真是太舒服了。

「大姊快來吃些早飯吧！」廚房裡頭傳出幼珠的聲音。

如今蘇家一家雖然主僕之分漸漸明顯，一日三餐也都是分桌而食，不過吃食倒還都是一樣的。

熬得爛爛的粳米粥配上夏天時幼金自己醃的酸蒜苗，十分開胃。

用完一碗冒著熱氣的粳米粥，又吃了個三合麵餅子，幼金才滿足地放下手裡的碗，正準備回房將今年的帳都算明白時，卻聽到外頭傳來趙氏歡喜的聲音——

「蘇家娘子，如今氣色越發好了！」

蘇氏抱著已經有些墜手的小八，笑著將趙氏母女帶到正房。

從廚房出來的幼金隨後也跟著進去了。

「妳家如今布置得著實舒坦！」趙氏打量了一圈蘇家正房，雖然沒啥名貴的東西，不過厚實的棉被、燒得暖洋洋的炕、桌上擺放著的精緻點心，還有端著茶水上來的臉生的小丫頭，這一切都在說著蘇家如今的家境已經進了一大步。

幼金笑著坐到蘇氏身後，接過伸著手要自己抱的小八。

蘇氏將孩子遞了過去，然後回頭笑看著趙氏道：「多虧你們一家的照顧，我們才能在五里橋扎下根來過日子。」

何小寧已經跟幼寶幾姊妹玩成一片了，正坐在一邊吃著點心，小聲地說著話。

趙氏見蘇氏這般客氣，「唉呀」了一聲才說道：「我說是虧得你們家，我們才能支個早餐攤子掙些錢才是！」說罷，將昨晚自己與何浩商量的話大概說了下，然後看向幼金。「幼金啊，嬸子知道妳是善心，可這本就是做買賣的事，我們總不能白占著妳家的房子不是？」

涉及生意上的事，蘇氏歷來是不插手的。

後頭抱著小八逗著玩的幼金聽她這麼說，想了想才說道：「嬸子既然這般說了，那往後我收銀子便是了。一個月五十文如何？」

趙氏倒是沒想到她竟然開了這般低的價，不過趙氏素來不是占別人便宜的人，便忍痛說道：「幼金啊，這樣一來不就成我們占你們家便宜了嘛！」

「嬸子放心，我素來不做虧本的生意。嬸子妳這每日起早貪黑的也不容易，小本經營也就掙個餬口的銀錢不是？」幼金並不在意何家租子這點小錢，再者，他們家要在五里橋扎穩根，怎麼也是要何家的支持，所以這筆買賣可不算虧。

見她這般說，趙氏便也承了她這個情，將自己挎著過來的籃子上蓋著的布掀開，道：「這麻團子是我們這邊過年時候祭祖拜神都用得上的吃食，我想著你們第一年過來，怕是不知道。雖然不值啥錢，不過好歹也是一點心意。」

聽她這麼說，蘇氏也就收下了。「那就多謝嫂子了。」

三人又說了好一會子話，趙氏尋了個由頭打發幼金出去，然後才將自己想跟蘇家結親的想法透給了蘇氏。「妳家幼金開年就十三了吧？也是個大姑娘了，該開始留意人家了吧？」

說到這個，蘇氏便嘆了口氣。「我倒是想留意，可我們這初來乍到的，對哪兒都不熟，哪裡能留意別的人家？」

「我家大兒子開年就十六了，如今在洛河州讀書，已經是童生了！他這婚事我也愁啊，可他爹說如今正是讀書的時候，還要晚兩年再說呢！」趙氏這便是直接暗示蘇氏，他們何家有個年歲算得上相當、條件也很不錯的大兒子要相看人家了。

蘇氏也是聰明人，對於趙氏家這般的家庭自然也是滿意的，雖沒見過趙氏的長子，倒也聽五里橋的婦人提過，確實是個天資聰穎的少年郎。「妳大兒這般好的少年郎，哪裡還要妳愁？若是我家康兒將來有這般出息，那我真是死都甘心了！」言語間盡是對何軒海的喜愛。

郎有情、妾有意的，兩人有一搭、沒一搭地說了好一會子話，趙氏才拽著已經吃得肚兒圓的何小寧，挎著的籃子裡，原先的麻團子已經換成了蘇家硬給填滿的香瓜子還有兩包點心，笑著又往河東邊去了。

送走了趙氏，幼金才抱著小八回了正房，將妹妹放在炕上，讓她跟康兒兩人爬來爬去地玩，問道：「娘，您跟趙嬸子說啥呢？連我都聽不得？」

在女兒透亮的目光中，蘇氏不知為何只覺得有些心虛，顧左右而言他道：「沒什麼，不過是說會子閒話。」

「是嗎？」幼金看著蘇氏亂瞟的目光，言語中盡是懷疑，不過蘇氏既然不肯說，自己也不多問，只道：「娘做什麼自己心裡頭有數便是，可千萬別瞞著我，把我們給賣了就是。」

「哪能啊！」蘇氏心虛地笑了笑。「娘做什麼都是為了妳們姊妹好，還能害妳們不成？」蘇氏知道自己的長女歷來聰慧過人且十分要強，不過這回可是涉及到她的終身大事，如果提前漏了風聲，將來若是兩家未結成親還把女兒的名聲給壞了，那才是害了幼金一生。

聽她這麼說，幼金也就不去猜那麼多，畢竟蘇氏有句話說得對，她再怎麼樣也不會害自己跟幾個妹妹。

從正房出來後，幼金才到東廂房下房的書房去，玉蘭正帶著蘇家的小姑娘們在讀書寫字。自從家裡家境變好後，幼金也買了一批最便宜的文房四寶回來給眾人練字，如今連幼羅都能歪歪扭扭地寫出來自己的名字了，可謂是成效十足。

說是書房，其實也就是三張八仙桌，蘇家的小姑娘們圍成一圈，乖巧地坐著，在玉蘭的指導下認真寫著字。

「妳如今的字寫得越發好了，跟第一回拿筆的時候比起來簡直是雲泥之別。」看完幼金寫完的一張大字，玉蘭欣慰地點點頭。雖然幼金如今的字只算得上端正，不過與之前寫得跟狗刨一樣的字比起來，簡直是進步神速。

幼金笑得謙遜。「還是先生教得好。」雖然玉蘭是賣身為奴的，不過蘇家如今尊她為西席，日常只負責教幾個孩子認字讀書跟幫蘇氏帶帶孩子，日子倒過得十分不錯。

「滿招損，謙受益。雖然寫得大有進益，不過切忌驕傲自矜。再寫三張，便去吧。」玉蘭又抽出來三張新紙，粗糙的草紙跟以前自己讀書習字時用的比起來差別甚大，不過玉蘭也知道這是蘇家目前能承受的最好的東西了。

「是。」幼金坐回原處，凝神定氣，一筆一畫地勾勒。

幾個妹妹見長姊這般認真，便也都認真起來，乖乖練字。

練了半個時辰，寫完最後一個大字，幼金才重重地吁了口氣。「先生，我寫完了。」

玉蘭認真檢查了一遍，才微微點頭。「可以，今日就到這兒，去吧。」她知道幼金還有別的事要忙，也不強留人。

出了書房，幼金就回了東廂房，將房門閂上後，才將藏在衣櫃裡的木頭箱子搬出來。她今日要將家裡搬來五里橋以後的進出都算明白，這可不是輕省的活計。幼金從臘月二十六那日便開始清點，到今日可算是要盤算完了。

埋頭算帳的時間總是過得特別快，幼金只覺得自己才算了沒一會兒，外頭就傳來山柰敲門的聲音。「大姑娘，午飯好了。」

出去用了午飯，幼金才又回來繼續自己的清帳大業，終於在晚飯前理清了所有帳目。

「咱們家點心鋪子開業至今統共是一個月另二十二日，共掙了五百零三兩！」夜深人靜，蘇家正房裡坐著蘇氏、幼銀、幼珠、幼寶還有幼金母女五人，幼金小聲地跟四人說了這幾日自己盤帳的結果。「其中賣香瓜子得了四十七兩，剩下的四百五十六兩都是咱們的點心鋪掙回來的！」

「這麼多？」不光幾個孩子，連蘇氏都已經瞠目結舌了。「幼金，妳沒算錯吧？咱們家真賺了這麼些銀子？」蘇氏真是不敢想，原來自己這點手藝竟然這麼賺錢！

幼銀、幼珠是每日跟在幼金身邊忙活的，自然知道是掙錢的，不過沒想到竟然掙了這麼多。腦子轉得快的幼珠立即想到：「大姊，那咱們明年再開一個鋪子怎麼樣？」

幼金見眾人這般震驚，便笑道：「雖然掙了五百多兩，可咱們原先買鋪子、買人也花了差不多二百兩，刨去這個，其實也沒剩多少，若是緊著又開個鋪子，銀錢、人手都是問題，過猶不及的話可是要出問題的。我都想好了，等開春了咱們家的房子得重新蓋一個了，如今家裡人多，不說別的，咱們幾姊妹一人一個房間也是要的不是？」這筆銀子幼金也不打算留著，重新蓋房子、再多買些地，這都是要花錢的地方。

一聽說可以有自己的房間，姊妹幾個都興奮極了，她們長這麼大還沒有自己的房間呢！便都嘰嘰喳喳地開始給幼金出主意。

「大姊，那咱們要有一個大大的廚房！」

「對，還要有個院子，後邊山上有桃花，咱們可以種些桃花！」

「好了好了，越說越開心了！早些睡吧，明日可是除夕了。」蘇氏笑著安撫幾個已經快跳起來的女兒。

幼金點點頭道：「等過完年開春化凍了，咱們再開始選址蓋房子。」又跟蘇氏母女四人說了好一會子話，才從正房出來，回了東廂房睡下。

除夕清晨，不知從何處傳來了斷斷續續的鞭炮聲。伸了個大大的懶腰，幼金才從溫暖的炕上爬起來，透過糊窗的明紙瞧見外頭人影晃動，原來是蘇家的小姑娘們在院子裡玩。

「啊！三姊妳別把炮仗往我這兒扔！」被幼珠拿著炮仗追著跑的幼寶一邊躲著一邊哇哇亂叫。

幾個小的也看得十分開心，跟在兩人身後追著跑，笑鬧聲在院子裡響起，雪白一片的宅子裡頭倒顯得生機勃勃，十分熱鬧。

跑得有些微微冒汗的幼珠點燃了一個炮仗，然後快速扔到幼寶旁邊。

小炮仗沒多大威力，不過卻逗得幼寶哇哇大叫，見救星出來了，趕忙跑了過去。

「大姊，三姊她欺負我！」

「蘇幼寶妳真丟臉，自己跑不贏就找大姊求救！」幼珠朝著幼寶「咧」的一聲做了個鬼臉，臉上紅彤彤的，真真是活力十足。

幼金安撫地拍拍幼寶的肩膀，然後笑道：「好了，這都跑出汗了，趕緊進去拿帕子擦擦，大過年的要是病了還不能吃藥，可就有得熬了。」

見長姊這麼說了，幾個孩子便都乖乖進去把汗擦乾，又喝了好些熱湯祛寒，蘇家姊妹的讀書時間便又到了。

按照玉蘭的安排，蘇家姊妹每日上午、下午各有一個時辰要用來學習，就算是除夕也沒有放假，該學的還是得學。

蘇家姊妹開始上課，不過辛夷、山柰等人卻沒有閒下來，她們要準備今晚的年夜飯。

蘇氏如今也可以不用自己動手，不過她還是習慣自己做飯給女兒們吃。她叫辛夷去看著兩個小的，自己在廚房帶著五個丫頭忙中有序地開始籌備晚上的年夜飯。

蘇家今年的年夜飯，人也不算少，蘇家一家十口、玉蘭及辛夷等七人，再加上洪大爺跟韓立哥兒倆，正好二十人，蘇氏便決定準備個六菜一湯，每個菜都是滿滿的一大盤，倒也不怕吃不飽。

第十四章

除夕的年夜飯設在蘇家正房裡頭，天微微擦黑，白芷端著最後一個竹筍土雞湯擺上桌後，幼金才笑吟吟地端起手中的茶杯。「今日除夕，我以茶代酒，謝謝大家今年來的辛苦，也希望明年咱們可以攜手奮進，掙更多銀子，吃更好吃的菜，住更大的宅子！」

聽完幼金的話，燈火通明的蘇家正房裡頭，眾人都笑了。「對！掙更多銀子！」嘩啦啦地也都站了起來，以茶代酒乾杯了。

洪大爺是唯一一個喝酒的，幼金還特意打了半斤上好的竹葉青回來給洪大爺過過酒癮。痛快地乾了碗酒，洪大爺才笑道：「我這一大把年紀了，錢不錢倒也無所謂，只等明年能喝上更好的酒，那我也就滿足了！」

「好！明年一定給您老打更好的酒！」幼金豪情萬丈地應了下來，然後道：「大家起筷吧，再等可都涼了！」

蘇家的年夜飯做得豐盛，味道也好，加上炕燒得熱呼呼的，倒是連帶著整個房子都熱得很。眾人吃得滿嘴流油，渾身冒著熱氣，這頓飯足足吃了小半個時辰才結束，只剩下殘羹剩飯在桌上。

吃過飯後，洪大爺不勝酒力，便回河工宿舍歇下了，只剩韓立哥兒倆跟著蘇家眾人一起守歲。

「幼珠，妳帶著爾華他們幾個到庫房裡將前幾日買的炮仗、煙花啥的拿出來燒著玩吧！」站在廊簷下看著星空，幼金笑吟吟地給幾個正無聊的孩子們尋了個好玩的事。

果然一聽幼金這麼說，幾個孩子就歡呼著往庫房去了，只剩下幼金幾個年歲大點的站在廊下看著。

「來我們家也有小半年了，過得可還習慣？」幼金與韓立隔了幾步並肩站著，眼睛看著院裡的孩子，笑著問道。

韓立是個話少的，只「嗯」了一聲，也不說別的。

幼金倒也不生氣，笑道：「我原也不想要你們到我家來的，畢竟身世不明、防備心強，還有攻擊力。可幼銀瞧不得你們受苦，求了我許久。」笑著搖搖頭。「我也是拿她沒辦法。」

這還是韓立第一回聽說自己到蘇家來的機緣，原來是她為自己求情的！看著院子裡跟著笑鬧的淡紫色衣裳的身影，韓立眼中充滿了感激。

「罷了，這都是過去的事了。你們既然來了我蘇家，就好生待著便是，若是哪日要走了，也提前跟我們說一句。」幼金嘆了口氣說道：「畢竟也是有一場情誼在不是？」

韓立哥兒倆並不是賣身給蘇家的，若是想走，真就是隨時的事。

「我不走。」韓立倒是難得地表明了自己的態度。

見他這麼說，幼金也只是淡淡地笑著，不做任何評論。

守歲是要過子時的，小孩子們很少能熬到這個點，玩到二更過一點，便都開始犯睏要睡覺了。給睡成一排的妹妹們小心地蓋好暖和的棉被，幼金才悄聲退出正房蘇氏的房間，到廳裡來。

此時蘇氏正跟玉蘭悄聲說著話呢，見她出來，便立時閉嘴不言語了。

幼金見她這般，也不說什麼，出了正房就往自己房裡回，取了本已經快散架的舊書又回到正房，留坐在蠟燭邊上津津有味地看著。

再說玉蘭聽完蘇氏的話後，不同於一臉雀躍的蘇氏，反而是皺著眉頭地搖了搖頭。「太太，這事您還是先問問大姑娘的意思才好。依我看來，兩家算不得相配。」

「咋？妳是覺得幼金配不上何家大兒子不成？」一聽她這麼說，蘇氏就以為玉蘭是覺得自己家高攀了何家，便道：「雖然何家大兒子如今是童生，可咱們家幼金不比他差多少呀！咱們如今的家業不是比何家好多了？」

「太太，不是咱們高攀何家，我倒覺得是何家高攀了大姑娘。大姑娘是從您肚子裡爬出來的，她的心性本領您自然最清楚。不說旁的，就說咱們家如今這光景，可都是大姑娘赤手空拳打拚回來的，放眼整個大豐，有哪家十二、三歲的姑娘有這麼大能耐？」

在玉蘭看來，何家的兒子不過是個小小童生，不說京城，便是洛河州都能挑出一片來。可是自家姑娘這樣的人，就是整個大豐也挑不出幾個來的，自然是何家高攀了蘇家！玉蘭瞥了眼坐在離兩人還是有點距離的幼金，小聲說道：「況且大姑娘主意正，您要是不問她的意思就定了下來，將來大姑娘知道了不樂意，此事便是做親做成仇了！」

聽她這麼說，蘇氏嘆了口氣，知道玉蘭說的是這麼個理。幼金從小就是個主意正的，若是自己直接定了門幼金不喜歡的親事，怕是真要結成仇了。於是便道：「妳說得對，趕明兒我再跟她說說看吧！」

正房裡頭守歲的還有山柰等一群小丫頭，她們吃著瓜果點心、說著笑，倒是十分熱鬧。

而幼金看書看得認真，還真是沒聽見蘇氏與玉蘭兩人小聲說著的話。

蘇家的孩子們也都知道大年初一要早起的習俗，不過之前在翠峰村時，每年的大年初一都是蘇家姊妹要挨打的時候，哪怕是稍微起慢一些，都要挨一頓毒打。今年雖然不會再有人來打她們，不過倒是都早早就起來換了新衣裳，然後排著隊給蘇氏磕頭討壓歲錢。

「娘，恭喜發財，身體安康。」

幼金與幼銀排頭領著幾個妹妹站成兩排，規規矩矩地跪下給蘇氏磕了三個響頭，就連小八跟康兒兩個也由山柰與白芷抱著代磕了頭。

坐在上首的蘇氏看著一水兒穿著新衣裳、個個從面黃肌瘦變成白淨可愛模樣的女兒們，不由得眼眶微微泛紅。「哎！快起來，地上涼！」抽了抽鼻子，將快溢出來的淚水強忍回去，把早就準備好的紅封挨個兒發給舉著雙手討壓歲錢的女兒們手上。「乖乖懂事，今年多吃些飯，長長身子。」

等蘇家中的女兒給蘇氏拜完年後，玉蘭也領著辛夷、山柰等人跪成兩排。「給太太、眾位姑娘拜年了。」

「先生這是做什麼？」幼金趕忙上前想將玉蘭扶起來，卻被玉蘭微微推開。

「大姑娘，這個禮是玉蘭早就該行的。」自從被賣進了蘇家大門後，蘇家眾人卻尊她為西席，這便是如同再造之恩，因此這個禮是她早就該行的。

見她堅持，幼金只得微微退了幾步，受了玉蘭的禮後才趕忙將人扶起來。

蘇氏則將提前準備好的壓歲錢也一一發給眾丫頭們。「好好存著錢，做姑娘家的總該有些體己才是。」

「是，太太。」山柰等人笑著回道。

除夕那日幼金已經將眾人的獎金發了，在後廚做糕點的山柰等人每人得了二兩銀子，前頭招呼客人的辛夷等人雖少了些，不過也有一兩，再加上之前得的兩個月的工錢，幾個小丫頭們手裡倒是都有了些銀子，個個都歡喜得不得了。

蘇家不用祭祖，給蘇氏磕頭拜完年以後，村裡倒是有上門拜年討零嘴的孩子們過來了。

「給蘇家嬸子拜年了！」

「欸！快起來，這地上可涼著呢！」蘇氏笑吟吟地站了起來，端了擺著瓜果點心的竹編籃子過來。「快抓些回去吃！」

蘇家的零嘴好吃已經是五里橋的孩子們都傳開了的，見蘇氏這般大方，幾個小姑娘一開始卻還有些不好意思。

一旁的幼寶趕忙小聲說道：「沒事的，我們家還有呢，妳們拿吧！」

蘇氏見幾個孩子不好意思，便自己伸手抓了兩把塞到她們的口袋裡。

小姑娘們拜完年，又跟幼寶約好過幾日一起玩，才歡歡喜喜地走了。

送走了好幾撥來給蘇家拜年的小孩後，蘇氏才叫幼金也帶著幾個妹妹去給里正一家拜年。「里正跟妳趙嬸子對咱們家也頗多照顧，一會兒好好給人磕頭，知道不？」

「放心吧娘，我們曉得的。」幼金牽著小七，帶著幾個妹妹有說有笑地往河東邊走去。小黑和大黃跟在七姊妹邊上，兩條毛色油亮、獠牙森森的大狼犬在冬日的豔陽下顯得格外威風，也格外瘆人。

五里橋村子的村民大都是當年逃難到此落地生根的，不過短短二、三十年的事，村人的祖先也都不是同一個，是以村民們大都只是在自家吃年夜飯前祭拜祖先。

大年初一倒也沒有祠堂可開，村裡的小孩們穿戴一新（至少比平日裡好些），到處亂跑著去給左鄰右舍的長輩們拜年，歡笑聲、鞭炮聲不絕於耳，倒是給蕭瑟的冬日增添了不少活躍氣氛。

一路跟村裡人打招呼，走了好一會兒才到里正家。今日何家也是大門敞開，因為來拜年的人太多了，趙氏索性直接敞著門。幼金見大門開著，便帶著妹妹們進了何家的院子。

站在廊下的何小寧見了幼金等人，趕忙歡喜地迎上前。「幼金姊姊！幼寶！」

「小寧，過年好呀！妳爹娘呢？」幼金笑咪咪地摸了摸紮兩條小辮的小腦袋問道。得到答案後，便牽著小七邁過門檻，進了何家正房。

「幼金、幼銀、幼珠給里正叔跟趙嬸子拜年了！」規規矩矩地領著妹妹們跪了下來，然後恭恭敬敬地磕了三個頭。

坐在炕上的趙氏趕忙站起來將人扶起來。「好了好了，這大冷天的，妳們娘也放心讓妳們幾個出來！小七都凍紅臉了，快來嬸子這兒暖暖！」說罷，抱起穿了一身上頭繡著祥雲紋樣、桃紅色細棉襖子的小七坐到了炕上，抓了一把花生瓜子塞到小七手裡。「小七快吃些零嘴再說。」

幼金幾姊妹也都站了起來，今日蘇家姊妹穿得倒是有些像，都是上紅下白的打扮，裙襬上還繡著蝶紋，行走之間彷彿真有蝴蝶上下翻飛一般。

瞧著與去歲春日裡剛搬過來時全然不同的一大群小姑娘們，何浩想起前日夜裡自家婆娘說的話，若蘇家真有這麼個意思，這門親事是真不錯。

而此刻正在書房溫書的何軒海也被身負重任的小寧給拽了出來，進了正房。

「爹、娘。」恭恭敬敬地行了書生禮後，才看向一邊的蘇家姊妹。「這幾位是？」

「軒海啊，這就是娘常跟你提起的蘇家姊妹！」趙氏笑吟吟地為兩邊介紹著。「幼金，這就是我在洛河州讀書的大兒子，軒海。」

「何大哥。」瞧了眼穿了一身書生青衫的少年，幼金也規矩地行了個女子福禮。

軒海原也聽過幼金的事蹟，本以為是個粗俗的鄉下丫頭，沒想到竟是個明眸皓齒的少女，這盈盈身姿倒比洛河州的少女還動人。一時他有些發愣，呆站在原地語塞了。

「大哥，幼金姊姊給你見禮呢！」一旁的何小寧瞅著歷來最是規矩的大哥竟然發呆了，便用力地拽了拽他寬大的衣袖，小聲喚他。

何軒海這才猛然回神，臉上泛出一絲可疑的紅暈，然後回了個平禮。「蘇姑娘。」

瞧著自家兒子沒出息的模樣，趙氏的嘴角不由得露出一絲揶揄的笑，不過還是為自己兒子拉回些面子。「軒海，幼金比你還小了三歲，你往後可要多照顧人家一些，不許欺負人啊！」

雖然不知道娘這是什麼意思，不過何軒海還是恭敬地應了聲「是」。

有一搭、沒一搭地說了會子話後，外頭又有人來給何家拜年，幼金便乘機帶著幾個妹妹告辭，往河西邊回了。

再說何家這邊，送走一撥又一撥拜年的人後，趙氏才小聲地跟何浩說著話。「當家的，你瞧著今日軒海跟幼金站一起，是不是跟那觀音菩薩座下的金童玉女一般？」

何浩吸了口旱煙，也不說是不是，只道：「我瞧著幼金倒不像是知道這事，妳過兩日再去探蘇家的口風吧，若是蘇家點頭，就拿到明面上來說，把事兒給定了吧！」

趙氏沒想到一開始還持反對意見的丈夫今日竟然轉頭就同意了，忙歡喜地應了下來。「等過兩日我便上蘇家再問問去！」

何家這邊只差拿幼金當成自家的兒媳婦了，而幼金那邊卻還渾然不知。

見女兒回來了，坐在炕上逗著康兒跟小八爬來爬去玩著的蘇氏便問道：「咋這麼快就回來了？」

「里正家有很多人去拜年，我們磕了頭，又說了會子話就回來了。」幫小七脫下厚厚的棉襖子，又接過辛夷遞過來的熱茶喝了口，幼金才緩緩說道。

見女兒面色如常，蘇氏倒有些失望。「妳們去了這麼會子，沒見到妳趙嬸子家裡的其他人嗎？」

「見到了小寧她哥哥，叫什麼軒海的。」幼金對那個見了小姑娘就臉紅的呆頭鵝一般的何軒海倒沒有旁的感覺，只覺得他呆。

「那妳覺得軒海咋樣？」蘇氏卻大有要盤根問底的意思。「我可聽說了，人家軒海才十四時就已經是童生了，將來前程遠大著呢！」

「前程遠大那也是人家的事，您著急啥？」坐到炕上逗著小八咯吱咯吱地笑，幼金也樂呵得很。

此時正房裡頭就蘇氏、幼金還有不懂事的小七、小八、康兒在，蘇氏想了想玉蘭說的話，便將趙氏之前的話都說了出來。「那何家的大兒子確實也是個好的，妳覺著呢？」

幼金倒是被這個破天荒的消息雷得她有些焦頭爛額，她露出一絲無奈的笑。「娘，我才十二，您這心會不會操得太早了些？」要知道，自己上輩子都二十八了還是個母胎單身，今生是要補償自己前世單身太久嗎？

「開年妳就過十三的生辰了，哪裡就早了？」蘇氏沒好氣地白了她一眼。「那何家大兒今年也十六了，妳不著急，著急的人可多了去了！」蘇氏儼然是拿何軒海當金龜婿來看了。

幼金這才意識到事情要往奇怪的方向發展了，趕忙打住蘇氏的話頭。「娘，我不嫁人。」一見蘇氏一副見了鬼的表情，趕忙改口道：「至少這幾年不嫁。我若是嫁了人，那可就是別人家的媳婦了，我下頭還有七個妹妹，還有康兒，你們怎麼辦？」

「那也不是如今就要嫁啊……可以先把事兒定下來，等妳及笄了再成親呀！」蘇氏小聲地辯駁著。她也是直到此刻女兒說到家裡的事，才想起自家如今雖然好過了些，可到底孩子們都還小，若是沒了幼金，怕是日後也還是難。「總不能因著我們把妳給拖累了不是？」

幼金兩眼直直看著蘇氏，正色道：「娘，您聽我說，是我張羅著我們一家從翠峰村到五里橋來的，將妹妹們撫養長大自然也是我的責任，只有等妹妹們都有好歸宿了，我才能安心。」

聽她這麼說，蘇氏深深地嘆了口氣。「妳如今還小，自然不知道嫁得一個如意郎君的重要性，可娘是過來人，娘不能任由妳的性子行事啊！」

「如今咱們家才不到一年的光景就掙出了這麼大的家業，再過個兩、三年，少說也能翻幾番，那麼到時候再議親不比如今好嗎？」幼金又點明了另一個事實。他們家如今已經比何家好了許多，再過個兩、三年，必定是要發跡的。「所謂抬頭嫁女，低頭娶媳婦，娘難不成還要我低嫁不成？」

也不是幼金看不起何家，可歷來科舉的難度著實大。「四、五十歲才中秀才的人那可多了去了，萬一他何軒海一直考到四、五十歲都還是個童生，我豈不是要跟著他熬一輩子？」

聽到幼金為了拒絕這門親事都不惜這般詛咒人家考不中舉，蘇氏沒好氣地白了她一眼。「就妳歪理多！」不過還是將女兒的話聽了進去。「不過妳既然不願意，我也不勉強妳，只是可惜了軒海這麼好的孩子！」

其實也不能怪蘇氏這般，畢竟何軒海確實是她這輩子到目前來說能接觸到最好的女婿人選了，就這麼白白錯過確實是可惜了些。

過了幾日上門來的趙氏沒想到蘇家竟然會拒絕這門親事，聽著蘇氏委婉地說完，趙氏臉上的笑也淡了幾分，不過面上還是應道：「確實，這孩子還小，等過幾年再相看也不晚。」

兩方都心不在焉地說了會子話後，趙氏便尋了個由頭回家去了。

送走了趙氏，蘇氏有些憂心忡忡地問幼金。「這怕是要結成仇了吧？」

「不會的，等趙嬸子的想法回轉過來便沒事了。再說，我們本也沒有應下這門親事不是？」幼金倒覺得問題不大，畢竟還隔著層窗戶紙的事。不過，她還是事先警告了蘇氏一番。「往後若再有這樣的事，娘可不能瞞著我們就自己定下來，這若是強作姻緣，將來無論是誰可都要怪到娘頭上的！」

聽著女兒言語中的威脅，蘇氏也不以為忤，微微點頭道：「我曉得。」

落花有情，流水無意，這還沒捅破窗戶紙的相看便悄無聲息地翻篇了。

趙氏心裡還有些膈應，畢竟她最引以為傲的兒子竟然被人嫌棄了，這事著實讓她生氣。

何浩見狀，幾句話開解了她。「這男婚女嫁本就是要你情我願的不是?喔，妳說要人家就得答應，那妳應該別賣包子了，去當土匪還好些不是？」不過何浩心裡也覺得有些可惜，畢竟幼金確實是個好的，現在若定不下，將來自家兒子怕是更沒這個機會了。

聽完他這般調侃的話，趙氏才沒好氣地白了他一眼。「你才是土匪呢！」不過心裡的疙瘩倒也消了，當家的說得是，這兩家都還沒開始相看呢，所幸這還不是擺到明面上去說的，過了便過了吧！

正月裡不動針線，蘇家又沒有親戚可走，蘇家姊妹倒是每日在家看書習字，休養生息，直到初八這日，蘇家香點心鋪子才重新開始營業，放懶不過八、九日的蘇家又開始忙碌起來了。

如今還在年節裡，來買糕點的人也不少，恢復營業的第一日，腳不沾地地忙了一日，直到酉時初刻賣完新出爐的豆沙餡餅，眾人才拖著疲累不堪的身子上了騾車回去。

「懶散了幾日，一回來就忙得手都快斷了，真真是有些吃不消！」坐在騾車上，山柰邊捶著胳膊邊笑道：「不過要是每日都這麼忙，也不錯！」因為幼金是按糕點的銷售情況給她們發獎金的，越忙證明生意越好，生意越好她們能拿到的銀子就越多！

「多掙些銀子買花兒戴是不？」

幾個姑娘們嘻嘻哈哈地笑鬧著，倒是十分歡樂。

夜裡，等小五、小六、小七都睡下以後，才沐浴出來的幼金獨自一人坐在燭火下，將今日的收入入帳後，才將銀子鎖了起來，躺在燒得熱乎的炕上，反手枕在後腦勺上，心裡不停地盤算著，也不知何時睡著了，等她再醒過來時，外頭的天空已經朦朦亮了。

輕柔地為還在睡夢中的小五、小六、小七蓋好被子，安靜地換完衣裳，用藕荷色的髮帶梳好兩個包包頭後，才躡手躡腳地出了東廂房，站在門口感受了一番冬日清晨的冷意襲來，哈了大大一口熱氣出來，寒冷驅趕走了睏意。

「大姑娘，用早飯了！」今日負責做早飯的是豆蔻與草果，見幼金在廊下凍著，便趕忙請了人進來。

吃完早飯，韓立趕著騾車送眾人入城，搖搖晃晃的騾車裡頭，幼金將昨夜自己盤算的事說了。「過幾日是上元節，我聽說到時洛河州會有燈會，到那日咱們家的鋪子也開到夜裡，再掛上幾盞猜謎的花燈，肯定能招來不少客人。」

一聽說有花燈，幾個小姑娘都十分興奮。「我都還沒看過燈會呢！」

見一群小姑娘眼中盡是渴望，幼金便笑道：「這樣吧，到上元節那日，只要咱們的糕點都賣完了，咱們就關門一起去看花燈，如何？」

聽幼金這麼說，眾人便都歡歡喜喜地點點頭，然後都開始期待起數日後的上元節。

如今蘇家香的鋪子裡人手已基本配足，後廚裡頭有幼珠跟幼銀負責抓住配方，調配分量，山柰、白芷、豆蔻、草果四人負責揉麵、上模等工作；前面鋪子裡則是幼金帶著辛夷與紫蘇負責迎客售賣點心，前後倒是都配合得十分好。

在蘇家香的後廚飄出來第一陣香味後，便有客人上門了。

如今辛夷與紫蘇都十分熟練，片刻之間便能將客人要買的點心包好，然後將收回來的銀錢遞給櫃檯裡的幼金，再笑著揚聲送走客人。「太太慢走，好吃再來！」

等到午後，上門的客人少了些，幼金摘下頭上裹著的帕子，交代幼銀看著前頭鋪子，自己則穿上擋風的藕荷色棉襖，往外頭去了。

吃過午飯正犯睏的陳牙人見了一個熟悉的身影，忙打起精神迎上前，笑著與來人寒暄。「蘇家姑娘！許久不見，近來生意可好啊？」

「託陳大叔的福，一切都好。」幼金笑吟吟地跟陳牙人見禮後，道：「陳大叔，能否換個地兒說話？」

陳牙人知道蘇幼金上門必然又有生意找上自己，便將人帶進茶室，給幼金倒了杯熱氣騰騰的香茶。「蘇姑娘這回來是想買鋪子還是買地啊？」

喝了口香茶祛寒後，幼金才說明來意。「想在附近再買些良田，最好跟侯家灣那片隔不遠的。順帶想問問官道附近有沒有合適的荒地？我也想買些。」

聽她這麼一說，陳牙人腦子裡僅剩的一點睏意全沒了蹤影，趕忙笑道：「有的有的！就看蘇姑娘妳要多大的地，我好幫妳去問價。」

「良田二十畝左右也差不多了，至於荒地，只要靠得離官道近，五十畝左右為宜。」這是幼金盤算過家裡的銀子得出的最終決定。

「侯家灣那邊如今還真有一片地，就在蘇姑娘妳上回買的那片的河對岸，地倒是好地，價錢也合適，不過那賣家說了要四十畝一起賣……」陳牙人有些猶疑地說道，然後瞥了眼幼金的神色是否有異常。

幼金倒是面色如常，只淡淡地問道：「不知那原主開價多少？」四十畝雖多了些，不過蘇家如今的積蓄加起來也有將近一千兩，還是拿得出這個銀子的。

見她面無異色，陳牙人不由得心中一驚！這蘇家自來了洛河州後，一步一個腳印自己都是看在眼裡的，不承想竟已富到一口氣買四十畝良田眼皮都不眨的地步了！

不過陳牙人面上還是保持著鎮定，道：「若是蘇姑娘妳真心要買，按著上回的價錢如何？」

上回買那十六畝地是以一畝六兩五錢的價格買下來的，若是一樣的價錢，倒也算得上合適。幼金微微點點頭道：「如此，陳大叔你看何時方便，順道把附近能買的荒地也找好，咱們約個時間再一道去看看。」

這也算得上是大生意了，陳牙人送走幼金後，便趕忙出城去找合適的地兒了。

不過兩三日，陳牙人倒還真找到一片向陽的荒山，便緊巴巴地趕到蘇家香來找幼金。「蘇姑娘，妳看何時方便，咱們一道去瞧瞧？」

「擇日不如撞日，咱們今兒個過去吧！」如今點心鋪子裡已能正常運轉，幼金便進後院洗了個手，跟幼銀交代幾句就跟著陳牙人走了。

陳牙人倒是個有心的，找的荒山離侯家灣也不算遠，就在蘇家現在的地遙遙相對的山坡上。

兩人一前一後走在要相看的良田上轉了好大一圈，陳牙人指著大約一、二里地方向的山坡說：「蘇姑娘，那處便是我方才跟妳說的荒地，價錢也合適，一畝一兩半銀子。不過那荒山上，估摸著是種不出啥糧食來。」

幼金對這連成片的四十畝良田挺滿意的，都是河水沈積而成的良田，加上近著水源跟官道，無論是運輸還是灌溉，都十分便宜。

遠眺北邊的山，幼金拍拍手上的灰塵道：「既如此，咱們還是先過去瞧瞧看，有勞陳大叔帶路。」

從地裡出來，又上了騾車，一里多遠的地，走路都不用一會兒，騾車自然更快。此時荒山上的雪尚未化完，只有滿身積雪的樹矗立著，旁的一切都已然被白雪覆蓋。

幼金從騾車上取了把小巧的鋤頭，這是陳牙人一直放在騾車後備用的，此時倒正好派上用場。選了處積雪淺的地兒，她用力地揮舞著小鋤頭，不一會兒就刨出一個小坑，土地原先的顏色露了出來。

用力刨了一小塊凍硬的泥土出來，抽了抽凍得有些紅的鼻子，笑道：「果然是荒地，這土估摸著要收拾許久才能用。」

一旁的陳牙人連連點頭稱是。「確實！蘇姑娘，這地兒買回去怕也是要荒廢了，倒不如多買些良田才是吧？」

丟掉手裡的凍土，拍了拍手笑道：「無妨，這地我買了確實有用，不過這價錢能否再壓一壓？陳大叔你是見慣世面的，自然知道這樣的荒地可是白給都沒人要。」

陳牙人忖度片刻後道：「如此，我一會兒再跟侯家灣的里正談談，看能否把價錢往下再壓一壓。」

「成，若是能壓到一兩銀子，那我便買一百畝，湊個整。」幼金率先往山下走，道：「有勞陳大叔跟侯家灣的里正談談，等這個也談成了，那四十畝地跟這邊一起，我都買了。」

「成！這事就包在我身上！」陳牙人光是想著這筆買賣做成自己能掙到的銀子，就樂得兩眼都笑瞇了。

不知是陳牙人巧舌如簧，還是侯家灣的里正好說話，最後竟然真的以每畝一兩銀子的價錢買下了侯家灣的一百畝荒山！

看著自己的錢匣子裡頭一下子少了三百七十多兩，年前點心鋪子掙回來的錢刨掉買鋪子、買人的成本，全部砸到這裡頭還不夠，幼金只覺得自己的心一抽一抽地直疼。

不過這一口氣多了四十畝良田，如今家裡加起來就已經有五十六畝的良田外加一百多畝的荒地，哪怕是沒有旁的收益，光靠地裡的出息也不會餓死了。

想到這兒，幼金的心情才好了許多，哼著小曲兒將紅契鎖入她專門存放房契、地契、賣身契等文書契約的匣子裡，然後小心地藏在櫃子最裡頭，這才滿意地拍拍手出去。

蘇家離了翠峰村，離了月家，今年著實過了一個富足舒適的年，而數百里以外的翠峰村，今年的月家也過了一個團圓美滿的年，至少在外人看來是如此的。

幼金母女離了月家後不過兩個月，月家兩個孫子考上童生的消息便傳遍了十里八鄉。一口氣出了兩個少年童生的月家瞬間成了十里八鄉最有名的人家。

至於趕走了糟糠之妻的月長祿，日子也是越過越好，每日回家便是抱著他的寶貝兒子不肯撒手。自從有了兒子後，月長祿的腰板是越來越直了，臉上的陰鬱之氣也消散了不少。

而月幼婷的婚事也訂了下來，不過不是她之前心心念念的周公子，只是柳屯鎮上一個開了雜貨鋪子的人家家中的獨子。

加上今年風調雨順，月家地裡的出息也比往年好了不少，手裡頭寬裕了些許的老陳氏端坐在正房炕上，享受著兒孫們叩頭拜年，得意地跟月大富說道：「果真那幾個賠錢貨是咱們家的剋星，她們一走，這文濤、文禮就都考中了童生，幼婷也訂了門好親事！」

跪在下首的韓氏聽到老陳氏這般言論，嘴角不由得露出一絲譏諷的笑。她是這個家裡唯一一個跟幼金還有聯繫的人，年前她收到了一封打南邊來的書信，裡頭夾著二十兩的銀票。信中幼金也只是大概地提了下自己在南邊安了家，旁的雖然沒有提及，不過能一口氣拿出二十兩銀票寄回來給自己，想必如今幼金一家在南邊過得比在這裡好十倍百倍了吧？

不過不管怎麼說，如今沒了「妨礙」自家氣運的賠錢貨，月家眾人面上確實是過了個好年。

老陳氏與月大富如今只盼著兩個金孫早日高中，這樣自己家才能改頭換面，好好享福。

若說月家中最不高興的，怕是只有月幼婷一人了。明明她已經極力反對，甚至不惜絕食抗議，可爺爺還是堅持定下這門親事，說這事由他作主，不得再議！

餓了幾日，餓得面色發黃的月幼婷沒想到最後還是這麼個結果，不甘心地大哭了一場，也只得暫時認命。整個正月裡，她面上都掛著勉強的笑容，連跟她訂了親的崔家小子上門拜年也沒見她擺一個好臉色。

對於這個面上光鮮亮麗，實則內底一團糟的月家，韓氏真是第一次生出厭惡之心，才過完初七便跟月長壽商量一番，以回城開鋪子的由頭，早早離了翠峰村。

「娘，爺會不會也像給大姊訂親那般給我訂親啊？」坐在騾車裡，月幼荷依偎在韓氏身旁，有些擔憂地問道：「那崔家的長得也忒難看了些……」想起那個滿臉麻子、個頭還不夠大堂姊高的崔家小子，月幼荷的背脊不由得就一陣發涼。

韓氏安撫地拍了拍女兒的背。「不會的、不會的。」雖然是這麼安慰著女兒，不過韓氏還是隱隱有些不安，決定等回到縣城就開始給女兒相看人家，絕不能讓月家耽誤了女兒的終身！

再說那月幼婷，打小就覺著自己生得好看，加上見過周君鵬那樣的翩翩君子，怎麼還可能委屈自己嫁給一個滿臉麻子的小矮子？

思前想後好幾日，她趁著家裡人不注意，竟然偷了小陳氏的體己錢，以出去串門子為由，悄悄出了村子，上了招攬客人的騾車後便往定遠縣城去了。

「這麼大的人了，還能說丟就丟不成？」氣得鬍鬚都揚起來的月大富坐在炕上，重重地拍著桌子罵著老大家夫婦倆。「還不快去給我找！」

「爹，都找遍了。村裡有人說瞧見她往鎮上去了，這鎮子這麼大，可怎麼找啊？」月長福耷拉著腦袋，沒想到往日裡話都不多一句的女兒竟然敢私自逃家。

倒是小陳氏臉上並無太多焦急，只道：「許是幼婷在家憋得慌，到縣城去找幼荷玩了呢？」其實月幼婷逃家在她看來也算不得什麼壞事，若是女兒夠聰明，跑到縣城去見到周公子，再生米煮成熟飯，那跟崔家的這門婚事自然就可以退了不是？

翠峰村與月家的風雨自然吹不到洛河州來，當初幼金給韓氏寄信過去時也只說自己在南邊落了腳，並沒有詳細說自己在哪裡安了家。不是她不相信韓氏，著實是月家的人讓她諱莫如深。

上元佳節，洛河州城人頭湧動，熱鬧十分。

蘇家香門前也掛了六、七盞造型各異的花燈，與掛滿燈籠的洛河州一般陷入節日的狂歡之中。街上叫賣聲、歡笑聲不絕於耳，每個人臉上都掛著歡喜的笑，讓還未消散的冬日嚴寒都變得熱乎起來了。

「幼金，妳可別抱著康兒走遠了。」今日蘇家全家也都來了城裡頭，一是蘇家人也沒看過花燈，想湊湊這個熱鬧；二是鋪子裡生意確實好，便把蘇氏也拉出來幫忙了。

幼金抱著康兒看著自家鋪子屋簷下掛著的玉兔燈，康兒看得目不轉睛的，還不停地想伸手去抓，逗得幼金直樂。「欸！我曉得的！」

小七也被一手牽著韓爾華的韓立穩穩地揹在背上，看著外頭漂亮的花燈和往來遊人，歡喜得不得了，然後鬼靈精地開始慫恿韓立。「韓立哥哥，咱們去看燈吧！」

可韓立在洛河州討飯也討了兩、三年，自然知道每年遊花燈時都會有人家的孩子被拐走，哪裡肯上小七的賊船？只默默地搖搖頭。

見他不肯，小七也只得人小鬼大地嘆了口氣，不過倒沒有哭鬧著要出去。

遊花燈直到二更初才結束，今夜洛河州的城門是開到遊花燈結束後的。見街上行人都散得差不多了，蘇家眾人也趕忙收拾一番，然後蘇氏、玉蘭、幼金等人一人抱著一個睡著的小孩兒，因著人多坐不下，還特意多租了一輛騾車，兩輛騾車一前一後地往五里橋回。

回到家中，眾人各自洗漱一番便都匆匆倒下睡了，畢竟今日真是從早忙到夜裡。前頭招攬客人的辛夷等人是說話說到嗓子乾啞，後廚揉麵做點心的白芷、山柰等人也是累得胳膊都要抬不起來了。

不過眾人的累也是有回報的，今日雖然累是累了些，卻也賺到了將近平日裡四倍的收益。幼金將今日的收益入帳後，也囫圇倒下睡了。

上元節過後，河工們也重新開工，蘇家寂靜了半個多月的河工宿舍再次住滿人。五里橋村裡今年也多了不少人家騰出個院子房間租給河工們，村裡村外都多了許多生臉的漢子。

二月春風似剪刀，還有些刮人的風吹得人臉上直發疼。幼金扛著冷風吹，每日在集市上奔走，尋找合適的商隊為自己帶些東西回來，又找陳牙人尋了一隊施工隊，準備在現在蘇家房子邊上的兩畝荒地那兒蓋個新宅子出來。

陳牙人人面廣，不過兩日就找好了施工隊，然後帶著施工隊的頭頭，一個名叫趙二的健壯中年漢子來見了幼金。

聽完幼金的大致要求，趙二拍著胸脯應下了差事，說他蓋出來的房子保證讓她滿意！

趙二在洛河州做施工也做了二十幾年，在這行裡的人面是十分廣的，那些木材、青磚、瓦片等建築材料，在蘇家約定好的動工日子前三、四日就全都送到了。

過了二月二龍抬頭，也是小八與康兒的一歲生辰後，二月初八，蘇家的新家正式動工。

幼金這回蓋新宅子預留了足夠的銀錢，趙二也是個會來事的，在幼金能接受的範圍內，選用的材料都是最好的。

因著蘇家的新家蓋得大，趙二這將近三十人的施工隊緊趕慢趕的，終於在端午前將蘇家新宅的最後一片瓦蓋了上去。

將近三個月的施工期雖然有些長，不過因著有趙二在，幼金倒是也沒花多少心思在這上頭。

與此同時，這幾個月幼金也沒停過，一直在外奔走。

蘇家的五十六畝良田在開春時已全部種上糧食，至於新買的一百畝荒山，幼金也從侯家灣雇了二十人，將荒山上的雜樹、野草都整理乾淨了，又圍著自家的一百畝荒山邊上全都種上刺玫花樹用作圍擋。

收拾好荒山以後，又將原先從荒山上流過的一條小溪改道、分流，盡可能將一百畝地都納入灌溉範圍。

幼金近日忙得腳不沾地，拉回一車又一車的東西，蘇家眾人卻是個個都雲裡霧裡的。

就連一般不過問生意的蘇氏看著堆滿家中院子的不知名樹苗，都有些擔憂。「幼金啊，妳這是要做什麼呀？這院子裡頭的都是啥樹苗啊？」

將新花出去的銀子也記錄在冊後，幼金放下手中的毛筆，笑道：「這是要種到侯家灣那邊的樹苗，有桂花樹、桃樹、玉蘭樹等雜七雜八的。」

「妳這是為了給咱們家的點心鋪子種的？」蘇氏是教會幼珠等人做點心的人，一聽幼金這麼說，便知道這些是要做什麼用的。「可咱們家就這麼一個點心鋪子，哪裡用得上這麼多地？」

幼金將蘇氏按下來坐到炕上，才將自己心裡的盤算大略說了。「娘，我將來的目標可不止這一家點心鋪子。等這些花兒開了，咱們再養些蜜蜂，一百畝的花林，光是採蜜就是一個大頭收益了。再者，比如刺玫花這些，不僅可以用來做點心，曬乾了做花茶不也可以？」

幼金的野心自然不止現在這點，一個點心鋪子一年撐死也不過幾千兩銀子，她有七個妹妹要嫁人，還要養活這麼一大家子人，自然要撓破腦袋想其他掙錢的法子。

「花茶？」蘇氏倒是有些不解。「這花還能做成茶不成？倒真是新鮮得很呢！」

幼金笑道：「自然是可以的，我從一本醫書上看到的，刺玫花可是還有美容養顏的功效呢！您想想，這洛河州有錢人家的太太那麼多，她們自然是最愛美的，這生意如今還沒人做，咱們反正有這麼些地，試試又有何妨？」

蘇氏對長女歷來信服，見她這般心有成算，自然也不會橫加阻攔，就由著她去做了。

等幼金忙完這些以後，早春二月的寒風早已不知道消失到哪裡去了，如今已然是草長鶯飛的四月天。

蘇家新宅依舊每日忙碌著動工，蘇家邊上的空地堆完肥後種上的葵花跟蒜苗也都已經長出嫩綠的枝葉，在濛濛春雨中肆意生長。

五里橋的河工越來越多，許是朝廷的命令，開挖河道的進度推進得越發快，不過兩個多月，就已經挖到了蘇家門前的灘塗這兒了。

因著外頭人來人往都是成年的漢子，蘇氏與玉蘭在家將幾個小丫頭們管束得更為嚴格，生怕會出什麼事。不過蘇家如今可是有六條成年健壯的大狼狗看家護院的，等閒也不會有人敢來招惹。

不過，總會有些要錢不要命的人想試試看的。

蘇家在洛河州開點心鋪子的事自然瞞不過五里橋的村民，不過大多數人也只是眼紅蘇家的光景，真要去偷去搶，一般人也著實做不出來。

但，總是有人敢的。

自從陳老三從那幾個外鄉河工手裡坑來好幾兩銀子後，著實是滋潤地過了一段日子。可那陳老三是一個合格的無賴，吃喝嫖賭樣樣齊全，那幾兩銀子放旁人家裡指不定都夠一家老小一整年的嚼用，可放陳老三手裡，年都還沒過完，就已經花了個底兒掉。

手裡沒銀錢的日子太難熬了，於是陳老三與他那幾個豬朋狗友合計一番，便將主意打到了河西邊的蘇家身上。「蘇家一家都是老弱婦孺，只有那幾條狗看家，咱們弄些耗子藥先將狗給藥了，到時候可不就是要錢有錢、要鋪子有鋪子嘛！」頓了頓，才道：「那蘇家不說旁的，光是在洛河州開的點心鋪子，一日少說也能掙十幾兩呢！」

陳老三這話一說完，其他幾人可都紅了眼。一日掙十幾兩銀子啊！這是什麼概念？他們這些人身上，這輩子都沒有超過十兩銀子的時候啊！

「成！三哥，你說這事咋辦？兄弟幾個都聽你的！」

於是，在蘇家人全去洛河州過元宵那日，陳老三等人便已試了一回，可惜人才剛翻到圍牆上就被裡頭看家護院的狗發現了，衝到牆根下朝陳老三等人一陣狂吠。

看著下邊露出森森獠牙、已經有半人高的大狗，陳老三頓時嚇得腿脖子都軟了，雙手不住地抖，好不容易才從提前準備好的包裡拿出幾塊裹了耗子藥的肉骨頭扔下去。

「好狗、乖狗，吃點肉骨頭吧！」

可蘇家的狗那可都是幼金精心訓練出來的，哪裡會吃陳老三扔下來的骨頭？看都不看一眼掉落在地上的肉骨頭，一隻隻只巴不得跳起來撲到陳老三幾人身上撕咬。

「三哥，這、這怎麼回事啊？」跨坐在牆頭的幾人無一不被嚇得腿軟，看著底下的大狗，只覺得背上發寒。「再這麼叫一會兒，該把人給招來了！」蘇家距離河工宿舍不算太遠，若真是鬧大了，那邊有人發現也不是不可能的。

進退兩難的陳老三臉色十分難看，惡狠狠地啐了口。「今兒個晦氣，下回再來！」說罷忙帶著幾人翻身下了圍牆，又趁著夜色悄悄往河東邊回。

陳老三等人經此一事，也沒那麼快就捲土重來，他得想個好法子將蘇家的狗給制住才能進去，要不然錢沒偷到，還把命搭進去，這筆買賣可就虧大了。

蘇家險些遭到洗劫的事，就這麼無聲無息地翻了篇。

第二日一早，幼金在牆頭看到幾塊肉骨頭，還有一隻口吐白沫的死老鼠在牆根，覺得有些奇怪，問了蘇氏，也說不是家裡人藥老鼠，頓時心生疑竇，牽著小黑往院子外頭去，果然在西廂房後的牆根處發現了幾個成年男子大小的腳印。

幼金心下一沈，事到如今，不用腦子也知道昨夜是有宵小想要偷偷進家中盜竊！不過這事幼金並沒有告訴蘇氏等人，只是把韓立哥兒倆叫回了蘇家東廂房的下房住著，從此韓立每日夜裡多了巡夜的活兒。

雖然一切都風平浪靜，不過經此一事後，幼金才切實地開始考慮如何更好地保護一家老小的問題。等到她終於忙完侯家灣那邊的事以後，在蘇家新家落成之際，又花了一筆銀錢出去——買人。

這頭幼金花錢如流水，幸好那頭點心鋪子的生意越發地好。幼珠與山柰幾人突發奇想，折騰出來了一個燒火的簡易版烤箱，在幼金的建議下改成燒煤炭，可以更好地把握住溫度，於是燒煤版的烤箱便正式投入使用。如今蘇家香的點心鋪子開始賣烤製的點心，這在洛河州那可是獨一份，生意自然是不用說了。

這回幼金又找陳牙人幫著在人口集市裡頭精挑細選地買了一家五口及另外四個能幹粗活的婆子回來，一下子添了九口人。

第十五章

蘇家的新宅子蓋得大，按照幼金的要求，兩畝荒地全部納入新家宅基地的範圍，圍牆也是用青磚高高砌起了將近兩人高的高度。

三進三出的宅子，每一進都有寬敞明亮的正廳與正房，東西兩邊都是跨院，一個跨院裡頭是兩明四暗的房間。蘇家雖然孩子多，如今新家房子多，倒也夠住。

宅子裡四處以平整的青石板鋪就，哪怕是下雨天也不怕絲毫泥濘。幾處房間還都花了大錢做了琉璃窗，雖貴了些，但光線明顯好了太多。

幼金對於中國古代建築並沒有多少研究，倒是趙二曾給大戶人家蓋過房子，幼金便將這點自由交到趙二與玉蘭手上，最後的成品讓幼金也十分滿意。

第一進的院子裡只栽種了四棵一人高的白玉蘭樹，四處倒是平整。從第二進往裡走，則栽種了幾株紅梅，還有桂花、兩叢芭蕉，曲折的鵝卵石小徑在三步一小景的院中繞著，還十分雅緻地搭了個亭子在院中，用玉蘭的話來說就是「春日賞桃，夏日賞雨，秋日賞桂，冬日賞雪」。

這些樹苗蘇家都有現成的，倒也沒花多少銀子，倒是因著地方夠大，無論是花廳還是蘇家丫頭們的閨房或者是庫房，都是足夠大的。這一幢宅子蓋完後，足足花了幼金一百八十兩銀子，加上新置辦了足夠的家具，滿打滿算三百兩。

「大姊，咱們的新家好漂亮啊！」

今日是新家所有東西都置辦妥當以後蘇家人第一回進來看，幾個小的興致勃勃地轉了一圈以後，個個圍著幼金吱吱喳喳地說個不停。

「對啊對啊！還有亭子呢！」

幼金蹲下身子來把小七臉上的汗擦乾，笑著說：「對啊，妳們都轉遍了呀？那選好房間沒？」第一進的正房是蘇氏帶著小八跟康兒住；第二進正廳東邊的大房間是幼金的臥室兼個人書房。旁的就都由幾姊妹自己選了。

「我選好了，我跟幼寶要住一個院兒裡！」幼珠笑嘻嘻地說道。雖然她跟幼寶總是拌嘴，不過還是雙生子的關係最好。

幼銀也選好了。「我跟小七住一起吧，她還小，說不敢自己一個人住呢！」

最後是幼珠、幼寶住在第一進的東跨院，幼銀帶著小七住到西跨院，幼綾、幼羅則住到第二進西跨院裡，反倒是第三進的房子都暫時空著了。

新買回來的一家五口是一對年約四十的夫婦，帶著一個十四的大兒子還有十一跟七歲的兩個女兒，本家姓宋。宋家原也是賣身為奴的，不過主家落敗以後便輾轉來到了洛河州，然後被陳牙人挑中，進了蘇家的門。

宋大叔跟他媳婦兒李氏都是會管家的人，幼金便將河工宿舍交給宋大叔主理，李氏則管著家裡頭要幹活的人，一家五口住到進門廚房邊的幾間房裡。

除了宋家一家，還有玉蘭以及兩個粗使婆子是住在新宅這邊，剩下的人則都是安排住在原先的老房子裡頭。雖然是老房子，不過幼金也花錢讓趙二帶著人收拾了一番，將老宅翻修了一遍，又在新舊兩個宅子中間打通了一扇門，進出倒也方便。

如今蘇家香點心鋪子一個月收益穩定在四、五百兩銀子之間，雖然幼金是在蓋新房上頭花得多了些，不過倒也還好，起碼不至於到捉襟見肘的地步。

蘇家暖房酒的日子定在五月十九，邀請的主要對象是五里橋村裡頭跟蘇家有些往來的人家，加起來也不過六、七桌。除此之外，幼金也給洛河州的黃三爺遞了請柬，就再沒有旁人了。

蘇家的宅子是在五里橋村民每日看著下蓋起來的，雖然是先砌的圍牆，高高的圍牆擋住了人們窺探的目光，卻擋不住好奇心。要知道，光是院子的圍牆就用青磚砌了這麼高，那裡頭不得是金磚銀磚蓋的了？這得花多少錢啊？

五月十九這日，收到蘇家邀請的人家都早早到了，因為他們也十分好奇啊！至於沒收到邀請的村民，只得眼巴巴地在外頭臆測，心裡還不斷埋怨蘇家小氣，不請全村人去吃暖房酒。

可幼金才不管這些，早早準備好足夠的酒菜，也不用請人，將蘇家香鋪子暫停歇業一日，家裡所有人手就夠用了。

酒席辦得也體面，高規格的八大碗，吃得來赴宴的村民個個滿嘴流油，只巴不得自己的肚子再大點，能再多吃點。

有人吃得開懷，自然也有人吃得不是滋味。趙氏如今總算明白自己當家的那時的話是什麼意思了，這蘇家一家子孤兒寡母的，才一年就住上這般氣派的大宅子，哪裡還消幾年以後？如今就已經是自家高攀不上的了！

趙氏是覺得自己高攀了，可總有人也會被這滿眼的富貴迷了眼的。

「我們家小子今年也十四了，妳說我要不要上蘇家來提親試試？」

那婦人剛說完，就被同桌另一個瘦長臉的年輕婦人一頓話給嗆了回去。「妳可趕緊歇了這份心吧！妳瞧瞧蘇家的姑娘們，一個個穿的衣裳、戴的首飾，妳見過這麼好的東西嗎？妳兒子又不是洛河州的公子哥兒，這不就是什麼癩蝦蟆想吃什麼肉嘛！」

「指不定人家就看上了呢！」那婦人本還想說什麼，可瞧見不遠處一臉淡然地笑著的幼金，再想想自家不成事的大兒子，確實是蔫巴了。雖然自己不想承認，但是確實感覺蘇家看不上自家。

今日是蘇家的大日子，蘇家眾人自然都是穿戴一新，摻了絲線的細棉料子衣裳在陽光下微微發閃，經過一年調養的蘇家閨女們個個都變得白淨可愛，就連蘇氏的身子經過長期調養後，如今氣色也好了許多，倒是可以看出年輕時的美貌。

而最為年長的兩個女兒幼金已經十三，幼銀也已經十二，都抽條了許多，跟蘇氏長得一模一樣的桃花眼微微上揚，白淨秀美的臉上都是溫和有禮的笑，在一片都是有些面黃肌瘦、頭髮粗糙的鄉下丫頭裡，真真是極為出眾了。

看著待人接物都落落大方的幼金，趙氏又深深地嘆了口氣，終究是沒緣分啊！

這頓暖房酒吃得眾人心思各異，不過蘇家人倒是都很開心。

暖房酒喝散以後，四個粗使婆子連著宋家媳婦李氏帶著白芷等人手快腳快地收拾好了殘羹剩飯。

蘇氏坐在正廳圈椅中，舒舒服服地喝了盞茶，才感嘆道：「真真是不敢想，去歲這時候咱們才來洛河州剛剛安家，今年就已經過上好日子了！」

幼金站在蘇氏身後，用力地為她揉著肩，聽她這麼說，不由得也笑了。「這還是剛開始呢！等再過兩年，我們一定可以過上更好的日子！」

「這我倒是信妳。」蘇氏如今真是心滿意足了。家裡的女兒大些的一個比一個能幹，小的也個個乖巧懂事，想起之前在月家那十幾年如同在煉獄般的日子，真不知道當初自己是怎麼熬過來的？

搬進新家以後，家裡人一下子多了不少，幼金卻也不敢鬆懈防備，她找鐵匠訂做了一批扎手的鐵刺，把新舊兩個宅子的圍牆都圍了起來。

今兒刻意從河西邊蘇家路過的陳老三看著高高的院牆上鋒利的鐵刺，想起村裡人說起蘇家暖房酒那日的酒菜有多好多好，心中就一陣懊惱，也更堅定要在蘇家撈一把的心。

「只要這筆成了，咱們可就都能像蘇家那樣住大宅子，買一堆人回來伺候啊！」他這話聽得那幾個狐朋狗友也是心動不已，不過也有猶豫的。「可是三哥，那咱們不就成打家劫舍的山賊了嗎？」小偷小摸他倒是做慣的，可按著陳老三的意思，是要劫了蘇家丫頭討要贖金的，這性質可就完全不同了！

陳老三用力地拍了一掌心生退意的那人的頭。「真是沒出息！現在那蘇家院牆那麼高，還有鐵刺在上頭，你怎麼進去？再說，進去了，你知道人家把銀子放哪兒嗎？」陳老三已經對蘇家的銀子渴望到兩眼發紅。「只要劫了蘇家人，那贖金可不就隨我們要了嗎？」

陳老三的胃口被蘇家的好光景養得太大了，他已經完全不能滿足於十兩八兩的銀子。「到時候把人給劫來，老子就要她一千兩……不，兩千兩！」

「兩千兩?!」這都是常年在鄉里混跡的地痞無賴，哪裡見過這麼多銀子？一聽說能有這麼些銀子，便都眼紅了。

一個大膽的一拍大腿道：「成！三哥我跟你幹！你說該怎麼幹，我都聽你的！」

有一個支持的，別的也都紛紛應聲同意了，只剩最後一個有些猶豫的見眾人都眼睜睜地看著自己，只得一咬牙、一跺腳，點頭同意了！

一群人就這麼在陳老三家喝得醉醺醺的，個個都在暢想等有了兩千兩銀子以後該怎麼揮霍，絲毫沒有注意到陳家破了一個口子的窗外，一個乾瘦的身影縮在黑暗中，將他們的對話全都聽了進去。

陳老三有兩兒兩女，兩個兒子跟陳老三是一模一樣的脾性，兩個女兒大的已經十五了，小的才八歲，從小就被陳老三夫婦還有兩個兄弟當成牲口一般對待，心中自然對這個家有諸多怨恨。

八歲的陳小翠聽到陳老三等人謀劃著要去擄蘇家大姑娘，心中又驚又怕，忙將此事告訴了陳家大女兒陳小紅。「大姊，爹真的要去綁蘇家姊姊嗎？」

她其實很喜歡那個笑起來很好看的蘇家大姊姊，上回那大姊姊還給了她一塊從來沒吃過的糕點，那入口香濃的味道讓她久久不忘，昨兒個晚上還夢見了，然後流了不少口水呢！

聽完陳小翠的話，陳小紅眼中閃過一陣奇異的光芒。她已經沒有退路了，陳老三這個畜生如今動不動就說要將自己賣了，怕是真的有這個打算了。

見大姊不說話，陳小翠又推了推她。「大姊，妳想什麼呢？咱們怎麼辦呀？」

「小翠，如果有機會，妳願不願意跟大姊一起逃走？」在家吃不飽、穿不暖還就罷了，偏偏攤上了這樣的爹娘，從來沒有拿自己當人來看，這樣的日子她真是一日都不想過下去了！

陳小翠才只八歲，哪裡懂這些？她甚至都不明白大姊為什麼會有要逃走的想法？「大姊，妳想逃到哪裡去？要是讓爹知道，肯定又要打妳了！」前年陳小紅逃過一次，被陳老三找回來後先是下狠手打了一頓，又餓了大姊好幾日，這事才算過去的，大姊怎麼如今還有這個念頭？

陳小紅卻不想再受這份罪了，想起前年自己挨過的那頓毒打，她幾欲咬破雙唇，轉念之間便想到了主意。「小翠，我要將這事告訴蘇幼金！」這樣一來她就幫了蘇家，蘇幼金想必也能幫到自己的！說罷，也不顧陳小翠還有什麼想說的，只留下一句讓她好生注意著正房，自己則悄悄溜了出去。

出了陳家大門後，陳小紅便撒腿狂奔，一路往河西邊去，彷彿後邊有惡犬追著她，又彷彿前邊有什麼吸引著她拚命追逐一般。

「妳爹要綁我勒索，妳為什麼要來告訴我？」坐在花廳上首，幼金眼神如炬地看著侷促不安地站在自己面前的少女。「妳所圖為何？」看著眼前這蓬頭垢面的人，幼金不由得想起自己在翠峰村時的日子。她雖樂意向跟自己有同樣命運的人搭把手，不過這萬一是個障眼法呢？陳老三的「豐功偉績」幼金可是十分瞭解的，而且上回想偷爬進自己家偷東西的人，幼金就極其懷疑是陳老三！

站在這個有著溫暖燭火與飄散著淡淡香氣的花廳中，看了眼一臉防備地看著自己的蘇幼金，陳小紅一開始的勇氣早就消失殆盡了，現在她只覺得自己是一時頭腦發熱，才搞得如今走也不是，留也不是。

兩手不自覺地拽著自己已經洗得發白的粗麻衣裳袖口，陳小紅低垂著頭，過了許久才囁嚅著說道：「我不想在那個家過下去了……」

雖然她聲音小，但是幼金的耳朵卻尖得很，聽到她這般說，便反問道：「妳不想在你們家過下去了，所以是想拿這個消息來換我幫妳逃離陳家？」頓了頓，上下打量了陳小紅一番，又道：「又或者，妳是想來我們家？」

陳小紅被她這般直截了當的問題問得有些心虛，她自然不敢說她是真的有靠這個消息換得自己可以留在蘇家過好日子的想法。

看著心虛都寫滿臉上的陳小紅，幼金哂笑。「妳方才說妳爹不是人，想綁架我來換銀子，但妳現在又何嘗不是拿這個消息來綁架我，要換自己能過得上好日子呢？」

聽著蘇幼金將自己與自己最痛恨的畜生劃為一類人，陳小紅的雙手緊緊攥成拳頭，咬著牙說道：「我不是！」

幼金素來只對自己家人的事上心，旁人的事她從來不願多管，畢竟好心被當成驢肝肺的事可是自古就有的。見她這般說，幼金才道：「那妳想如何？施恩不忘報？此事若是真的，該承妳的情我自然也是承的。」

陳小紅一開始只是想靠著這個消息從此爬上蘇家這艘船，可這話都還沒說出口就被這個厲害的蘇幼金將話頭給堵死了，除了這個，一下子讓她提出個條件來，她還真是想不出該如何才是。

見她猶豫了許久都不言語，幼金嘆了口氣，終究是心軟了些許。「如今夜色已深，妳且回去慢慢想吧！」說罷，便叫宋叔將人送了出去。

「大姑娘，我瞧這陳家丫頭說得倒真是有板有眼的，這啥陳老三不會真的膽大包天到來綁架您吧？」送走了陳小紅，宋叔才有些擔心地問著還坐在花廳裡的幼金。「要不咱們報官吧！讓官府的人來把他們抓走？」

幼金卻是一臉凝重地搖了搖頭。「我們現在沒有證據，就算報官也不會有人管的。」她方才並沒有錯過陳小紅眼中對陳老三的恨意，雖然不能百分百確認，不過她也認為陳小紅說的話十有八九是真的了，想了一會兒才道：「咱們如今只能見步走步，好歹如今也知道他的打算了，總能先防備一二。」

事關重大，幼金自然也不會瞞著蘇氏，若是為了不讓蘇氏操心而給家裡招來禍事，那可就真是得不償失了。

果然，幼金的話才說完，蘇氏便已經捧著心口，一臉驚惶無措地看著幼金。「那咱們可怎麼辦啊？」她已經習慣於跟女兒尋求幫助，第一反應永遠都是把所有希望寄託在幼金身上。

「娘以為該如何是好呢？」幼金自然也是發現的，自搬到洛河州以後，蘇氏從來不把自己當成這個家的主心骨，事事依靠自己。之前是因家裡事情繁多，幼金也沒時間去慢慢引導糾正蘇氏這個毛病，現在閒了下來，自然要開始培養蘇氏的獨立意識了。

聽女兒問自己意見，蘇氏也愣住了，她咋知道該咋辦？不過看著女兒眼神灼灼地看著自己，蘇氏心中閃過一絲窘迫，臉上微微發燙。「我也不知道該如何是好……」其實這也不能怪蘇氏，畢竟她這輩子一直都是依靠別人過日子的，就連離開月家，也是在幼金這幾個孩子的極力慫恿之下才壯著膽子做了這件自己這輩子想都不敢想的事。

幼金微微嘆了口氣，欲速則不達啊！坐到蘇氏身旁，為她斟上一杯熱水。「如今十有八九那陳老三是在打咱們家的主意，咱們家裡幼綾、幼羅幾個年紀都還小，我如今每日都忙著，家裡的事還要煩勞您跟玉蘭先生、李嬸子多操心一些，看緊了她們。」

說到底，幼金還是更擔心家裡這幾個小的，若是陳老三真的朝自己出手，自己還能有把握脫離危險，可幾個小的呢？她們雖然跟著幼金練了些拳腳功夫，但都是才幾歲大的孩子，若是欺負個同齡人還有希望贏，可陳老三那些人可都是成年男子，她們怎麼可能打得過？

「嗯！我曉得的！」蘇氏用力地點點頭，她雖然不能幫到大女兒多少，可也是會盡力不要給她拖後腿。

母女倆又說了好一會子話，幼金才拖著有些沈重的步子回了自己的房間歇下。

陳老三這幾個利慾薰心的，還真就是說幹就幹的主兒，不過花了兩、三日就做好了準備，還買了劣質的迷藥，指不定到時候派得上用場。

幼金如今是每隔兩、三日就要到侯家灣那邊去轉一圈的，陳老三在河東邊遛達了好幾日，放著精光的眼珠子滴溜溜地看著河對面的蘇家，終於把蘇幼金出門的大致規律摸清楚了，幾個豬朋狗友商量了一番，決定等下回蘇幼金再出門的時候就動手。

蘇家如今已經有兩輛騾車，一輛由韓立駕車，每日負責接送幼銀、幼珠等人往返洛河州的點心鋪子；另一輛則由宋叔的兒子宋華負責每日接送幼金到處跑。這日，又到了幼金要去侯家灣檢查樹苗生長情況的日子。

時序已經進入六月，酷暑當空，官道兩邊鳴蟬聒噪得很，坐在騾車裡頭的幼金也將簾子都打了起來，早起出門時還特意帶了一葫蘆在水井裡吊了一夜的酸梅湯解暑用。

「大姑娘，如今這天兒越發地熱，不過咱們這山上水源都夠，倒是都沒旱著。」這是蘇家雇的五個長工其中年歲最大的侯威，他戴著草帽跟在仔細巡查樹苗情況的幼金身旁，笑呵呵地說道。這侯威年近四十，在不過豆蔻年華的蘇家大姑娘面前，倒也是十分尊敬。

幼金仔細地檢查完補苗的生長情況後，滿意地點點頭。「這回補種的苗子，都成活得差不多了。上回施肥也才隔了不到半月，肥多了容易燒根，還不用緊著施肥。」蘇家喬遷新居後，幼金又補種了兩畝刺玫花與桂花，如今都立住了根，長勢喜人，幼金倒是十分滿意。

從山上轉了一大圈後才下來，已經汗流浹背的眾人坐在山下搭建的草棚子裡頭，痛痛快快地喝了幾碗水，才算緩過這口勁來。幼金拿著帕子將額頭的汗珠一一擦乾，說道：「這堆肥的活計可不能耽誤，除了已經種上樹苗跟葵花苗的地兒，旁的地方也要抓緊堆肥才是，等明年一應都要種上了。」

蘇家如今這一百畝的荒山雖然只有五個長工，不過倒也不礙事，伺候樹苗並不像伺候莊稼那麼費勁，五人的主要功夫其實還是在堆肥養地的活計上。

聽幼金這麼說，侯威皺著眉頭跟她訴苦道：「大姑娘，倒不是我們堆肥慢，這堆肥要的什麼樹枝、樹葉的都還好說，只是這糞水難得，咱們村裡人自己都不夠用了，咱們就是想買也是個問題啊！」

「這確實是個問題，侯大叔你既這麼說了，可有什麼主意？」幼金之前也是沒考慮到這個問題，如今聽侯威這麼一說，才發現這還真是個火燒眉毛且長遠都要考慮的大問題。沒有肥料，這一百畝荒地可真是都要廢了！

侯威咂吧咂吧地抽了筒旱煙，才猶猶豫豫地說道：「咱們這地兒這麼大，不若咱們自己養些什麼豬啊牛啊的，這樣一來糞水的問題可不就解決了嗎？大姑娘以為呢？」

侯威的話才一開口，幼金就已經兩眼發亮了，聽他說完後才點點頭。「養豬怕是還要找吃的來餵，咱們這如今短缺的東西太多，倒不如養些雞吧，就放到山裡跑，這麼大的山林，也不怕找不到吃的不是？」

聽完幼金的話，侯威也高興地拍了拍手，笑道：「還是大姑娘思慮周全，換做是我，是大大想不到這麼多的！」

聽著侯威明顯奉承的話，幼金嘴角的笑淡了三分，雖然自己不喜這類作風，不過還是沒多說什麼，只道：「這樣吧，這事就交給侯大叔你來辦，看咱們村裡有沒有人家願意孵小雞來賣的，我按市面價來收，先要個三、四百隻如何？」幼金深諳水至清則無魚這個道理，要想手下的人辦好事，在合理範圍內的抽成，她也是能接受的。

侯威自然樂意接下這樣的活計，就算按市價來，自己從中也能多多少少掙些油水，便拍著胸脯應下這事。「成，我一準幫姑娘辦妥此事！」

幼金點點頭，然後又跟他就在山上養雞需要準備的雞圈、前期幼雞仔需要準備的糧食等事說了好一會子話。

另外幾個長工看著，眼紅得不得了，個個心裡都暗罵侯威，又羨慕他得了這份有油水的差事，還能在主家面前得臉。

躲過中午最大的日頭後，幼金又帶著宋華在山上繼續轉圈。

宋華擦了擦額頭上不斷冒出的汗珠，不由得有些佩服大姑娘，這麼大的日頭，她臉都曬出兩團大大的紅暈，鬢間的髮絲也黏膩地搭在額間了，卻還是這麼充滿活力地四處跑，真像是永遠都不會累一般！

「宋華，你發什麼呆呢？」幼金喊了他幾聲都沒得到回應，回頭一看，原來是站在小溪邊發愣著呢！

被打斷腦中思緒的宋華有些驚慌失措地看向十步之遙的幼金，問道：「啊？大姑娘？您叫我？」一想到自己方才還在腹誹大姑娘，不由得有些心虛，不過早就曬紅的雙頰也沒有暴露出他心虛的模樣。

「想什麼想得這般入神呢？」幼金笑著白了他一眼，然後才說道：「我問你，若是我把你放到這邊來學著管事，你覺得如何？」說到底，長工終究不是買斷的，幼金也確實不放心將銀錢之事都交給侯威等人來打理，而自己身邊能用的人，如今怕是只有韓立與宋華二人，可韓立那個悶油瓶，三棍子都打不出一句話來，倒不如識趣的宋華來得合適。

「我、我……我嗎？」宋華沒想到大姑娘竟然這般輕描淡寫地扔下個這般大的消息，他才不到十五歲，之前在上一個主家裡幹活也只是打打雜，這一下子就要當管事了嗎？宋華心中這般美滋滋地想著，臉上不禁露出了一絲癡傻一般的笑。

幼金嘆了口氣，還是嫩了些。不過現下沒人可用，宋華也勉強能用，將就將就也成吧！再次將神遊太虛的他喚回現實。「我也是先問問你的意思，你若是願意，今兒個回去我便與你爹商量商量，你先跟著你爹學些管人的事，若是學到點能用的東西了，我再放你過來，如何？」

宋華如今哪裡還聽得進去幼金說的別的什麼？連連點頭答應。「成，我都聽大姑娘的！」

兩人一前一後地走著，有一搭、沒一搭地說著話，等到日頭西斜，宋華覺得自己滿身都是汗臭味的時候，幼金才開恩點頭，踏上歸程。

六月的下午，夕陽變得紅紅的，如同一個紅心蛋黃一般掛在天上，可炙烤大地的威力也沒有變小，熱風迎面吹來，只讓人覺得熱得慌，絲毫沒有減輕炎熱的負擔。

陳老三等五人已經在路邊的草叢裡躲了許久，又曬又熱還有蚊蟲叮咬，雖然環境艱苦，不過幾個平日裡都是好吃懶做的地痞無賴為著即將到手的兩千兩，忍住了一時的苦，個個眼巴巴地看著路口拐彎處，等著那青頂騾車的身影。

去尿了一泡尿回來的陳老三沒好氣地罵了兩句。「娘的！小賤人咋還不見人影？一會兒非得好好收拾她一頓，讓她知道老子的厲害才是！」已然將自己如今受苦這筆帳都算到幼金頭上了。

「三哥，來了！」

正當陳老三想著一會兒該怎麼收拾蘇家那個小賤人的時候，耳邊傳來了葛亮歡喜的低喊聲。

「三哥！三哥！」

「來了！跟催命似的！」陳老三沒好氣地白了他一眼，也忙蹲低身子，然後撿了個石頭扔下官道對面的葛家洪等兩人，示意肥羊要送上門來了。

陳老三等人特意選了一個前後一里都沒有人家的官道，今兒個趁著路上沒人悄悄埋好絆腿繩，只等蘇家的騾車經過時就立即拽起繩來絆住。瞧著越來越近的騾車，眾人趕忙用麻布包住臉，拽著繩子的手心裡全都是汗，緊張得不得了。

在騾車距離陳老三等人埋好的繩子還不到一丈的距離時，因著也是第一回幹綁人勒索的活兒，幾人心裡又是害怕、又是緊張的，不小心提前拉了繩子。

趕著騾車的宋華看到騾車前頭突然出現的麻繩，趕忙一下子勒住了騾子前進的腳步。

裡頭的幼金見騾車停了，便問道：「宋華，怎地了？」

「不知道誰弄了根麻繩在這兒擋路，我下去處理一下，大姑娘您稍等。」宋華將情況大概說了下，便準備跳下騾車去解決這條擋路繩。

幼金眉心一跳，趕忙道：「宋華，別下去！咱們立刻掉頭回去！」幼金心想，十有八九是陳老三等人動手了！如今敵我數量不明，著實不宜硬碰，還是快快撤離好些。

宋華一聽便牽著騾子趕忙準備掉頭往回走。

「呸！」看著沒有被絆倒、穩穩地停住的騾車，陳老三氣得將嘴裡叼著的狗尾巴草重重地吐到地上。「你們有沒有長腦子？」見那駕著騾車的小子已經開始準備掉頭了，陳老三才趕緊振臂一呼：「給我上！」

騾車還未來得及掉頭，五個用蔴布蒙面的漢子便已將騾車團團圍住。陳老三得意地笑了兩聲。「從咱們兄弟的地界上過，不打聲招呼就走，可有些失禮了吧？」

坐在騾車外頭的宋華看到不知道從哪裡呼啦地鑽出來五個蒙面漢子，原就十分害怕，如今聽他們這般說，更是嚇得腿都不住地抖，聲音有些發抖地跟騾車內的幼金說道：「大姑娘，是、是山賊……」

宋華並不知道陳老三要綁架幼金一事，便以為是山賊下山了，可幼金心中卻十分明瞭，這是陳老三假借山賊的名號來綁架自己呢！這樣若是將來要追究起來，也能將罪名全都推給神龍見首不見尾的「山賊」了。

將自己藏在騾車中防身所用的匕首悄悄藏進袖口中，然後壓低聲音跟隔著門簾的宋華說道：「你聽好，一會兒我讓你跑，你就趕緊往回跑，拐過山坳就有一個村子，去求救。」宋華身上沒有功夫，留在這裡只會拖累自己，倒不如去求救。

「那大姑娘您呢？」宋華如今只覺得自己整個人都在發抖，五個蒙面漢子啊，他如果跑了，大姑娘該如何是好？

陳老三見騾車上的兩人都沒動靜，不耐煩地給其中一人使了個眼色。

那人點頭，一手拿著粗粗的木棍往前走，將宋華直接拎下了車。「臭小子，別在這兒擋地方！」

宋華被直接推翻在地，幾人的目標不是他，自然不會有什麼人關注他。

陳老三幾人原以為蘇幼金只是個稍微厲害一些的小丫頭，一時也沒有多少防範，便直接上手掀開了騾車的簾子，哪承想一陣犀利的風迎面撲來，一把匕首從裡頭往外揮出來，直接劃破了陳老三臉上的麻布，在他臉上留下了一道血印子！陳老三哪裡能想到這還是個扎手的貨？「嗷」地一嗓子就喊了出來，只覺得臉上火辣辣地疼，伸手一摸，黏膩的血跡明明白白地告訴他，自己破相的事實！

「妳個小賤人！兄弟們，給我上！」陳老三惡狠狠地咬著牙，氣得不行。原本他只是想要些銀子而已，如今他非得好好折磨折磨這個賤人才行！

幼金先劃傷了陳老三的臉，然後一腳踹到另一個漢子胸口，一左一右兩人都離開騾車後，幼金也俐落地翻身下了騾車。手裡緊緊握著匕首，背靠著騾車，迅速打量現在的情況，除了被自己踹翻在地的那個，還有四人漸漸圍了過來。

看著他們手上拿著的都是木棍，看氣息也都不是什麼練家子，幼金心裡才鬆了口氣，不過依然不敢放鬆警惕。手裡沾血的匕首在夕陽的餘暉下顯得有些瘮人，彷彿只要陳老三等人敢上前來，她就不介意再在他們身上開幾道口子一般。

發現幾人有些退縮的腳步，陳老三大罵了兩句。「不就是個小丫頭片子，咱們哥兒幾個還怕她不成？你們還想不想要銀子了？」雖然陳老三自己的手也在微微發抖，不過事已至此，眼看著兩千兩就要到手了，他怎麼能臨陣脫逃？

一聽見陳老三說到銀子，幾人想想，覺得自己一個大男人，怎麼也不會輸給一個十二、三歲的小丫頭片子吧？於是用力地吞了口口水，一咬牙、一跺腳，又開始往幼金的方向漸漸包攏過去。

幼金見五人的注意力都在自己身上，一旁被推倒在地的宋華也爬了起來，便趕忙以眼神示意撿了根小木棍準備偷襲的宋華出去求救。

宋華見大姑娘眼神堅決，再想到方才被大姑娘一腳踹翻的漢子，便趕忙轉身跑去求救了，他知道自己留下來也幫不了大姑娘多少，倒不如快快去叫人來。

宋華才跑沒幾步就摔倒了一下，也顧不得自己摔得十分痛的膝蓋，連滾帶爬地爬起來，發瘋一般跑了。

後頭的動靜自然是有人注意到了，陳老三攔住了想追上去的兩人。「咱們的目標是這個小賤人，那不過是個車夫，不用管他！」陳老三如今兩眼發紅，直勾勾地盯著幼金看。兩人之間的梁子已經結下來，陳老三心裡都盤算好了，等拿到錢就將這個敢傷了自己的小賤人賣去青樓！這個模樣，估計也能賣出個好價錢來！

被五人團團圍住的幼金如今只慶幸自己今日因著是要下地，穿的是便利行動的窄袖衣衫，一會兒要是打起來也不會礙手礙腳的。

幾個漢子揮舞著成人胳膊粗細的木棍，慢慢向幼金靠近。

陳老三喊道：「小丫頭，我們五個對妳一個，我勸妳還是別掙扎了，妳這細皮嫩肉的，一會兒要是哪裡磕著碰著，那可不能怪哥兒幾個了！」

經過一年多的細心調理，加上每日堅持訓練，幼金的個頭已經高了不少，頗有幾分少女的婀娜姿態，加上今日曬了一日的白淨小臉染上淡淡的紅暈，不知道比陳老三這些人見過的暗娼寡婦們美多少，便引出了幾人的邪念，聽到陳老三這麼說，全都發出幾聲淫笑。這模樣，要是能玩玩也真是不錯！

「呸！」幼金一口口水直接吐到陳老三臉上。「也不看看自己是什麼貨色，誰輸誰贏還不知道呢！」幼金原以為陳小紅是心懷叵測，想拿自己搭橋，沒想到這陳老三竟這般不是玩意兒。看著他打量在自己身上的目光變得越來越露骨，她眼中的殺意漸漸浮現。

「給臉不要臉的賤丫頭！兄弟們，給我上！」陳老三悻悻地抹掉幼金吐到自己臉上的口水，只覺得自己被啪啪打臉，非得好好收拾一頓這個小賤人不可！

還不等陳老三幾人動手，瞧準機會的幼金就已經先發制人！右手的匕首快速往前揮去，直接劃破站得離自己最近的吳二的袖子，鮮血迅速染紅了舊麻布衣裳。那吳二還沒來得及喊一聲疼，就已經被幼金一腳踢上褲襠之處，正中要害，這一腳可是用盡全力踹過去的。

吳二只覺得痛得天昏地裂一般，瞬間倒地嚎叫。「啊——」

其餘四人均沒想到這個看著瘦弱的小丫頭片子居然這麼凶狠！看向倒在官道上捂著褲襠不斷嚎叫的吳二，幾個漢子不約而同地嚥了口口水，只覺得身上某處也跟著微微發痛，不自覺地全往後退了兩步。

陳老三看著局勢似乎發生了扭轉，兩個綠豆大的眼瞪得死大，見三人都往後退了，趕忙在後頭推著他們。「怕什麼？咱們一起上！」

陳老三率先揮著棍子往幼金身上招呼過去，四人將幼金團團圍住。

幼金抿緊雙唇，不敢有絲毫的放鬆。她已經惹怒了陳老三這幾個癟三，若是落到他們手裡，怕是要凶多吉少。側身閃過陳老三揮向自己的一棍，順勢扣住陳老三的左胳膊，然後用盡全力反手一扳，陳老三的胳膊便「喀嚓」一聲脫臼了，再用力一腳把他踹倒在地，原本圍成圈的四人瞬間就只剩三人站著了。
幼金前世是受過專業格鬥訓練的，雖然對陣五個成年男子有些吃力，不過值得慶幸的是，這幾人只會一個勁兒地盲打，沒有什麼章法，一時倒也傷不到幼金。反倒是他們幾個，瞬間又被幼金放倒一個，便只剩下兩個人有些瑟瑟發抖地站在原地，不知如何是好了。
躺在地上的陳老三見態勢不妙，便從懷裡掏出事先準備好的東西，然後以眼神示意站在幼金正前方的人。
那人見陳老三掏出了那東西，便慌亂地點點頭。
幼金沒想到這兩人跟打了雞血一般突然發難，將她緊緊纏住，她揮動著手裡的匕首，也只是劃傷了其中一人，不過那人竟然忍住了疼痛，然後將自己拿著匕首的手給抓住了。
另一人也從背後緊緊將幼金抓住，幼金就算有些章法，不過力氣也是比不過兩個成年男子的，只能智取。膝蓋用力高高抬起往上一撞，面前的漢子便應聲而倒，正當幼金準備反手解決後面這個時，卻被一塊不知道沾了什麼刺鼻氣味的東西捂住了口鼻，吸了兩口進去以後，意識便開始混亂，眼前的兩個人影也漸漸變成四個、八個重影。
幼金掙扎著想保持清醒，可最後還是「撲通」一聲暈倒在地。

左胳膊已經脫臼的陳老三堅持著將人熏暈倒之後，自己也痛得坐倒在地，然後指使最後一個沒受什麼傷的何六。「趕緊把哥兒幾個都扶起來，再用麻繩將這小賤人捆住！格老子的，一會兒老子非得好好收拾她不可！」

被踢襠的幾人緩過了最痛的那股勁以後，雖然還是隱隱作痛，不過在何六的攙扶下倒是也能勉強站起來走動。

見方才還拿著匕首又是割傷自己、又是踢自己子孫根的賤丫頭如今昏迷不醒，還被綁成了一個粽子一般，幾人心裡只覺得痛快，惡狠狠地往躺在地上的幼金身上踹了好幾腳。「小賤人，不是挺厲害的嗎？再來啊！」

「好了，趕緊將人抬上騾車！一會兒要是有人來看到，可就完蛋了！」額頭冒著的豆大汗珠已經染濕了蒙臉的麻布，陳老三沒好氣地將麻布取了下來，臉色蒼白得很。「還愣著幹麼？趕緊帶我去找大夫啊！」

幾個均有傷殘的豬朋狗友便互相攙扶著慢慢挪動，滿滿當當地坐上了蘇家的騾車，準備往事先商定好的藏人地點趕去。

再說宋華按著幼金的吩咐，往最近的村莊跑過去求救，可陳老三等人埋伏的地點距離最近的村莊那兒也有一里多的地，宋華踉踉蹌蹌的，一路上不知摔倒了多少回，都還沒看到村莊的影子。

這時，他見到不遠處有個路過的車隊，便趕忙衝過去求助。「各位大哥，救救我家姑娘吧！」

守在馬車四周的護衛見突然衝出來個人，還以為是刺客，趕忙勒住馬，嚴陣以待，沒想到只是個十四、五歲的小後生，嘴裡嚷嚷著求他們去救什麼姑娘。打頭的護衛首領回頭看了眼馬車，然後道：「小後生，我們急著趕路，你去找別人幫忙吧！」大少爺如今趕著時間進城，若是耽誤了怕是就要在城外露宿，他們皮糙肉厚無所謂，可兩位少爺都是金尊玉貴的，要是讓京城家裡知道，不得扒了他們的皮？

坐在馬車裡正無聊的肖臨風見馬車停了，前頭還傳來隱隱約約的說話聲，便探了個頭出去問道：「前面怎麼了？」

守在最近的護衛忙道：「不知是哪家的小廝攔住了路，肖統領想必很快就能解決的。」

聽他這麼說，肖臨風百無聊賴地應了句，還以為有什麼熱鬧可以看呢！

「肖公子！肖公子！」宋華卻遠遠地瞧見了肖臨風，他是認得這位公子的，趕忙高聲喊道：「我是五里橋蘇家的小廝啊！我家大姑娘被山賊擄了去，肖公子快救救她吧！」

宋華喊得大聲，肖臨風自然也聽到了。「你去把人帶過來。」蘇家那小丫頭被山賊擄走了？怎麼回事？

滿身狼狽的宋華被帶到了馬車前頭，將方才遇襲一事大略說了一遍。「肖公子，小的求求您救救我家大姑娘吧！」好不容易才找到人求援，宋華自然咬緊了不肯放棄，直接「撲通」一聲跪倒在地，不住地磕頭。

肖臨風皺了皺眉，雖然自家這回帶了差不多二十個護衛出門，可是山賊會不會有很多人？萬一打不過可怎麼辦？便轉頭看向馬車內看著帳本的肖臨瑜。「大哥，要不咱們去救救蘇家那丫頭吧？」

肖臨瑜的眼睛雖然沒離開過帳本，卻不代表他沒聽到外頭的動靜。他對那個姓蘇的小丫頭還是很喜歡的，小小年紀敢闖敢做，許多男子都比不過她，便微微頷首。「叫他帶路吧！」

「多謝肖公子大恩！」喜極而泣的宋華趕忙爬上了馬車的車轅上坐著，然後為眾人指路。馬車跑得極快，不一會兒就趕到方才宋華與幼金被攔住的山坳處。

此時陳老三等人才剛剛上了騾車，還沒來得及離開，就被肖家的護衛團團圍住。

「你們是什麼人？」唯一一個沒受傷的何六坐在騾車外頭準備駕車離開時，突然被這群不知道從哪裡冒出來的、個個腰間挎著刀的護衛給攔住，一時間也慌了神。

宋華趕忙跳下了馬車，指著何六等人說道：「就是他們方才攔住了我們！我們家姑娘肯定還在車上！」

瞧見肖臨瑜的眼神示意，肖家的護衛統領一揮手。「上！」

不過三五下，就把這些原就被幼金收拾得差不多的冒牌山賊全部拿下了。

冰涼的水灑在幼金掛著兩個大大巴掌印的臉上，昏迷著的幼金發出一聲舒服的嚶嚀。那人似乎知道清水可以緩解她的痛苦一般，又將一條濕帕子整個覆蓋在她的臉上好一會兒才拿開。彷彿是想看看為自己送上甘霖的人是誰一般，幼金用盡全力才睜開沈重的眼皮，只看到一個臉生的中年婦人正笑咪咪地看著自己。

見她醒了，婦人笑道：「姑娘醒啦？」

「妳是？」幼金如今只覺得頭痛欲裂，看了看周圍的環境，原來自己還是在自家的騾車上，那眼前這婦人又是誰？

「老奴是肖家的僕人，本家姓何。方才姑娘家的小廝向我家主子求助，正好攔住了歹人，救下了姑娘。」那婦人笑著將人扶著坐起來。「姑娘喝些水。」

「多謝。」幼金接過她遞過來的青瓷碗，細細地啜完一碗水後道：「何嬸子，麻煩妳扶我下車，我得多謝妳家主子的救命之恩。」

「蘇家丫頭，妳可算醒了！」一見她下車，正半蹲著看山賊的肖臨風便笑著跑了過來。「這回妳可又欠小爺一條命了，看妳拿什麼還才是！」

幼金沒想到救了自己的人竟然是肖家兄弟，她先是朝站在肖臨風身後的肖臨瑜恭敬地行了福禮，然後才笑著應肖臨風。「大恩大德無以為報，只有來世結草銜環相報？」

見她臉上頂著兩個大大的巴掌印，身上的衣裳也都滾得灰撲撲的，肖臨瑜便知道她這是受了不少罪，心中竟隱隱有些心疼。不過想到方才護衛長跟自己說的話，肖臨瑜知道這小姑娘可比那幾個「山賊」強悍多了，以一敵五竟然也能讓對方損耗這般大，可見此人戰鬥能力非同小可。

看見肖臨瑜落在自己身上若有所思的目光，幼金不由得覺得有些不習慣，乾咳一聲道：「多謝肖公子救命之恩，這日頭已然落山，恐怕是趕不及進城了，不若到我們家暫宿一晚？」

昏暗的官道上，兩邊人站立著，夏日的熱風已經降了些溫。

肖臨瑜點點頭。「那就多有叨擾了。這幾個山賊，蘇姑娘打算怎麼處置？」

「肖公子莫要取笑我了，我哪裡有這個本事跟山賊動手，不過是五里橋方圓內有名的地痞流氓，想綁了我換些銀子罷了。」幼金笑著解釋了兩句。「先把人綁回去，明日一早送交官府處理吧！只是可能還要煩勞肖公子代為出面。」

既然把人救了下來，肖臨瑜也不在乎送佛送到西，便點點頭。「無妨，正好我與洛河州的知府大人也有過數面之緣，想必他很樂意幫我這個忙。」

肖臨瑜這話說得無關痛癢，可落在陳老三等人的耳中，卻是如同平地一聲雷般炸開了！這救下了蘇家小賤人的男子還認識官老爺？他們這回怕是凶多吉少了啊！

護衛們將呆若木雞的陳老三等五人塞進蘇家的騾車中，幼金則上了跟在肖臨瑜馬車後的何嬸子的馬車，宋華在前頭帶路。披著黑夜的薄紗，一行二、三十人往五里橋的方向回。

騾車上，被緊緊捆住的何六一臉哭相，聲音有些發抖地向陳老三詢問。「三哥，咱們這回還能脫險嗎？」他們之前也不是沒幹過偷雞摸狗的事，不過哪裡踢過這麼硬的鐵板？聽著方才那個穿著青衫的富貴公子的意思，他們怕是要完蛋了吧？

面如死灰的陳老三左胳膊的脫臼還沒接好，癱坐在騾車裡頭一言不發的模樣已然說明一切。

這回他們是要完了！

第十六章

再說蘇氏等人在家等了許久都沒見到幼金與宋華的身影，焦急得不得了，正準備打發人出去找的時候，外頭看門的婆子就三步併作兩步地跑了進來。

「太太！太太！大姑娘回來了！」

一聽說幼金回來了，蘇氏這才鬆了一大口氣。「這孩子怎麼回事？怎地這麼晚才回來？」嘴裡說著怪罪的話，不過還是邁著步子往前頭去。

見到女兒帶著宋華出門，如今卻帶回了幾十人，蘇氏有點嚇到。「這是？」

幼金在何嬸子的攙扶下從馬車上下來，見蘇氏出來了，便道：「娘，這不是說話的地兒，咱們先進去再說吧！」說罷，趕忙讓人打開大門，好讓肖家的馬車進來。

方才在大門處光線較暗，蘇氏也就沒看到幼金臉上的傷，等回到正房時才發現女兒受了傷，立即一臉緊張地問道：「妳這是怎麼了？不是去侯家灣看樹苗，咋臉上還被打了？」

幼金累得不行，頭還昏昏沈沈的，見蘇氏這麼激動，忙安撫道：「娘，我沒事，多虧兩位肖公子救了我。我先去沐浴更衣，娘您讓人收拾一下客房，再叫廚房上些飯菜。」

「哎！好，妳去吧！」蘇氏憂心忡忡地送走幼金，才分出心神來跟肖臨瑜打招呼。「多謝肖公子救了幼金。」

肖臨瑜哪裡會受長輩的禮？忙挪開身子，示意何嬸子上去扶人。「我與蘇姑娘也曾有過生意上的往來，她有難，我不過是舉手之勞，實在不敢受長輩這般大禮。」

雖然他這般說，不過蘇氏還是十分感激的，趕忙請兩人到正廳坐下，又叫人上茶水點心。「家裡沒什麼好東西，飯菜還要等一會兒，兩位肖公子先用些點心墊墊吧！」

前院蘇氏招呼著肖家兄弟，後院裡頭，聽說長姊受傷的蘇家姊妹都跑到二進的正房去瞧幼金。

玉蘭也取了消腫祛瘀的膏藥細細給沐浴出來的幼金塗上。「幸好只是傷到皮肉，抹些膏藥，過幾日消瘀就好了。」看到幼金衣裳下瘀青了一大片的腰間，還有臉上紅腫不已的巴掌印，覺得觸目驚心之餘還十分心痛。

「大姊妳沒事吧？還疼不疼？」幼珠幾姊妹看到她身上的傷痕，不由得都皺緊了眉頭，個個都心疼不已。「是什麼人幹的？」

等玉蘭搽完藥以後，幼金又喝了盞熱茶，渾身的疲勞與頭痛欲裂均已消散許多，才安撫幾個妹妹兩句。「無妨的，幸虧碰到肖公子救了我。歹人已經都抓住了，如今關在柴房呢！」

一聽說歹人此刻就關在家裡，幼珠悄悄拉了下幼銀的手，姊妹倆瞬間便達成默契，尋了個由頭往前院去。幼珠一邊往前頭走，一邊咬著牙惡狠狠地說道：「二姊，咱們非得好好教訓一頓那些歹人不可！為大姊報仇！」

幼銀的性子是比幼珠沈靜不少的，不過方才看到大姊傷得那般嚴重，便也毫不猶豫地跟上了幼珠的步子。

柴房門口是韓立站在那兒守著，見幼銀姊兒倆來了，便默默地往後退了一步。

看到韓立這般會做人，幼珠笑了笑，然後掂量幾下手中的棍子，才推開柴房大門進去。

正房那頭，蘇氏正與肖家兄弟說著話，忽然間聽到外頭傳來男子的慘叫聲，趕忙問一旁的李嬸子。「這是怎麼了？快去瞧瞧！」可別又出什麼事才好啊！

李嬸子得了吩咐，趕忙出去瞧了瞧，不過片刻又回來了，當著外客的面，有些猶猶豫豫地俯身到蘇氏耳邊小聲道：「是二姑娘跟三姑娘，在柴房為大姑娘出氣呢！」

蘇氏聽完，不由得皺緊眉頭。「這兩個孩子，怎麼這般行事？妳快去把人叫出來，不許她們胡鬧。」雖然知道兩個女兒是為長女出氣，不過長女傷得那般重已經讓蘇氏覺得觸目驚心了，要是這兩個孩子還要出點什麼事，那這個家可怎麼辦？

蘇氏話才說完沒多久，收拾好了的幼金也到正廳來了，還帶著兩個出了一身汗的妹妹。

「今日多謝肖公子。」

蘇氏暗暗瞪了眼躲在幼金身後的兩個女兒。

幼珠無聲地吐了吐舌頭，才不覺得自己錯了。

看著蘇家母女幾個均有七分相似的模樣，肖臨瑜不由得微微笑著回道：「蘇姑娘客氣了，不過是舉手之勞，肖某還要多謝蘇姑娘留宿之誼。」

看著長兄跟蘇家的小丫頭你來我往文謅謅地說著話，肖臨風悄悄翻了個白眼。這蘇家丫頭還真是沒良心，明明是自己帶人救了她，怎麼不見來跟自己好好道謝兩句？

蘇家如今人多，不過兩刻鐘就準備好四菜一湯的飯菜擺上桌來。至於肖家的護衛也是準備好了飯菜，不過只能將就著在平日裡蘇家的僕人們用飯的地方簡單吃了。

肖臨瑜哥兒倆都是吃慣山珍海味的人，雖然蘇家已經是用自家最好的材料來準備了這桌飯菜，不過在肖家兄弟面前著實也是不夠看的。

幼金深知這點，便端起一杯清茶。「幼金以茶代酒，再次多謝肖公子救命之恩。家裡條件不允許，只能是粗茶淡飯招待二位貴人，實在是抱歉。」

肖臨瑜喝了口茶後笑著舉起筷子，挾了一筷子炒時蔬嚐了下，味道倒還算鮮美。

「無妨，農家野趣，倒也是難得的經歷。」蘇家做飯的婆子是經過蘇氏指點的，加上本就算過得去的手藝，雖然原材料都是鄉下常見的，不過味道倒不比一般的酒樓飯館差。

肖臨風不像長兄那般挑，每個菜都嚐了兩口，滿意地點點頭。今日中午吃得不好，他如今正餓著呢，便風捲殘雲般地吃得肚兒圓圓，不過吃相倒還是沒出什麼差錯。

飯後，廚房裡的婆子又將在水裡吊了好一會兒的酸梅湯給端上來。

幼金笑吟吟地說道：「如今我們已不賣酸梅湯，只是家裡夏日消暑煮些來喝，飯後也能解解膩。」

肖臨瑜接過酸梅湯，嚐了兩口，才微微點頭。「果然還是妳家的酸梅湯好些。」

酒足飯飽以後，宋叔也安排好了所有人的住宿，將肖家兄弟安排在蘇家的客房裡住著，護衛因著人數太多，只能將就著擠一晚了。

屋外蟬鳴蛙叫之聲不斷，肖臨瑜卻是難得地睡了個好覺，等到再睜眼之時，已天亮許久。聽到外頭小姑娘們傳來的嬉笑聲音，頎長的身影穿上外衣裳，打開面向主院的窗戶，瞧見原來是兩個十歲上下的小姑娘帶著三個四歲到七、八歲不等的小姑娘在花園裡玩，姊妹間不知在玩些什麼，歡笑聲竟是一直沒斷過。

肖家人丁單薄，到肖臨瑜這一輩，也不過只有兄弟二人，自己與臨風年紀差了近六歲，加上爹娘自幼便把自己當成肖家的下一代家主來培養，肖臨瑜還真沒有享受過這種兄弟姊妹之間的歡樂時光，記憶裡的童年，竟全都是排得滿滿當當的各種要學的東西，這種肆意玩鬧的笑臉真是讓人心生豔羨。

見到昨夜借宿家中的貴客出來了，幼寶有些不好意思地朝他行了個禮。「是不是我們吵到肖公子休息了？」

肖臨瑜一把抱起不怕生地伸手要自己抱的小七，笑道：「叫我肖大哥就好。沒吵到我，妳們起得這般早，也不多休息一會兒？」

被這個好看的大哥哥抱在懷裡，小七愛嬌地蹭了他好幾下，奶聲奶氣地回道：「大姊說，一日之計在於晨，我們都練完功回來了！」

「妳們還要練功？這麼厲害呀！」肖臨瑜笑道。目光在蘇家的前院轉了一圈，昨日夜裡光線太暗，倒是沒注意到，如今看來確實是個收拾得很不錯的農家小院。

帶著妹妹們晨跑完回來，又回後院沐浴更衣過的幼金一出來就看到小七巴在肖臨瑜身上，忙上前道：「小七，不許攪擾客人。」

小七見長姊這麼說，雖捨不得這個長得很好看的大哥哥，不過還是掙扎著要下去。

肖臨瑜見她要下去，怕摔著她，也就將她小心地放回原處。

蘇家今日的早飯是蘇氏親自下廚烹煮的，雖都是些簡單的飯菜，不過味道明顯比昨夜兩人嚐過的菜好吃太多。

肖臨風邊吃邊點頭。「好吃！」

肖臨瑜也胃口大開，喝了兩碗熬得香濃可口的粳米粥才放下手中的瓷碗。「多謝蘇嬸子招待。」一心中對蘇家這一家人是越來越有好感了，雖然是鄉里小門小戶出身，最大的女兒不過才十二、三歲，家裡沒個男人，竟也能有這份家業，假以時日，這蘇家指不定也要在洛河州這塊肥肉上分一杯羹，著實是值得來往的一家。

蘇氏笑得燦爛。「肖公子救了我們家幼金，是我們該好好謝謝你才是。」

一頓早飯在十分和諧的氛圍中愉快地結束。

飯後，幼金又與肖臨瑜單獨說了會子話，肖家兄弟才帶著關在柴房裡餓了一夜、被幼珠姊妹倆帶著韓立、宋華死命收拾了一頓的五個人往洛河州去。

有肖家的面子在，就算是小罪也能判成大罪，更何況是攔路搶劫的山賊？洛河州的知府秦大人自然不會為著幾個冒牌山賊得罪大名鼎鼎的肖家，當場就判了陳老三等五人杖責五十，十年監禁！

聽到這個宣判結果的何六等人，全都癱軟在地，開始嚎啕大哭起來。

更有甚者直接一腳往陳老三身上踹過去。「都怪你！要不是你說要搶蘇家，我們怎麼可能會落得這般下場？」

陳老三如今胳膊也斷了，人還要挨五十大板，監禁十年，他只覺得天旋地轉的，連自己姓啥叫誰都不記得了，哪裡還能感覺到旁的？

看著五個嚎啕大哭的漢子，幾個獄卒沒好氣地將人拖著走，聞到幾人身上散發的糞便惡臭，不由得啐了一口。「就這點出息還學人當山賊！」

被打得鮮血淋漓、只剩半條命後，再被丟進大獄的五人，看著暗無天日的狹窄牢房，還有四周不斷傳來的老鼠「吱吱」叫的聲音，再怎麼不肯接受這個現實，也只能接受了。

再說那陳老三家的婆娘，她是不知道陳老三等人密謀要綁架幼金換銀子一事的，加上陳老三夜不歸宿一、兩日也是常有的事，便也沒拿這事當回事。可直到第五日還沒等到陳老三回來，她才後知後覺地意識到陳老三有可能已經出事了！

陳老三家的到平日裡跟陳老三走得近的幾個人家裡問了，才知道那幾人也都不見了蹤影，陳老三家的這才確信她當家的是出事了！

那陳老三幾人個個身無分文，又是知府大人交代要「好好伺候」的人，自然不會有獄卒這麼好心地往他們家裡頭報信，就算陳老三家的這回長了翅膀也不知陳老三人在哪兒了。

後來不知道是從哪裡聽來的消息，說陳老三幾人要去幹一票能掙兩千兩銀子的大買賣，陳老三家的才在家裡捶胸頓足地哭喊：「這個沒良心的，肯定是得了銀子後跟那個賤人私奔去了！」

陳老三在外頭有姘頭這事她不是不知道，只是沒想到陳老三這個沒良心的，一得了銀子就跟那個小狐狸精跑了，留下自己孤兒寡母的，家裡連地都沒有，這還怎麼活下去啊？

可憐那屁股都被打爛的陳老三，因著傷口潰瘍發爛引發高熱在監獄中病得半死不活的時候，還被扣上了這麼個屎盆子。

陳老三家的不知道，可陳小紅卻是知道的。自她曉得陳老三的計劃後，每日都留心著他的動靜，在他們動手的那日，她等到陳老三幾人出門後，又往蘇家去了一趟，果然發現蘇幼金是不在家的，可她也沒說什麼就回來了。不知為何，她心中莫名地討厭起蘇幼金，想到陳老三這個畜生若能做些什麼讓蘇幼金名節受損，竟覺得莫名痛快。

可等到第二日也沒見到陳老三回來，蘇幼金還大搖大擺地到村裡來轉一圈，陳小紅便知道陳老三幾人是折了進去。雖沒能讓蘇幼金吃虧，不過陳老三這個畜生沒了，倒也解決了自己的心頭大患。

陳老三的消失對五里橋絕大多數人來說都是一件好事，況且連著另幾個無賴也都不見了，五里橋方圓幾個村子裡除了這幾人的家人，其他無一不是額手稱慶。

陳老三等人不見後，幼金在家養了好幾日才又開始忙著打理家裡的生意。

倒是陳小紅在陳老三不見後的第三日夜裡上門來要銀子了，這回她是強硬著挺直腰桿，看著坐在上首的幼金。

「我要一千兩。」

幼金簡直被陳家如出一轍的不要臉基因給氣笑了。「妳憑什麼覺得我會給妳一千兩？」幼金本還想著她若是個可造之材，自己也不介意伸出援手，如今看來，這跟陳老三有何區別？一個綁架勒索，一個敲詐！

「妳若是不給我，我便把妳的秘密告訴別人。」陳小紅只覺自己抓住了蘇幼金的小辮子，道：「妳殺了陳老三他們幾個，不要以為我不知道！這個秘密要是讓別人知道，妳就等著瞧吧！」

「妳憑什麼說我殺了陳老三？」幼金原還以為她說的秘密是什麼，沒想到竟是她自己臆想出來的，不由得露出一絲譏諷的笑。「妳跟陳老三還真是一家人啊！」

陳小紅見她竟面不改色，甚至還這般面露譏諷，驀地心生不悅，甚至有些惱羞成怒地說：「蘇幼金，妳不要以為妳殺了人還能這般快活！若不給我一千兩銀子，我回去就將這事告訴我娘！」她堅信自己拿住了蘇幼金的把柄，自然不能放棄眼看著就要到手的鉅款。

幼金端起茶杯慢悠悠地喝了口茶，才道：「我沒做過的事，為何要怕？陳小紅，不得不說妳真是太沒腦子了些。妳用妳的腦子好好想想，我一個尚未及笄的少女，怎麼打得過陳老三幾人？甚至還能把他們都殺了？」無奈地搖了搖頭。有野心是好事，可惜她這野心用錯了地方！幼金也懶得跟陳小紅再多費口舌了，直接讓宋叔送她出去。

宋叔帶著陳小紅往外頭走，臉色十分難看，他還以為這小姑娘是個好的，沒想到這姑娘可不比她那黑心肝的爹好到哪裡去，自然也不會有什麼好臉色給她。

將人送出去後，蘇家大門緊閉，只留下吃了一臉灰的陳小紅死死地盯著蘇家的紅漆大木門，陡生恨意。

「大姑娘，這陳家丫頭不會給咱們惹什麼麻煩吧？」送完人回來的宋叔想著方才出去時陳小紅眼中的恨意，有些擔心她要鬧個魚死網破。「老奴瞧著總有些不安。」

站起了身活動活動筋骨的幼金卻有不同的想法。「陳小紅不敢往外造這個謠，她若是跟別人說，她自己就摘不乾淨。再者，她今日既然都這麼說了，將來有什麼風言風語，我肯定是第一個把帳算在她頭上的，她雖然蠢，不過應該不至於這麼蠢。」想了想，總還是以防萬一的好，又道：「不過宋叔你跟嬸子在家裡，多長個心眼，總要提防著些，若是她敢把主意打到咱們家裡人身上，那我也不會再容她。」

說到底，陳小紅之前的通風報信並沒有多大用處，就跟不可靠的天氣預報說今年有颱風，但是颱風什麼時候來、在哪裡登陸卻一概不知，那這個消息就如同屁話一句。陳小紅竟然還妄想著要靠這個不可靠的消息敲詐自己一千兩，真是癡人說夢！

果然，陳小紅雖然在幼金面前放了狠話，卻也沒敢把蘇幼金殺了陳老三這個消息給傳出去，不過心裡卻對蘇家的「忘恩負義」記得真真的了。

此事也給蘇家眾人都留下一個警醒，就連往常在鍛鍊時總愛偷懶的小六、小七都不喊苦喊累了，個個咬著牙堅持練功。雖然幼金教的只是拳腳功夫，不過真遇到危急情況時，還是有些用處的，為著以防萬一，雖然辛苦了些，幼金卻不敢放鬆。

再說肖家那邊，肖臨風自嚐過蘇氏的手藝後，再去嚐肖家別院廚子的手藝，總覺得差了點什麼，於是經常跑到蘇家來蹭吃蹭喝。

對於肖臨風的到來，幼金還是很歡迎的，畢竟這樣一個自帶豐富食材的食客也不常見。再者雖然幼金不知道肖家多富有，不過想著那日肖臨瑜哥兒倆竟然帶了二十餘護衛出門，還跟洛河州的知府有交情，幼金就覺得這是條金大腿，有得抱的話還是得好好抱的。

對於幼弟的「惡劣」行徑，肖臨瑜也是知道的，一開始他並沒有很在意，不過不足半月時間，他才後知後覺地發現幼弟已經圓了一圈。「臨風，這才不足半月，你怎地胖了這麼多？」

原本稜角分明的美少年，如今小臉已經圓潤了一圈，正一口一塊蘇家新研製出來的紅豆糕，幸福地眯上雙眼。「若不是大哥你每日庶務繁忙，真應該咱倆一同到蘇家去吃飯才是！」蘇家新做出來的紅豆糕一小碟不過四、五塊，他幾口就快吃完了，至於胖什麼的，他才不信呢！

肖臨瑜聽到幼弟這番話，只無奈地笑著摸摸弟弟的頭，道：「大哥走不開，你去蘇家吃飯也不是不可，只是記得不能給蘇家添麻煩可知？」

肖臨風一想到蘇家那麼多好吃的大哥都吃不到，不禁有些同情地看著他，捧著剩下最後一塊紅豆糕的小碟子道：「大哥你嚐嚐，這是蘇家新做出來的糕點，味道還不錯。」這是蘇家特意做給肖臨風吃的糕點，自然都是用自家能承擔得起的最好原料，再加上蘇氏的手藝，當然是沒得說。

肖臨瑜笑著撚起最後一塊紅豆糕放進嘴裡，紅豆的香氣混合著桂花的芬芳，著實美味。「果然不錯。」想到那個一雙漂亮的眼睛微微上揚，帶著笑意的小丫頭，肖臨瑜不禁有些好奇這得是什麼樣的家庭才能教育出這般機智果敢的女子。

肖臨風見大哥果然也十分喜歡，便拍拍手決定道：「蘇家那丫頭說明日要做什麼芙蓉糕，我讓她多做些，帶回來給大哥嚐嚐！」肖臨風也知道長兄不容易，他有時雖頑劣了點，不過大多時候還是很懂事體貼的。

運河開挖工程已進行了近一年，因著聖上的旨意要加快進程，肖家二叔作為此次水利工程的主導者之一，自然將這活計攬了下來。肖臨瑜身上也是有功名的，在朝中也捐了個掛名的虛職，在外行走倒也方便，所以便代替肖家二叔到洛河州來監工。

洛河州的運河開挖距離不算長，不過五十里地，加上是兩頭一起挖的，雖才一年不到，不過投入的人力及物力不少，因而進程倒算得上快，估摸著今年入冬便可以挖通兩頭，只等明年開春冰雪融化就能投入使用。

也是因著這回要到洛河州來待到冬日才能回京，肖家的老祖宗放心不下兩個孫子，便安排了往日裡伺候慣兩人的僕婦，以及從家中的護衛隊裡選了二十五人一隊等一行三十六人跟到了洛河州。

「等年底回來，咱們也差不多可以除孝了。白家姑娘已經十六，也是時候操辦你的婚事了。」肖家主母于氏送走大兒子前，突然這麼提了一句。

肖家老祖宗也點點頭稱是：「白家丫頭很好，識禮知書，人品模樣都是出挑的，咱們兩家的婚事是你打小就定下來的，若不是你祖父過世，你要守孝三年，怕是如今我都已經能抱上曾孫子了。」白家家主在朝為官，雖然只是個從五品的文官，不過倒是書香傳家的清貴之家，若不是肖家老爺子生前與白家老爺子是莫逆之交，怕是兩家這門親事都定不下來。

肖臨瑜對於白雅兒並沒有多少感情，不過是肖家老爺子在世時定下的親事，那白雅兒知書達禮，想必也會是個好主母，肖臨瑜這一生不能自己決定的事太多，也不差婚姻這一樁人生大事。肖臨瑜以前不是沒想過這個問題，不過這還是第一回心生倦意。

「若是她，又會如何處理呢？」不知為何，肖臨瑜腦海中閃過那個臉上頂著兩個大大的巴掌印，一雙美眸卻依舊神采飛揚的蘇幼金，而後笑著搖搖頭，自言自語道：「若是她，怕是從一開始就不會應下這樁親事吧？」旁人的肆意人生，自己終究是羨慕不來的啊！

那頭吃完晚飯，正帶著幾個妹妹在院子裡紮馬練功的幼金猛地打了個噴嚏，揉了揉鼻子。「奇怪，這也不冷啊！」不過心裡也沒在意這麼多。

夏日漫長，不過這兩年開始有走西域的客商拉著些西域的瓜果回來中原賣，其中就有西瓜。因著中原尚無人種植西瓜，西域又路途遙遠，加上西瓜味道甜美，實乃消暑佳品，在洛河州倒也炒得火熱。

看著前世不過幾塊錢就可買到的西瓜，現在竟然要十幾兩一個，幼金只覺得這一口西瓜她都嚥不下去。不過她捨不得買，總有人捨得買的。這不，捨得買的人搖著摺扇，走得極為霸氣地進門來了。

「蘇家丫頭，看我帶什麼好東西來給妳了？」他可是一口氣買了五個西瓜，放在自家別院中冰鎮過後才帶來蘇家的。

看著一臉洋洋得意的肖臨風，幼金不禁感慨道：「肖臨風，你還真是人傻錢多啊！」

經過一個多月的相處，兩人之間已經不像一開始那麼拘謹有禮，如今蘇家的小姑娘們都很喜歡這個財大氣粗的肖家小哥哥，這讓沒有弟弟妹妹的肖臨風覺得很得意，唯一不滿的是明明比自己小了半歲的幼金卻沒有像蘇家其他小姑娘那樣管他叫哥哥，反倒是直呼他的大名。

「怎麼說話的?」蘇氏有些拘謹地怪罪了女兒一句,畢竟人家肖公子是來作客的,女兒如今真是越發沒了分寸,自己可不能這麼一直慣著她才是。

幼金還未說話,肖臨風就忙不迭地站到蘇氏這邊,坐在首位上搖著摺扇,耀武揚威道:「蘇嬸子說得是!好歹我也比妳大,趕緊叫聲哥哥先!」

幼金才不管發癲的肖臨風,將李嬸子切好端上來的西瓜拿了一片,小口地咬了口,清甜爽口的西瓜汁水瞬間在口腔中迸散開來,舒服得她重重地喟嘆了聲。「好吃!」

蘇家人自然也都不跟肖臨風客氣,畢竟這也不是他第一回給蘇家帶好吃好喝的來了。

倒是蘇氏總不自覺地要念叨兩句。「這西瓜價貴,總要肖公子破費實在不好……」

「不妨事的,蘇嬸子,我這每日到妳家來蹭吃蹭喝的,再空手而來,我大哥知道怕是要罰我了。」肖臨風「哢嚓」地咬了口已經起沙的西瓜,滿足地眯縫了雙眼。「要是咱們也能種西瓜就好了!蘇家丫頭,妳要不要試試看?反正妳家不是有很多地嘛!」

聽到肖臨風這不經意的提議,幼金倒是眼前一亮。「這事可以試試,要是種成了,往後每年給你送西瓜吃如何?」然後趕忙讓李嬸子將方才眾人吐到盤子上的西瓜子都拿去洗淨放著。

「大姊，咱們真的能種西瓜嗎？這樣咱們是不是每年都能吃上西瓜了？」挨著幼金身邊的小七一聽說要種西瓜，一雙大眼睛撲閃撲閃地發亮。西瓜真的好好吃，可是太貴了，大姊說買不起，要是自家就能種，那該多好呀！

已經擦乾淨的手輕輕捏了捏小七白淨的小臉，笑著應道：「是啊！等大姊種出西瓜了，就讓小七吃個肚兒圓！」

「蘇家丫頭，妳這話也放得太早了些！若是妳種不出來，到時候可別怪我笑妳！」在肖臨風看來，這洛河州以前都沒有種過西瓜的人，她蘇幼金一個小丫頭片子還真能種出來不成？

「不試試怎麼知道呢？」

雖然說是這麼說，不過幼金一副胸有成竹的模樣還真是讓肖臨風莫名地不爽。這小丫頭明明一副小身板，怎地還總是神采奕奕、充滿自信的模樣？

說了要種西瓜，不過如今已經夏末秋初，已然不是育苗的時候，幼金只得將從肖臨風帶來的五個西瓜裡頭收集起來的西瓜子全都洗淨曬乾、入袋封存，只等明年開春就種下。

侯家灣那邊，侯威手腳很快，不過一月就買夠雞仔苗，全部投入蘇家的百畝荒地中去飼養。

不過一開始雞仔還小，也是在荒山上搭了個雞圈養了將近一個月才放出去滿山跑，現在雞仔都還小，自然能產的肥也不多，如今荒山上漚肥的原料大多是幼金雇了個拉夜香的，每隔一日就將蘇家河工宿舍那邊的肥水拉過來，一時間倒也勉強夠用。

金秋時節，轉眼又到了收穫的季節。今年蘇家可不止兩畝葵花籽要收，五十六畝良田裡的水稻、小麥已然成熟，雖然如今蘇家也是雇得起長工、短工的人家，不過到了蘇家開鐮那日，幼金還是帶著幾個妹妹一同去侯家灣幹活。

蘇家這回請了足足十二個短工，不出意外，只需三、五日就能將五十六畝糧食全部收完。幼金指揮著宋叔帶著短工們分散開來收割，給自家姊妹們留了半畝左右的地。「雖然咱們家如今日子好過了，但我也要帶著妳們一起幹農活，就是為了讓大家都記得，咱們也是從苦日子裡過出來的，無論將來過得怎麼樣，都不會比在翠峰村過得差了。」

手裡拿著鐮刀，身穿粗棉窄袖衣裳，頭戴草帽，一溜站開的蘇家姊妹們都認真地點點頭。

其中還有一個不合時宜的、穿著寬袖絲綢衣裳的少年也戴著草帽，張大嘴巴喘氣。「蘇家丫頭，小爺我是來吃飯的，為何我也要下地幹活？」從小錦衣玉食的肖臨風哪裡做過這些粗活？都還沒下地呢，就已經開始喊累了。

幼金臉上掛著一絲不懷好意的笑，道：「這可是你大哥特意交代我的，你要是有什麼意見，找他說去呀！」其實幼金一開始也沒把這個嬌滴滴的貴公子算進勞動的行列，不過是前日進城採購時碰到肖臨瑜，他知道蘇家要開鐮，特意拜託幼金將肖臨風也帶上。

當時幼金聽完還覺得有些震驚。

「肖公子，下地幹活可不是好玩的事，肖臨風他沒幹過活的人，恐怕吃不消吧？」不是她瞧不起肖臨風，著實是他看著就很弱雞的樣子啊！

「正是如此，我才要拜託蘇姑娘。臨風這孩子只是調皮搗蛋了些，沒有什麼壞心眼的，若是能磨練一二，也是好的。」肖臨瑜拱了拱手，溫和地笑著。

見他這般說，幼金便也將此事應了下來。「既然肖公子這般說，我自然不會拒絕。」許是肖臨瑜太溫和有禮，宛如翩翩公子一般，幼金在他面前總是不自覺地有些畏懼又有些拘謹，不像跟肖臨風相處時，總把他當成小屁孩一般對待，倒是怡然自得許多。

正是當日兩人的三言兩語，就害得原本要在蘇家舒舒服服地蹺著二郎腿逗狗的肖臨風也被「流放」到侯家灣來收稻子了。不知內情的肖臨風簡直是欲哭無淚，他為什麼也要來收稻子啊？兄長是想整死他不成？

「別在那兒站著了，乾耗著也沒用，今兒個咱們不把這塊地割完，誰也走不了！」幼珠一副難兄難弟的模樣，拍了拍肖臨風的肩膀，人小鬼大地嘆了口氣。「都是命啊！」她好好地在城裡做著糕點的人都被拖回來幹活了，肖臨風還想逃過一劫？不行！

不過半畝的地，蘇家姊妹七個，連不過四歲出頭的小七也拿著鐮刀搖搖晃晃地下了地，肖臨風擦了把臉，只得認命地跟在最後也下地。

此次除了蘇氏與玉蘭，還有在城裡照例開店的山柰幾個，蘇家所有僕人也都被拉到地裡來幹活了。雖然幼金也沒指望她們能幹多少活，不過磨練磨練性子也是好的。

在侯家灣過完極其悲慘的一日後，肖臨風已經從原先衣袂飄飄的白衣美少年變成了汗流浹背的泥娃子一個。他無力地癱坐在地，接過護衛遞過來的裝滿清水的葫蘆，「咕嚕咕嚕」地灌了幾大口，才長長地嘆了口氣。「可算是完了。」

宋叔帶著短工將糧食全都運回了蘇家。

幼金幾姊妹因著這一年多來都堅持鍛鍊，倒不像肖臨風這般累成死狗。

小七將乾淨的帕子遞給肖臨風。「小哥哥，咱們快回家吃飯吧！」

肖臨風在自家護衛的攙扶下才勉強站了起來，顫顫巍巍地上了馬車，然後就直接癱在裡頭。太累了，他如今連動個手指頭都嫌累得慌！再也不來了，再也不來了！

然而，打定主意等蘇家秋收過後再去蹭吃蹭喝的肖臨風，第二日一早天才曚曚亮，就被笑咪咪地看著自己的長兄肖臨瑜整個打包塞上馬車，送往五里橋蘇家了。

臨走前肖臨瑜還不忘囑託他。「去了好好幹活，別偷懶！」全當沒看到幼弟臉上絕望的表情。送走了幼弟，自己也轉身上了馬車，他今日約好西域的行商要談一筆買賣。

「大少爺，這讓二少爺去收糧食，會不會太辛苦了？老奴瞧著才一日，二少爺的臉兒都曬脫皮了！」何嬸子站在馬車旁，有些心疼地為二少爺求情。

坐在馬車裡的肖臨瑜聽到何嬸子這般說，便打起馬車簾子，笑道：「臨風自小嬌養慣了，吃些苦頭也是好的。再者，他在洛河州並沒有玩得好的朋友，處得來的也只有蘇家那些小姑娘們，蘇家雖然窮了些，不過那幾個孩子都教養得很好，臨風跟她們在一處玩，也不是什麼壞事。」

「可總歸是男女有別，二少爺也沒這麼吃過苦的呀！」肖臨風是何嬸子看著長大的，早已把他看得比自己的親生骨肉都重要，是疼到眼珠子裡的，哪裡捨得二少爺這般受罪？

「何嬸妳放心，蘇家那丫頭心裡有數的。」肖臨瑜對蘇幼金的眼力見兒還是有莫名的信心，安撫了何嬸子兩句，自己便坐著馬車出門了。

幼金也確實沒有辜負肖臨瑜的信任，今日只有宋叔帶著宋華在侯家灣那邊監工，其餘人都留在家裡曬穀子。

得知這個消息的肖臨風大大地鬆了口氣。「感謝蒼天！」再讓他下地幹活，估計真是要連小命都搭進去了！

將一把釘耙塞到肖臨風手裡，幼金笑道：「肖大公子怎麼還捨得讓你來受苦？」別說肖臨風，就連幼金都覺得肖臨瑜夠狠的，想讓他吃吃苦，昨天那般已經夠遭罪的了，沒想到今兒個居然還來？

抱著釘耙也不幹活，肖臨風嘆了口氣：「誰知道呢？」昨日辛苦了一日，夜裡回去才發現他手上都長了好幾個水疱，如今還刺痛著呢！索性就將釘耙隨手丟開，然後跑到花廳歇息去了。

搖搖頭無奈地笑了，幼金也沒想著今日還讓肖臨風幹活，也就隨他去了。

蘇家如今也有足夠的曬穀場，五十六畝良田的糧食不過幾日就都收割完成，短工們繼而轉戰侯家灣的荒山上，那裡還有蘇家今年種的二十畝向日葵。

秋收過後的秸稈跟向日葵桿子也都留著漚肥用，倒是一樣不差地全給利用上，一連半月的好日頭讓農人們可以將今年的豐收全部曬乾收入庫房。之前一直靠買糧度日的蘇家，也是第一回有糧填滿了原先空蕩蕩的糧倉。

「往後咱們也可以不用再買糧食了！」幼金插著腰看著已經堆放得滿滿當當的糧倉，心裡也是鬆了口氣。如今家裡人口越來越多，光是口糧一日就要花不少銀子，她是盼了好久才終於盼到了秋收。

如今蘇家香的生意越發地好，基本上每日都能達到二十幾兩的純利，不過在幼金看來還是不夠。她是真的窮怕了，也深知貧賤夫妻百事哀，為著七個妹妹，她還要有更大的家業才是。

侯家灣的荒山上如今已經成活了將近二十畝的樹苗，雖然都還未開花，不過長勢很不錯，想必再過個一、兩年便能開花，到時候蘇家香所需的原料又能解決一大部分。

天公作美晴了半個月後，便開始秋雨連綿。蘇家眾人如今已然都換上了夾棉衣裳，防著秋雨寒涼。

秋收過後，幼金託陳牙人尋了許久的三十畝良田也有了著落，這回添的三十畝良田是在洛河州西邊十幾里的一處村子邊上，距離五里橋也有將近二十里地的距離。

這回買的地，幼金是直接掛在了幼銀名下，不過並沒有跟家裡人提過這事，蘇家眾人也都以為這回買的地依舊是落在幼金名下，畢竟如今蘇家的戶主是幼金，落在她名下也是正常的。

「蘇姑娘，您這買地買人的，光景真是越發地好了，往後有什麼生意，還請多多關照一二才是！」陳牙人如今對蘇家的生意也越發地上心，只要是幼金託他的事，都是保質保量地完成，畢竟這瞧著就是個長遠生意的主兒，可得好好捧著才是。

轉眼又到隆冬。

「蘇家丫頭，我與大哥明日就要回京了，等明年我回來的時候，給妳們帶京城的新奇玩意兒啊！」這半年來在蘇家蹭飯蹭成個白團子的肖臨風坐在蘇家後院的小亭子裡頭，有些少年強說愁。「這洛河州還是太窮了些，那京城新奇的玩意兒多著呢！妳們一定要到京城玩，到時我帶妳們玩！」

泡了一壺自己新炒的桂花烏龍給肖臨風嚐嚐鮮，幼金聽他說著京城的事，嘴角噙著淺淺的笑，只道：「成啊！等我們去京城了，一準找你盡地主之誼。」

肖臨瑜端起手邊還冒著熱氣的茶杯，放至鼻下聞了聞，道：「這是桂花的味道？」幼金微微點頭。「正是，我閒來無事折騰出來的茶，自己喝著不錯，肖公子嚐嚐看如何。」端起石几上的青瓷茶杯，朝肖臨瑜微微舉起示意。

肖臨瑜覺得新奇，便也跟著嚐了口，味蕾感受著前所未有的體驗，笑著點點頭。

「桂花的香氣混合著茶葉的清雅，確實不錯。蘇姑娘可有打算上市售賣？」肖臨瑜是一個合格的商人，有什麼新奇的、好的，第一反應自然是想著能為自己換回多少銀錢？

「肖公子以為此茶若是上市，是否會有銷路？」幼金這茶當然也不是白泡的，經過這半年來與肖臨瑜的接觸，她不得不承認，人家確實比自己有經商頭腦，這壺茶自然是拿來當敲門磚的。

白玉般的手指微屈敲著石几，肖臨瑜略微思索下便將自己心中的想法大略說了說。

「茶香清冽，花香濃郁，兩者相配倒也是相得益彰，不過蘇姑娘選用的茶葉品質略微差了些，若是平價走銷量，倒也過得去，可若是想做精做尖，選用武夷的茶葉，想必品質能更好些，價錢自然也不用說。」

幼金受教地點點頭。她也知自己此次用的秋茶品質確實不咋地，不過是為著抓住這次機會跟肖臨瑜請教一二才急著製出來的茶葉而已。將肖臨瑜面前半滿的茶杯又斟了八分滿，道：「肖公子所言甚是，可武夷遠在數千里之外，我這資金也不足以支持我到武夷買茶葉，若是就近，是否有可取的茶山呢？」

兩人一說到生意上的事便都有些忘乎所以，肖臨風聽得無聊，便往前院去了。

「洛河州往南快馬加鞭四、五日的路程，在寒城縣內有一處名為茶鄉的小村落，那裡的村民大多以種茶為生，茶葉品質雖比不得武夷，但也比洛河州這邊的好上幾分。」肖臨瑜曾在外遊歷一年有餘，對大豐多地的風俗民情有些見識，當年偶然間路過一處叫茶鄉的村落，那裡的茶葉倒也算得上不錯，因此還有些印象。

「若真是如此，四、五日的路程倒也便宜得很！」幼金所圖的茶葉生意也不止桂花烏龍這一樣，她是準備要做大花茶生意的，自然需要穩定便宜的茶葉貨源。

「我在茶鄉曾結交過一個姓周的讀書人，不妨我手書一封，若是到了茶鄉，他也許能幫上些忙。」肖臨瑜瞧著眼前的少女聽完自己的話後兩眼都發亮了，不由得莞爾一笑。

「就當是略微報答這半年來臨風在你們家蹭吃蹭喝。」

「那就有勞肖公子了。」雖然幼金很想客套一下，不過她真的很需要這封信。「其實肖臨風在我們家吃飯，我們家最多就是出些柴火，倒是我們都跟著沾光吃了不少好東西呢！」

「妳與臨風都這般熟了，跟我也不必太見外，叫我肖大哥便是。」肖臨瑜看著笑得跟個嚐了肉的小狐狸一般的少女，不由得想起自己小時候養的那隻白狐，情不自禁地伸手去捏了捏她秀美的臉頰。

才剛捏了一下，「受害者」與「施暴者」都愣了下。

肖臨瑜有些羞赧地收回了手，不過少女特有，光滑得如同剝了殼的雞蛋般肌膚，倒是給他留下了深刻的印象。肖家家教甚嚴，加之肖臨瑜自身對男女之事也算不上多熱衷，甚至隱隱有些不喜與女子交往過密，已經年近十九的少年，如今還是童子之身，沒想到今日竟然對一個尚未及笄的小丫頭「動手動腳」，真真是有辱斯文了！

幼金尷尬地笑了兩聲，然後趕緊轉移話題。「不知肖大哥這回回京，何時再回洛河州？」

肖臨瑜將捏過幼金臉的手藏至身後，兩指輕輕搓著，彷彿在回味方才的感覺一般。聽她這麼問，便道：「怕是不回來了。等過了年除孝後，我的婚事便也要提上日程了……」

「那就先恭喜肖大哥了，我這一時也沒有準備賀禮，著實有些失禮。」聽到他要成親了，幼金心中竟有種說不出的感覺，不過還是笑著送上了祝福。

撐著油紙傘的玉蘭一進後院便瞧見了一男一女、一紅一白的身影坐在小亭之中，男子高大俊朗，女子明媚動人，確實是幅美景，便悄悄地轉身走了。

肖家兄弟走後，蘇家又回到從前的日子，彷彿肖家兄弟從未出現過在自家的生活中一般，只是偶爾已經會簡單說些話的小八還會朝著門外的方向喊幾聲哥哥。

今年蘇家自己種了二十幾畝向日葵，曬乾後也還有將近三千斤的瓜子。如今蘇家人多，炒瓜子倒也不是多難的事，臘月初十起，蘇家香點心鋪子又推出了核桃、綠茶、五香以及原味四種口味的瓜子，一舉將洛河州三分之二的瓜子銷路給壟斷了。

如今蘇家香已然成為洛河州知名的點心鋪子，這讓那些原先還瞧不上不過幾個小丫頭片子操持的蘇家香的人個個都追悔莫及。看著自家日益冷淡的生意，再想想如今正大排長龍的蘇家香，真是眼紅得很。

肖臨瑜在臨走前，特意去秦大人府上送了節禮，宴席之間特意提到蘇家香是肖家走得很近的妹妹開的，拜託秦大人多多關照。

有知府大人的照拂，如今蘇家香在洛河州可以說是有了最大的後臺，就算偶爾有不長眼的人來鬧事，都不需要驚動知府大人，底下巡邏的捕快就能把那些人收拾得妥妥當當的，蘇家香自然是生意越做越好。

臘月二十六那日，蘇家門外停了數輛馬車，馬車上插著上頭繡有「肖」字紋樣的旗子，為首的漢子下了馬，敲響蘇家的大門。

從今日起，蘇家香暫停營業，要到初八才開始繼續營業，幼金等人均在家中。

聽到外頭守門的婆子進來稟告時，幼金正抱著小八玩。聽說是京城肖家來人了，便將小八交給玉蘭，吩咐道：「將人帶到花廳，白芷妳去端些茶水來，再讓灶上準備些祛寒的吃食。」然後自己披上厚厚的織花緞面的披風往花廳去。

「蘇姑娘，小的奉我家主子之命，給姑娘送年禮來了。」花廳裡站著的正是當日跟著肖家兄弟一同到洛河州來的護衛長。

看著已經將不算小的花廳擺得滿滿當當的各色禮盒，還有各色料子，甚至上好的皮貨，幼金只覺得眉心微微跳動，要不要這麼敗家？不過還是笑著婉拒。「這麼多的年禮，著實是貴重了些，無功不受祿，還請護衛大哥將東西送回去吧！」

肖護衛恭恭敬敬地拱手，一板一眼道：「蘇姑娘，小的是奉我家主子之命行事，我家主子只讓我送來，沒說要我把東西帶回去。」又從懷裡掏出兩封信。「蘇姑娘，這是我家主子與二少爺要捎給姑娘的信。」

被他的話堵得突然間有些說不出話來的幼金只覺得哭笑不得，這是強迫自己收禮不成？接過肖護衛手中的信，擱到一旁，嘆了口氣。「既然如此我也不為難護衛大哥，廚房裡備下了熱菜熱湯，護衛大哥與兄弟們一路辛苦，吃些東西消消乏，歇一歇如何？」

「多謝蘇姑娘！小的們還要趕著回京覆命，就不留宿了。」肖護衛謝了恩，然後才跟著宋叔往廚房去。

宋叔那邊得了主家的話，自然是好酒好菜招呼著肖家的護衛們。

花廳這邊，幼金看著堆積如山的節禮，不由得又嘆了口氣，這才拆開肖臨瑜兄弟隨禮送過來的親筆信。

肖臨風的信裡也沒說什麼，只說自己給她準備了什麼新奇的玩意兒、吃食，看著山柰等人整理的東西，幼金不禁笑出了聲。「這肖臨風還真是！」

看完肖臨風的信，才拆開肖臨瑜的信。這已經是幼金第二回看到肖臨瑜的信，正所謂字如其人，肖臨瑜寫得一手端方又隱隱帶些稜角的字，幼金還未看完肖臨瑜的信，山柰便捧著一個盒子到了她跟前。

「姑娘，裡頭是銀票！」

聽到山柰的話，幼金才看完肖臨瑜的信，在信中肖臨瑜也提到了這筆錢：這一萬兩就當是我借給妳的，或者是入資妳的茶葉生意。

氣得幼金「啪」的一聲將信拍在木桌上。「我臉上寫著我很缺錢這幾個字嗎？」幼金其實是不想欠人人情的，尤其還是一萬兩這般大的數目，若是茶葉生意做起來了還好，可萬一失敗了呢？到時候就是全家一起賣身那也賠不起不是？幼金簡直覺得這就是個不定時的炸彈一般！沈著臉接過山柰遞過來的匣子，裡頭赫然裝了十張一千兩面值的銀票，還有一個狹長的小木頭匣子，幼金覺得有些奇怪。「這裝錢的匣子裡頭還能放別的什麼寶貝不成？」

聽到姑娘這般沒好氣的話，山柰等人也不禁捂著嘴笑了。

打開一看，原來是一支玉質細膩、觸手生溫的白玉簪，簪子的一頭還雕刻著一隻嬌憨的小狐狸，十分有趣。

「好漂亮的簪子！」

不僅山柰等人驚嘆，連幼金也被驚豔了。玉簪底下還壓著一張字條，打開一看還是肖臨瑜的筆跡，上頭寫著：妳比臨風小半歲，到妳及笄時我們必是要錯過的了，先給妳送上及笄的賀禮。

幼金只覺得臉上微微發燙，「啪」的一聲將裝著簪子的匣子蓋上，然後白了眼個個都晃了神的丫頭們。「別愣著了，趕緊把東西整理好，該放入庫房的就放入庫房！」

肖家的護衛們用完飯菜後，前來跟幼金辭行之際，幼金將那個裝著一遝銀票跟玉簪的盒子捧了出來。「這個太貴重了些，我不能收，還要煩勞你帶回去給肖公子。」

那護衛隊長在出發前也是得了大少爺的話的，自家送來的東西一樣都不許往回帶，自然是萬般推託。

幼金無法，只得又手書一張借據，另外裝在信封中，同蘇家準備好的土產年禮一同交給護衛隊長帶進京。

第十七章

今年的冬日格外冷些，洛河州的運河也已經全部挖通，在蘇家住了近兩年的河工們全都走光了，只剩下已經有些破舊的茅草屋子還有看門的洪大爺。

河工宿舍正式落了鎖，何浩夫婦的生意也停了下來，熱鬧了近兩年的河西邊又重回平靜。

今年這個年，五里橋的村民們都算過得不錯，村裡頭十有八九的人家都騰出空房租給河工住，因此都多了一份收益，還有不少是挑著吃食去賣的，那就賺得更多了，比如里正何浩家。

這一年多何家靠著何浩夫婦倆起早貪黑地做，倒也攢下了四十幾兩銀子，一家子和和美美的也能過上個好年。唯一美中不足的是何軒海在今年的院試中名落孫山，給這個本該是團圓歡樂的年蒙上一層散不去的陰霾。

「當家的，這軒海一直這樣也不是個法子啊！」看著兒子自放榜以後便急劇消瘦了不少的模樣，趙氏真是急得不行。

眼看一向神采飛揚的兒子變成這般，何浩心裡也著急啊！抽了好幾筒旱煙，才皺著眉頭道：「我曉得，一會兒我再找他好好談談吧！等開年兒子就十七了，妳那邊也該抓緊些了，多個人伺候他，興許能好些。」

何家那邊如果說是美中不足，那隔了兩條巷子這邊的陳老三家就是愁雲慘霧了。

自從陳老三「捲款潛逃」後，只有陳老三家的拉拔著四個孩子，陳家的地早幾年就被陳老三賭輸賣了抵債，平日裡吃喝都是靠陳老三坑矇拐騙得回來的，如今陳老三不見了，這陳家更是連鍋都揭不開，想把房子租給河工吧，上回五個河工在陳家出的事兒早就傳遍了，誰還敢來住？只得東家借、西家騙，陳老三的大兒子去給人家當苦力掙些錢，勉強度日罷了。

眼瞅著就要過年了，村裡哪家不是備好年貨等著過個好年的？可這陳家卻連燒炕的柴火都沒剩幾塊了，這年哪裡還過得下去？

陳小紅穿著不知打了多少補丁的破棉襖，揹著從山上撿回來的柴火，雙腳早已凍得沒了知覺，等她好不容易回到家時，卻連一口熱湯都喝不上。已經被眼前的日子逼到絕境的陳小紅實在沒了法子，於是再一次找上蘇家。

「只要妳給我一百兩……不，五十兩，我絕不會把妳殺了陳老三幾人的事說出去的！蘇幼金，你們家如今這麼有錢，給我五十兩又如何？」陳小紅坐在最靠著門口的圈椅上，感受著溫暖如春的室內，喝了好幾杯溫水，總算緩了過來。

幼金被她這副「我窮我有理，妳富妳活該」的態度給氣笑了。「我們家有錢是我們家的事，憑什麼要給妳？妳總說妳有多不容易，妳試過去改變什麼嗎？」

嘲諷的眼神直直地打在陳小紅的身上，讓她有些無地自容。

「我們家剛來五里橋的時候，窮得要住鬧鬼的房子，我們有去求過富人家給我們銀子嗎？妳說陳老三是個見錢眼開的畜生，妳這樣張嘴就敲詐我，還不如陳老三呢！」

「我不過是個鄉下丫頭，我又能怎麼辦？」陳小紅有些理虧，不過還是強著嘴回道。不過她也是打從心裡這般覺得的，她一個生在這種破爛家庭的女子，又能怎麼辦呢？

聽到她這般說，幼金搖搖頭道：「說到底妳還是跟陳老三一樣，伸手就想問別人要錢要糧。妳去騙去搶，能騙得了、搶得了一時，那總不能這般過一世吧？銀子我是不可能給妳的，不過幫妳過好這個年我還是可以的，但也僅此一次。」召來宋叔，讓他準備米麵各二十斤，又叫李嬸子尋了幾套蘇氏以前穿過的粗棉布衣裳裝好帶過來。

陳小紅只覺得蘇家這是在打發乞丐。「妳話說得好聽，想用這麼點東西就讓我幫妳保守秘密，未免也太欺負人！」

「就這麼多東西，妳愛要不要。至於妳口口聲聲說我殺了陳老三，妳有證據嗎？」

幼金著實不想再跟這個神經病胡攪蠻纏了，直接讓宋叔將人打發出去，還交代洪大爺，往後陳老三家的人，一個都不許放進門。

陳小紅雖然覺得蘇家是在打發乞丐，不過該拿的東西她也沒忘記，扛著米麵衣裳往河東邊回，心裡對蘇家的富貴生了更大的念想，也對破落的陳家生出更大的怨恨。

打肖家的年禮送到後的第二日起，便是難得的晴天。

蘇家院子裡的積雪已清掃得乾乾淨淨，過年的衣裳也早做好了，肖臨瑜送來的料子著實太好了些，蘇氏捨不得用，連著那些皮子也一併鎖到庫房裡頭放著，等家裡的閨女們再大些，再做衣裳也是好的。

閒來無事，幼金便帶著家裡的丫頭們用紅紙剪了許多窗花，貼在半透明的琉璃窗上，映襯著倒顯得光禿禿的院子也多了一分暖意，外加幾分喜慶，倒也十分合時宜。

蘇家的鋪子一年到頭也只有過年才會關門十日左右，不過在蘇家做事的僕人每月都是有四日假期的，輪流著休息倒也不耽誤做事，不過這般人齊的放假還真是一年就只有一回。小姑娘們得了空閒，手裡頭攢了一年的月錢也終於有機會花出去，便都跟幼金告了假，央著韓立駕騾車送她們到洛河州去趕集。

幼金則帶著幼銀、幼珠、幼寶三個大的往河東邊的五里橋村裡去，她們今日要去給里正家還有平日裡跟自家有來往的嬸子家送些節禮。

因著上回陳老三的事讓幼金長了記性，幼金也沒有給這幾家人準備多厚的節禮，不過是兩、三斤豬肉跟一包點心。先送完另外幾家，最後才繞到何家去，何家的節禮素來也是厚上兩分的。

蘇家在五里橋並無親戚，給何家送了年禮後便無事，是以每年過年都是一家人在一起貓冬的好日子，不過今年倒跟去年有些不同。

過完除夕，從年初三開始，就已有不下五、六個媒人上門來說親，她們的目標主要是蘇家的長女。

「蘇太太，不是我跟您胡誇，那劉家是真不錯，家裡有上百畝的良田，那劉公子雖然才十五歲，那也是個頂個的人尖兒！人品模樣真是沒得說的，那劉家夫妻倆也都是能幹的善人，咱大姪女嫁過去後定不會委屈！」

聽著舌粲蓮花的媒婆誇得那什麼劉家都快誇出花來了，可蘇氏卻是一副哭笑不得的表情，忍痛拒絕道：「多謝嫂子，我們家女兒如今還小，還想再留兩年。」若不是幼金年前明令禁止自己為她說親，面對已經是第五個上門的媒婆，蘇氏怎會不心動？

聽蘇氏這般婉拒，那劉家請來的媒婆也不放棄，笑著拉蘇氏的手，一副關切地掏心窩子的模樣說道：「蘇家妹子，不是我誇，那劉家公子是真好，配咱們大姪女是真不委屈。要知道，人家家裡良田百畝，還有長工伺候，我大姪女嫁過去只要侍奉好公婆，照顧好劉家小子，為劉家繁衍子嗣就成，這可是享福的啊！」

聽到她這麼說，原還有些心動的蘇氏便也歇了這份心。她家女兒如今在家都是有丫鬟僕婦伺候的，這要是嫁到劉家還得被公婆搓磨？蘇氏一想到當年自己的慘痛經歷，就毫不猶豫地拒絕了媒人。「多謝嫂子好意，我們家女兒確實還小，再者我們這家裡可少不得幼金，還是過幾年再說吧！」

那媒婆見她這般軟硬不吃，也知道自己是賺不了這份銀子了，不過想著蘇家除了這個大女兒還有七個女兒，將來還是有得往來的，便也只是笑著告辭，不再糾纏。

送走媒人的蘇氏才重重地鬆了口氣。「我才曉得原來家裡女兒長大以後是這般勞累的！」

李嬸子端著茶水上來，聽到她這般說，笑著應道：「咱們家大姑娘無論人品模樣，那都是個頂個的好，再者太太想想，咱們家如今的光景，雖比不得洛河州城裡的大戶人家，可在城外的人家，那可是排得上號的！」又有錢又能幹的兒媳婦，誰不想要？

李嬸子俐落地收走桌上用過的茶具，笑道：「太太如今還不是煩心這個的時候呢！等過兩年姑娘們都大了，到那時候更是煩都煩不過來了！」蘇家姊妹們年歲相近，一年一個地及笄，現在想想確實還不到煩心的時候。

聽完李嬸子的話，蘇氏也無奈地笑了。「妳說得也是，如今還不到煩的時候呢！」上過蘇家門的媒人個個都是鎩羽而歸，過了段時間後，媒人們也十分識趣地不再往蘇家門去了，畢竟這腿跑也是白跑，何必浪費表情？

蘇氏不明就裡，不過媒人不再上門對她輪番轟炸，她也著實鬆了口氣。

大年初八，蘇家香點心鋪子照常開業。

如今鋪子前邊招呼客人、管帳都是幼銀在做，幼金只負責每月月底的帳目盤算；後廚由幼珠帶著山柰、白芷等五、六人在忙活，不過如今幼珠也不需要怎麼忙活了，只是把配方緊緊抓住，以及每日庫存原料的盤點記帳，其他的活計都由別人來做，一前一後分工倒是十分明確，兩不妨礙。

而幼金現在更主要的活兒是拿著蘇家香鋪子掙回來的錢去開拓更多能賺錢的領域，用錢生錢，每日也是早出晚歸，忙得連人影都瞧不見。

「大姑娘，今兒個有您的信直接送到家門口了，兩封。」幼金才回到家，李嬸子便拿著兩封信快步跟了上來。

解開披風，一旁跟著的宋巧兒機靈地接過披風。

接過宋嬸子遞過來的信，幼金還笑道：「我竟不知還有人會給我送信呢！」看了眼第一封，是肖臨瑜的字跡，便換了下看第二封，信封上的字跡只算得上端正，應該是個女子的字跡。幼金覺得有些奇怪，坐到花廳等著廚房準備飯菜時便拆開來看了。「會是誰呢？」

看完這封信，幼金臉上的笑也全都消失不見，只剩下沈默。過了好一會兒才長長地嘆了口氣，對巧兒說道：「去請太太過來。」這事她可以插手，但並不想管，便只得請蘇氏來一同商議看看。

「怎地了？」蘇氏牽著已經會歪歪扭扭走路的小八進來，小八一見到幼金，便丟開蘇氏，邁著踉踉蹌蹌的步子朝幼金走去。「大姊抱！」

幼金眼疾手快地接住圓滾滾的小八，將她抱起來坐到自己的膝蓋上，示意巧兒將桌上已經拆開的信遞給蘇氏。「娘看看吧！」然後便逗著小八玩。

這兩年蘇氏也跟著玉蘭學認字，也頗有長進。蘇氏接過巧兒遞過來的信慢慢地讀了一遍，臉上的表情也漸漸變得凝重起來。將信放回桌上，看著逗小八逗得正開心的幼金，蘇氏問道：「妳覺著該如何是好？妳三嬸既然會尋到咱們，想來也是沒法子的了。」原來是韓氏的來信，也不知道她是如何尋到這裡來的？

「當初三嬸對咱們不薄，可咱們不能回去，不能為了幫三嬸就把咱們全給搭進去。」幼金對月家那一大家子奇葩可以說是避之唯恐不及。「娘您想想，若是讓月長祿知道咱們如今這般光景，他能放著眼見的富貴不要？」

一想到已經和離的前夫，蘇氏如今還起了一身雞皮疙瘩，無比贊同女兒的話。「不行！咱們不能冒這個險！」可一想到韓氏信中提及之事，蘇氏便心有不忍。「但是咱們也不能眼睜睜看著幼荷跳入火坑啊！」

「娘既說要救，此事便由我來安排就是。」幼金將玩累了的小八交回蘇氏懷裡抱著。「我安排宋叔帶著巧兒明日啟程去一趟定遠吧！」

蘇氏一想到在翠峰村時的鬧心事，就覺得煩躁得很，便也懶得管這事了。「那妳安排好才行。」

「娘放心。」幼金點點頭，當即找了宋叔過來，將信遞給他，說道：「宋叔，明日一早，你帶著巧兒走一趟吧，帶著這封信去，我再給你寫一封信。先去一趟翠峰村給馬大夫家送一百兩銀子，再到定遠接了幼荷姊姊後立即回來，切莫讓人發現。」

宋叔點點頭。「姑娘放心。」

這夜，蘇家又忙了一陣。幼金回房寫了封信，又取了一百五十兩銀子給宋叔，忙了好一陣才各自安定下來，她才有時間回房將剩下那封打京城來的信也看了。

看完肖臨瑜的信，幼金無奈地搖了搖頭，去年大半年來雖然兩人也算得上相熟，可這找自己一個比他小了六歲的小丫頭當人生導師真的合適嗎？不過想到自己錢匣子裡的一萬兩銀票，只得無奈地提起筆來給人回信。「人為財死，鳥為食亡啊！」

其實肖臨瑜也不知道自己為何會寫信送到洛河州，在信送出去的一瞬間他還有些後悔，心裡既糾結，又隱隱有些期待蘇家丫頭的回信會說些什麼？

從洛河州到京城騎馬也要將近半個月的路程，在肖臨瑜以為幼金不會給自己回信的時候，終於收到了幼金的回信。看完她有些孩子氣卻莫名有些歪理的「唯心」論，沈悶了許久的肖臨瑜難得地展露笑顏。「這丫頭還真是少年不識愁滋味。」儼然把幼金當成一個不懂事的孩童，卻忘了他自己也沒有比人家大多少。

心中鬱結疏散了不少，肖臨瑜又提筆給蘇家丫頭寫了另一封信，還交代身邊的小廝安排最快送出，然後開始暗暗期待蘇家丫頭的回信。

再說宋叔帶著銀子還有兩封信，帶著閨女跟著商隊打洛河州出發，不過五日便到了定遠縣。

按照大姑娘的吩咐，宋叔先去了趟翠峰村見了馬大夫夫婦給了銀子，又回到定遠花兩日將月家的事打探清楚，便到韓家的雜貨鋪子去找韓氏。雖然韓父去了，雜貨鋪都歸月長壽管，不過雜貨鋪的小夥計私底下還是很聽韓氏調遣。一聽到宋叔說是找韓氏的，便趕忙進去請韓氏出來。

「您是？」宋叔穿著上好的細棉料子衣裳，像是有錢人家的管事模樣，韓氏以為是有大買賣上門，便也強撐著精神出來招呼。

宋叔拱了拱手，有禮地問道：「您是月三太太吧？我是打南邊蘇家來的。」

一聽是蘇家來的，韓氏已經涼了大半的心立即活了過來。「你是蘇家的人？」她自然記得二嫂本家姓蘇，如今這般說，怕是二嫂跟幾個孩子都改回蘇姓了。

「正是。此處說話多有不便，不知是否能換個地方？」宋叔看了看人來人往的雜貨鋪，著實不是說話的好地方，便提議請韓氏到對面茶樓一敘。

韓氏交代了看鋪子的小夥計幾句，便匆匆跟著宋叔出了雜貨鋪。

坐在茶樓大堂的僻靜處，韓氏嘆了口氣。「先生如何稱呼？」

若不是實在沒辦法了，依著韓氏的性子是斷不會去攪擾二嫂如今的清靜生活，可自從父親去世後，月長壽整個人轉了性子，如今竟還變本加厲地把主意打到自家女兒身上！韓家早年是靠著剛去世不久的韓老漢開了個雜貨鋪子，可在定遠並沒有族親，韓氏只能自己想法子救女兒出火坑了。

「我是蘇家的管事，本家姓宋。這是我家姑娘吩咐我帶給月三太太的親筆信。」宋叔從懷裡拿出兩封信給她。

其中一封是韓氏自己的親筆信，韓氏自然認得，另一封上頭的字跡十分娟秀，一看便知是女子的字，便趕忙拆開細細讀完。

看完幼金信中的建議，韓氏才嘆了一口氣。「原本我也不想打攪幼金，可我實在是沒法子了。」自從父親去世後，原本意氣風發的韓氏也老了不少，面色蠟黃，本來豐潤的身子也瘦了許多，如今穿著去歲的衣裳都直晃蕩。

兩眼直直地看著宋叔，韓氏如今只能把所有希望都寄託在蘇家身上。「既然幼金這般說，我也沒有旁的想法。宋先生準備何時動身？」夜長夢多，送走幼荷這事是越早越好！

宋叔沈吟片刻才道：「我臨來之前，大姑娘也交代過，若是三太太有意，可以一同跟我們到洛河州去，改換門楣再過日子，總不會比現在差了。」按著如今的境況，若是韓氏願意跟自己一同到洛河州，總比留下好。

韓氏苦笑著搖搖頭。「我走了，那我兩個兒子及我娘該怎麼辦？」她在的時候尚且能護住他們一二，若是她不在了，這個家豈不是就要散了？「還請先生帶幼荷走，走得遠遠的，不要再回定遠了！」

見她這般堅持，宋叔自然也不會為難她，便點點頭道：「如此，明日辰時一刻，我們的馬車會停到街拐角，三太太今夜且與堂姑娘先準備好吧！」

辰時一刻正是開城門的時辰，只要出了定遠，天高地闊，幼荷便能解脫了！韓氏感激地點點頭。「成，明日一早，我一準帶著幼荷過來。」說完話，兩人便各自散了。

這日夜裡，趁著月長壽不知去哪裡鬼混還未回來的時候，韓氏悄悄進了女兒的房間。

坐在銅鏡前默默垂淚的月幼荷見是母親進來了，更是兩眼汪汪。「娘……」她不想嫁給那個已經能當自己爺爺的財主，她今年才十六歲，怎麼能跳進那個火坑？

「荷兒！」韓氏坐到幼荷面前，用帕子將她臉上的淚痕擦拭乾淨，壓低嗓門說道：「趁著妳爹還沒回來，妳快些收拾好妳的衣裳。」

「收拾衣裳？」幼荷有些不明所以，哭得紅腫的雙眼疑惑地看著韓氏。

韓氏見女兒不動，便自己打開女兒的衣櫃，將平日裡穿的衣裳全都放進包袱去，又從自己懷裡掏出僅有的二十兩體己塞到幼荷懷裡。「娘寫信給幼金，她派來接妳的人已經到了，明兒一早妳便跟他們離開定遠。」

「離開定遠？那我要去哪兒？」幼荷從來沒想到自己有一天會私逃離家。「娘怎麼找到幼金了？她們如今在哪兒？」

韓氏將女兒的東西全都打包好以後，才拉著女兒在床邊坐下，小聲說話。「當年幼金一家離開定遠的時候，娘於心不忍，便給了她們一些銀子，去歲過年前她託人捎了回來，如今她們一家在南邊。妳去到幼金她們家，自己要照顧好自己。」

「可是我走了，娘跟姥姥怎麼辦？」想起這半年來整個人都變了，還想拿自己去換榮華富貴的父親，幼荷直覺若是自己走了，母親與姥姥的日子都不會好過。

「娘不會有事的，娘不能眼睜睜看著妳跳入火坑啊！那張財主都打死多少個婆娘了！」韓氏擦了擦眼角的淚花，眼神堅定地看著幼荷。「娘今晚和妳一起睡，明日一早就送妳走。」

月長壽如今日日在外尋歡作樂，三天兩日不著家也是常有的事。不過這兩日他總有些不安，之前一直跟自己鬧的韓氏竟都沒動靜，他總覺得她是在打什麼主意，於是今夜跟幾個朋友喝完酒，醉醺醺地回到家便先到女兒房間去瞧了眼，看到女兒與韓氏坐在房裡，才安心往正房回。

看著床尾被藏起來的包袱，韓氏微微鬆了口氣。「幼荷，聽娘的，娘這一生嫁給妳爹是好是壞也只能認命了，可妳還小，妳不能認命！知道嗎？」

「可我去了南邊又能做什麼？」幼荷原已是要認命的人，如今陡然多了一個新希望在眼前，卻有些迷茫，她走了，又能做什麼呢？

韓氏用力地抓著女兒的肩膀晃了晃，道：「幼荷，不管怎麼樣，都不會比妳跳入火坑再差了，知道嗎？」雖然韓氏也隱隱有些擔憂，不過她也只能相信幼金的人品不會虧待幼荷。

母女倆悄悄地說了許久的話，正房裡頭已經傳來月長壽熟睡的鼾聲。小院子裡一片寧靜，可韓氏卻沒有絲毫睡意，坐在床邊睜著眼，終於等到第二日。

早春寒冷的清晨，母女倆一前一後地從幼荷閨房對面的後門悄悄出去，卻沒發現後頭一個少年的身影也跟了上來。

韓家雜貨鋪子所在的街拐角處，一輛半新的馬車靜靜地停在路邊。宋叔跟車夫坐在馬車車轅上，睡眼惺忪的巧兒則趴在窗邊四處張望著。

因著怕人瞧見，韓氏還特意吩咐幼荷壓低了披風的帽簷，瞧見宋叔在張望著，母女倆的步子邁得更快了些。「宋先生。」

宋叔瞧見韓氏，趕忙跳下了馬車。「三太太。」接過韓氏手中提著的包袱，又看向一旁只看得見半張白淨的臉的少女。「這位便是堂姑娘吧？」

「正是小女，往後就拜託先生照顧了！」韓氏將幼荷往前推了推。

幼荷也是學過些禮數的，規規矩矩地行了個禮。「宋先生。」

「堂姑娘太客氣了。咱們快上馬車吧，一會兒若是人多可就不方便了。」宋叔側開身子沒受她的禮，又叫巧兒下來扶幼荷上車。

韓氏透過馬車車窗看了眼淚眼朦朧的女兒，自己也紅了眼眶，趕忙從懷裡掏出昨夜寫的一封信遞給宋叔。「麻煩先生捎回去給幼金，往後幼荷便拜託她了！」

宋叔點點頭，將信小心地收入懷中，然後叫車夫出發。

車夫揚起鞭子輕輕拍在馬背上，馬車噠噠地走在街上，不一會兒就不見了蹤影。

看著已經不見了的馬車，韓氏最後才沒忍住地流下眼淚。

「娘！」一直默默跟在韓氏母女身後的月文生緊緊扶住有些搖搖欲墜的韓氏。

「文生！你怎麼在這兒？」韓氏一臉驚恐地看著大兒子，他都看見了嗎？

月文生扶著韓氏往家裡走，也不說別的，只道：「咱們快些回去吧，再晚爹該醒了！」

聽到兒子這麼說，韓氏便知道兒子會為自己保守這個秘密，母子倆心照不宣地加快了腳步，回到家中只裝作什麼都沒發生過一般。

再說月幼荷上了馬車之後，發現車上只有一個不過十歲出頭，梳著兩根小辮子的小丫頭眼睜大大地看著自己，便問道：「咱們這是要去哪兒呀？」

見解下了披風的幼荷長得好看，巧兒也覺得親近，便笑著把方才爹爹買的熱包子捧到幼荷面前。「堂姑娘快吃些包子吧，咱們回到洛河州還要好幾日呢！」

「洛河州？」幼荷有些疑惑地問道。她自幼生在定遠，也沒離開過定遠，自然不知道洛河州在哪兒？

說到洛河州，巧兒便如同竹筒倒豆子一般，將自己知道的都說得七七八八，最後還總結一句。「咱們大姑娘可厲害了！」

聽完巧兒的話，幼荷有些不敢置信地睜大眼睛，原來二房的人離開月家以後竟然過得這般好嗎？那自己這個累贅去了會給別人惹什麼麻煩？

在幼荷的不安與隱隱的期待中，馬車日夜兼程地趕路，在第五日上午，一行四人便回到了五里橋蘇家。

今兒個上午，幼金難得有閒暇在家陪著蘇氏說話，聽到前頭傳來動靜，不一會兒宋叔便帶著已經出落得如同一朵含苞待放的白蓮的月幼荷進來了。

幼金迎上前。「幼荷姊姊可算是到了，娘這兩日正念叨著是不是該到了呢！」一邊拉著幼荷往正院去，一邊吩咐李嬸子將幼荷的包裹拿到之前已經收拾出來的房間去歸置好。

「妳是……幼金？」幼荷覺得眼前十分熱情地拉著自己，已經出落得十分好看的少女有些眼熟，卻又不敢確認，於是遲疑地問道。

幼金將人拉到蘇氏面前，才笑道：「才三年不見，幼荷姊姊是認不出我了嗎？」

幼荷一邊震驚於二房如今的富貴，一邊震驚於二房眾人的變化之大，久久不能回神。

「幼荷既然來了，就安心住下，當年我們日子不好過，多虧妳娘雪中送炭，明裡暗裡支持了我們不少，如今也是我們報答妳們一二的時候了。」蘇氏抹了抹眼角的淚花，想到幼荷坎坷的命運，十分憐惜。

就這麼神不知鬼不覺的，定遠的月家不見了要嫁進張財主家這個火坑的女兒，而數百里之外的洛河州蘇家則多了個溫柔嫻雅的表姑娘。

月幼荷初到蘇家之時，處處拘謹，不過幾日後，她發現無論是二伯娘還是幼金或者蘇家的僕人，並沒有刻意對待她，彷彿她一直都是在蘇家生活的人一般。這倒讓幼荷大大地鬆了口氣，加之身邊的人也都是有血緣關係的親人，初到洛河州的無助與陌生倒是漸漸都沖散了。

「若是幼荷姊姊願意，可以跟我們一起到書房讀書習字的。」

因著幼金這句話，幼荷也開始了每日定時到前院書房讀書習字、午後跟著蘇氏練習女紅刺繡的生活，每日倒也沒多少閒暇讓她悲憫人生。

蘇氏瞧著幼荷繡出來的粉蝶戲花帕子針腳密實，滿意地點點頭。「妳娘確實是費了心思教妳，不說旁的，就是這帕子也不知道做得比妳那幾個妹妹強多少！」

幼荷被她誇得心裡也高興，不過還是笑道：「二伯娘過譽了，不過是平日裡自己瞎弄，哪裡上得了檯面？」

蘇氏倒是真心喜歡幼荷，對她的遭遇也十分憐惜，拍了拍她柔嫩的雙手道：「妳來時妳娘特意交代要我為妳尋一門妳自己樂意的婚事，二伯娘也不是臊妳，但婚姻大事，總不能盲婚啞嫁不是？」蘇氏早已被家中幾個一肚子歪理的女兒們給洗腦了，覺得婚姻大事還是要孩子們自己願意才好。

「娘既說讓二伯娘作主，我便都聽二伯娘的。」幼荷羞紅了臉，半垂著頭應道。幼荷是閨女家，面皮子薄了些。不過她來洛河州前娘親也確實跟自己提到，為永絕後患，最好的方法就是自己盡快嫁人。

蘇氏是越看越喜歡，便又催了幼金好幾回，讓她幫著好好物色一番，幫幼荷尋個好人家才是。

幼金真是被蘇氏搞得有些無奈。「娘啊！我又不是媒人，我怎麼給幼荷姊相看啊？

我好不容易才將幼荷姊姊的戶籍落到咱們家名下，您總得讓我歇兩日吧？」

見幼金這般說，蘇氏只得說道：「那妳歇歇，不過也別耽誤了啊！妳幼荷姊姊都十六了，可耽誤不起！」

不過有時候緣分這種東西，不是你強求便能得到的，就在不經意間，緣分就來了。

幼荷到五里橋已近兩個月，早已融入蘇家的環境，甚至還偶爾跟著幼銀等人到洛河州城裡的點心鋪子去招呼客人，幫幫忙。

蘇家的小姑娘們長得都好看，來買點心的大都是婦人家，自然也都注意到了蘇家香最近多了個明眸皓齒的少女在店裡幫忙，不少家裡有適齡未婚男子的人家也有些心動，甚至有的已經開始跟店裡其他小姑娘打探消息了。

「妳們這昨日到店裡幫忙的小姑娘是哪家的呀？婚配了沒有？」

山柰笑著向面前一臉好奇的婦人解釋道：「那是我家表姑娘，剛從外地過來，還未訂親呢！」因著蘇家如今全改了蘇姓，索性就託稱幼荷是表姑娘的身分，也避免一些不必要的麻煩。

聽說五里橋蘇家又來了個適齡未婚的少女，附近的媒人們立即聞風而動，蘇家又開始了迎接媒人上門的日子。

這回蘇氏可是卯足心力要為幼荷選一門好親事，精挑細選一番以後還剩下三家的後生，蘇氏是真不知道該如何選了，便向幼金與玉蘭求助。「我是瞧著哪個都好，妳們也來幫忙掌掌眼才是呀！」

幼金邊逗著小八，邊沒好氣地說道：「您老人家一手操辦不就成了？哪還用得著我們不是？」這段時間蘇氏簡直跟魔障了一般每日念叨著，幼金真是被煩到耳朵都快起繭子了。

「妳這孩子！」蘇氏含笑白了眼幼金。「這是妳幼荷姊姊的人生大事，可不能出什麼差錯，我仔細點有什麼問題？」見幼金不理她，便把求助的目光轉向了玉蘭。

玉蘭手裡繡著給小八的肚兜，頭也不抬地說道：「太太既覺得這般難選，那就讓表姑娘自己來選唄！」

「先生說得是，咱們也只能幫著幼荷姊姊掌掌眼，最後要嫁過去、要跟人家過一輩子的是幼荷姊姊，還是得她自己樂意才是！」只要能將這事解決，幼金便覺得行了，管她咋弄就咋弄。

蘇氏自己是沒有相看經驗的，加上幼荷本也不是自己的女兒，若是委屈了她，對韓氏那頭也說不過去，竟也同意了幼金與玉蘭的說法，真請了幼荷過來商議此事。

可幼荷畢竟是臉皮子薄的小姑娘家，坐在蘇氏身邊臊紅了臉，垂著頭囁嚅道：「但憑伯娘作主便是。」

幼金一口茶水差點沒噴出來，這事要是靠娘跟幼荷，怕是磋磨上三年五載都沒結果了！她放下茶杯，用帕子擦擦嘴角，笑道：「不然這樣，這兩日我找人打聽一下這幾人的家世背景、人品性情以後，咱們再自己悄悄去相看一番，到時幼荷姊姊相中了哪個，咱們就選哪家如何？」

「我覺著可以，畢竟那些媒人個個都是巧舌如簧的，就是三分的人兒她也能給你誇出十分來，還是咱們私下找人打探一二好些。」玉蘭自己當年也是相看過的，自然明白媒人的套路，十分贊同幼金的想法。

見兩人這般說，蘇氏與幼荷自然是沒有意見。幼荷見沒她什麼事，早就臊得不行的她轉身就回了自己的閨房去。

經過多方打探、相看，最後終於定下幼荷的親事。那後生名叫柳卓亭，今年已經十九，家裡在洛河州開了個麵館，柳卓亭本人則在城裡私塾求學，去年春天剛考上童生。

「家境算不得好，麵館雖然開了有些年頭，也只是圖個溫飽罷了，加上那柳家還有兩個小女兒，今年才七、八歲，幼荷姊姊若是嫁進去，怕是這幾年日子也有些艱難。」在幼荷要選擇柳家時，幼金認真地說了一番話。經過這兩個月的相處，幼金知道幼荷也是嬌養著長大的，是個柔弱性子，若是進了公婆正值盛年、下頭還有兩個小姑子的家庭，多少還是會有些難過。

可幼荷卻是相中了溫文爾雅的柳卓亭。「我只是覺得他甚好……」想起那日在街上瞧見的清朗男兒，幼荷便羞紅了臉。

看著自家堂姊一副少女芳心萌動的模樣，幼金嘆了口氣，道：「該說的我也說了，幼荷姊姊妳若是堅持，那我們也沒什麼好說的。」

當媒婆上門送好消息時，柳秦氏還有些不敢置信地張大了嘴。「那蘇家同意了？」自家日子不好過，雖在洛河州做著點小買賣，可光是大兒子每年的束脩就已經將家中收入的一半給耗光了，加上還有兩個幼女，秦氏本還以為那蘇家是絕不會同意的，沒承想這事還真成了！

那媒人笑得合不攏嘴，連聲道喜。「我既這般說了，那肯定是蘇家點頭樂意的，嫂子就安心等著喝媳婦茶才是！」

兩家既然都有此意，很快就合好了兩人的生辰八字，過了明路，好日子定在端午前三日，五月初二。

如今距兩家的好日子只有不到一個月時間，幼荷每日就在房裡繡嫁衣，兩家為著兩個孩子的婚事都忙得熱火朝天的。

四月二十九這日，距離蘇、柳兩家的大喜之日還有三日，午後，幼金領著兩個生臉的人回來，又叫人請了幼荷過來。

見幼荷來了，幼金朝下頭站著的兩人說道：「往後她便是妳們的主子，快去見過幼荷姑娘。」

兩人微微彎腰稱是，齊齊朝著幼荷跪下。「見過幼荷姑娘。」

「這是？」幼荷才到就見到兩個女子朝自己跪了下來，有些摸不著頭腦。

拉著幼荷坐下後，幼金才給她介紹道：「這年長些的姓葛，年幼些的叫春花，到時跟著妳一起到柳家去的。」原來是幼金特意為幼荷選了兩個陪嫁的奴僕，年長的不過三十出頭，年幼的不過十四、五歲，不知是有心還是無意，兩人都是相貌極其普通的。

「這如何使得？」一聽說是給自己的陪嫁，幼荷便連忙拒絕。「哪有尋常人家嫁女兒還要帶奴僕的？怕是到時候要鬧笑話了！」雖然說是這麼說，不過幼荷還是很感激幼金為自己這般著想。

幼金示意李嬸子將兩人帶下去安頓好，然後拉著幼荷往後院走，進了幼荷的閨房後兩人才各自坐下來。「幼荷姊姊，那柳家如今日子並不好過，若是沒有奴僕，這麼一大家子人，妳還得每日洗衣、做飯，還得伺候公婆，照顧小姑子，未免太辛苦了些！」

幼金拉過與自己截然不同的一雙手，然後將自己保養了兩年多也還是有一層薄薄繭子的手給她看：「妳想想以前我在月家時每日做事，不說旁的，就是這雙手我已保養了兩年，還是粗糙得很，妳不心疼妳這雙手嗎？」

見她這般問，幼荷一時間還真有些說不出話來。她自幼是嬌養著長大的，雖然家裡沒有僕人，可外祖母與娘親都是俐落的人，凡事均不用她操心，若是將來真要她操持這些，怕是真有些吃不消吧？

見她這般遲疑，幼金才乘勝追擊道：「所以我才給妳選了兩個人，不說旁的，好歹家裡的瑣事都能幫著處理了。再者，若是在柳家受了委屈，還有人能站在妳這邊護著妳不是？」又從懷裡掏出一張寫著幼荷名字的紅契。「這是我跟娘給妳準備的壓箱底的嫁妝，妳也一併收好了。」

幼荷展開一看，竟是洛河州城西外五、六里地的十畝良田！如同燙手山芋一般，她立即塞回了幼金手裡。「這太貴重了，我不能收！」十畝良田少說也要七、八十兩銀子，這麼貴重的東西她怎麼能收？

幼金堅決地將紅契塞回她手裡。「雖然不多，可還是要有些傍身的財物才是，若是一飲一啄皆要靠他柳家，未免總是低人一頭。」

幼荷見伯娘與堂妹事事為自己考慮，不由得紅了眼眶。「幼金，我……」若不是二房出手相助，怕是自己早已掉入火坑，哪裡還能有今日這般覓得如意郎君，還有親人為自己準備這般貴重的嫁妝？

經此一事，幼荷對蘇家的情誼越發親密，蘇氏知她心思，自然也是歡喜的。

五月初二，宜嫁娶。

蘇家的嫁女酒安排在中午，連著曬嫁妝一起，不過蘇家在五里橋並沒有多少親朋，倒也只是開了五、六桌稍微熱鬧了一下。

今日的主角幼荷早已被安排得妥當，頂著個大濃妝，倒是如平日裡素雅的模樣有極大的差別，不過也是極為嬌美的，一雙盈盈如水的丹鳳眼中盡是喜意與嬌羞，看得蘇家幾個小姑娘個個眼睛都不眨。

「幼荷姊姊今日真漂亮！」

「好了好了，姑娘們，那柳家迎親的隊伍快到了，姑娘們可得快點兒去攔住姑爺呢！」喜娘笑呵呵地走了進來，將人都哄了出去，然後端了碗湯圓來給幼荷吃。「新娘子先吃些東西墊墊，不然怕是要餓肚子的。」

幼荷接過喜娘端來的湯圓，略微吃了幾口便放下了，聽到外頭越來越近的鑼鼓聲，心中既緊張又雀躍。

柳卓亭原也長得清雋，今日穿上大紅喜袍，臉上因著小登科之喜也是神采飛揚的，瞧著相貌倒是與幼荷十分相配。

此刻蘇家的新姑爺卻被小姨子們攔在了門外。「要娶幼荷姊姊，得先過我們這關！」

柳家請來的喜娘趕忙上前來又是給糖、又是說好話的，蘇家幾個妹妹攔了好一陣，才在幼金的示意下放行，新姑爺這才登堂入室。

站在幼荷的閨房外頭，柳卓亭滿臉通紅，不過還是按著規矩高聲大喊：「娘子，為夫來接妳了！」

聽到外頭的喊聲，喜娘便將一旁的鴛鴦戲水紅蓋頭蓋在幼荷頭上，直到新郎官喊完第三聲，新娘子閨房的大門才嘎吱一聲打開，門後頭是喜娘牽著蒙著頭的新娘子出來了。「新娘子出來嘍！」

接過喜娘遞過來的大紅布條的一頭，柳卓亭站到幼荷身旁，穩穩地牽著她。「別怕。」

原十分緊張的幼荷聽到他這般說，竟莫名放鬆了許多，也不知道走到哪兒，只跟著未來夫婿的腳步，在葛嫂子與春花的攙扶下拜別了蘇氏，出了蘇家大門，上了迎親的花轎，伴隨著響了許久的鞭炮聲與喜樂聲離開五里橋，往洛河州城裡去了。

站在大門外，看著漸行漸遠的迎親隊伍，不知為何，蘇氏竟覺得有些悵然。「以後便是別人家的媳婦了，也不知道那柳家能不能對她好？」想到這才嫁姪女，將來若是等到自己女兒出嫁，怕是要傷心死了。

依偎在蘇氏身邊的幼金低聲道：「咱們兩家離得近，不會讓幼荷姊姊受委屈的。」

再說那柳家，見著蘇家的嫁妝一抬又一抬地抬進家門，新娘子身邊還跟著兩個穿著淺紅色衣裳的奴僕模樣的人，心裡都有些忐忑，怕這新娘子是個驕縱的，那往後家裡也是要雞飛狗跳了。

兩邊都有些惴惴不安，不過第二日，見到了新媳婦雖然打扮得貴氣，卻是十分柔順的模樣，柳家兩老也是鬆了口氣。「往後你們小夫妻和和美美的，早日為我柳家開枝散葉才是。」

今日穿了身水紅色夾綢襖裙，戴了一套鎏金頭面的幼荷顯得光彩動人，十分受教地點頭稱是，除柳卓亭以外的柳家眾人都鬆了口氣。

柳卓亭對於新婚妻子也是極為滿意，十分護著她。「幼荷她很好，爹娘放心。」一想到當時在大街上遇到的如同初夏時節白荷花一般的少女已經成了自己的妻，柳卓亭心中就莫名生起一股驕傲與滿足。

柳家房子整體格局與鄉下的房子差不多，一個正房兩邊是東西廂房，就是占地小了些。東廂房是柳卓亭的臥室與書房，西廂房是兩個妹妹的居所。至於幼荷帶進門的兩個僕人也安排在西廂房的下房裡頭住著，雖然有些擁擠，不過倒也過得去。

新婦進門前三日是不用立規矩的，加上幼金給幼荷選的兩個人都是做家務的好手，葛嫂子做飯也好，幼荷跟柳卓亭商量一番以後，又跟婆婆秦氏說了，決定以後由葛嫂子負責柳家的洗衣、做飯這些活計，至於春花則還是跟在幼荷身邊伺候著。

秦氏並不是刁難兒媳婦的人，相反地，她對幼荷還莫名有些敬畏，畢竟是有錢人家的閨女，對這事也是沒意見的。「既然是妳帶進門的人，妳自個兒安排好便是了。」

「另外我出嫁之時，家中還給我準備了十畝良田，娘覺得是咱們雇人種地好，還是咱們佃給佃戶耕種好些？」

倒不知她是太過信任秦氏還是真傻，竟一併將幼金私底下給她的壓箱底嫁妝都給抖落出來了。

秦氏是知道蘇家有錢，不過幼荷並不姓蘇，本以為有一套鎏金頭面已經是充大頭了，沒想到竟還有這麼些東西！舔了舔有些乾澀的嘴唇，過了好一會兒才道：「這事還是妳自己作主好。」若是她插手，將來若有什麼，蘇家說她侵占兒媳婦的嫁妝，那可不大好。說到底還是兩家差距大了些，若不是秦氏知曉兒子的心意才託媒人上門，這蘇家這般境況的人家，她是想也不敢想的。

其實這也只是幼荷嫁妝的一部分而已，因著當年韓氏雪中送炭的恩情，加之幼荷自身品性也是極好的，蘇氏與幼金都不想委屈了她，便準備了算是十分不錯的嫁妝，不僅有十畝良田，另還有一套鎏金頭面、兩套純銀頭面以及四時衣裳各六套、壓箱底的陪嫁銀子五十兩，林林總總加起來也有近二百兩，加上幼荷打定遠來之時韓氏塞給她的二十兩，如今幼荷手裡光是現銀就有七十兩。

若是讓秦氏知道，怕是真要嚇到了，幼荷也沒傻到真把自己的嫁妝和盤托出的地步，只是將十畝良田之事說出來，讓柳家知道自己也是有銀錢傍身的，避免將來的一些麻煩罷了。

第十八章

不管如何，蘇、柳兩家對這樁婚事都算得上滿意，蘇家眾人眼巴巴地等了三日，到端午這日上午，終於等到新姑爺帶著出嫁的表姑娘回門了。

柳卓亭被蘇氏攔在前院說話，幼荷則被蘇家幾姊妹拽著進了後院。

瞧著小夫妻才分別片刻就滿眼捨不得的模樣，蘇氏心中甚喜，想來這柳卓亭對幼荷也是極為喜愛的。「我是幼荷的伯娘，托大一句也是使得的，喚你卓亭如何？」

「伯娘折煞小婿了。」柳卓亭今日穿了件竹青色長衫，人也如同一叢翠竹般十分好看。新婚之夜時他已知蘇家對娘子的恩情，知道娘子是打從心底將蘇家當成自己的娘家，自己自然也十分敬重蘇氏一家。

蘇氏示意李嬸子上茶水點心，又叫柳卓亭坐下，笑吟吟地說道：「那幾個丫頭捨不得幼荷，這幾日天天在我跟前念叨呢，幾姊妹怕是有得話說了，卓亭不妨在前院歇歇，咱們說說話。」

「如此小婿就多有叨擾了。」柳卓亭拱拱手稱是，坐得十分端方，認真地聽著蘇氏說話。

前頭兩人說話說得拘謹，後院幼荷之前的閨房裡倒是十分熱鬧，蘇家的小姑娘們圍成一圈，眼睛都不眨一下地看著已經嫁作人婦的堂姊，小八拉了拉幼荷的袖子要抱。

幼荷一把將已經兩歲多的小八抱著坐在腿上，笑著問道：「小八有沒有想姊姊呀？」

小八如今最喜歡亮晶晶的東西，奶聲奶氣地說了聲「想」，瞧見她頭上戴著的鎏金釵子便伸手去抓。「幼荷姊姊，小八要！」

生怕她把幼荷的髮髻拽亂，幼金趕忙將人抱走。「將八姑娘抱到前院去跟姑爺說說話。」一聽說要去前頭看姊夫，小六、小七也都跟著去了，只剩下幾個大的在幼荷房裡坐著。

瞧著初為人婦的幼荷如同夏日清晨初初盛開的荷花一般嬌豔動人，幼金便知她嫁到柳家的日子應該過得還不錯，也就放心不少。「堂姊在柳家若是受了委屈，千萬要回來跟我們說，咱們定是要給妳撐腰的。」

「噗哧」地笑了聲，幼荷點了點幼金的腦袋。「婚姻之事本就是結兩家之好，怎麼到了妳嘴裡我就是嫁過去給人欺負的一般？」

姊妹幾個說了好一會子話，直到外頭巧兒來請，說是布好飯菜了，眾姊妹才拉著手往前院飯廳去。

幼荷夫婦是在蘇家用了晚飯才趁著天沒黑趕回去的，回城的騾車也是柳卓亭一早就雇好。蘇氏為著不讓柳家人看輕幼荷，竟滿滿當當地塞了半車東西給兩人帶回去，幼荷在一旁又是感動、又是哭笑不得地勸了好一會兒，眼看著時辰真來不及了，小夫妻才往城裡趕。

夜裡，柳家東廂房。

還貼著喜字的房裡，床上的帳子無風自動地搖晃了大半個時辰才漸漸停下來。

柳卓亭將嬌妻摟入懷中，輕撫著背，為幼荷順氣之餘也貪戀地感受著她的柔嫩，啞著聲道：「荷兒，妳伯娘一家待妳是真好。」

「我曉得。」面色嫣紅的幼荷靠在自家相公的懷裡，還沈浸在方才驚天動地的刺激中沒緩過氣來，就連他好心好意為她順氣的動作也引得她陣陣發抖，聲音如同小貓撓人一般道：「伯娘一家對我是再造之恩，若不是她們，我也不能嫁與你……」

夫妻倆小聲地說著夜話，柳卓亭原先規規矩矩的手在嬌妻的不斷瑟縮下變得越來越不規矩，最後直接翻身覆上去，堵住還在喃喃細語的紅唇，被翻紅浪。

外頭起夜的秦氏聽到東廂房傳出來的細微動靜，在寂靜的夜裡格外清晰，不由得露出了滿意的笑容，看來過不了多久她就能抱上大胖孫子了。

幼荷出嫁前，幼金也託人給定遠的韓氏捎了封信，在幼荷三朝回門後兩日，收到了韓氏的回信。

信中韓氏對幼金及蘇氏母女倆為幼荷操持表示十分感激，另外也提到了定遠在幼荷不見後的這幾個月發生的不少事：月文濤娶了縣城裡一商戶家的閨女，雖沒說是入贅，不過也如同當年的月長壽一般是住到了岳丈家中去了；月幼婷前年就嫁人了，還生下了個長得跟崔麻子一點都不像的兒子，不過上個月她與周君鵬幽會一事被撞破，就連月幼婷生下的兒子也被人瞧著跟周君鵬長得跟一個模子裡刻出來的一般……凡此種種，不勝細數。

在信的最後，韓氏還特意交代了一句：如今家中一切都十分紛亂，無論是幼荷還是幼金，千萬不要回來，也不要再送信回來，以免露出端倪，被月家人發現。

聽著幼金讀完全信，蘇氏感慨非常。「這個家好好的，怎就亂成這樣了？」

幼金放下信，嘴角的笑有些譏諷。「娘真覺得那個家好好的？」在幼金看來，月家早已是一團污穢，只不過是面上光罷了！如今怕是才開始呢！

過完四月的生辰，又辦完幼荷出嫁的事，如今已是五月中旬，開春以來，除了忙著處理幼荷的事，幼金這頭也是一直都沒閒下來過。

三月的時候去了南邊的茶鄉一趟，找到肖臨瑜說的那個姓周的書生，茶鄉那邊的事就都託付給周書生幫忙操持，前兩日送信來說已差不多了，估摸著過兩日還要出發去一趟茶鄉。

而京城那頭肖臨瑜也不知是怎麼了，竟三天兩頭地給自己寫信，每每接到他的信，幼金總要心裡默唸「人為財死，鳥為食亡」數遍，才能暗暗壓下心中的無奈。這大哥是不是覺得她有些太閒了，每日淨跟她寫信玩？

每每想到人家肖大少爺在京城蹺著二郎腿，說不定還是嬌妻美妾在懷，每日無所事事地就給自己寫信逗著玩，幼金就氣不打一處來，同人不同命！

此時遠在京城的肖臨瑜將已經墨乾的信紙裝進信封，再用自己專用的蠟封封好信，交給書僮拿出去送往洛河州，沒來由地打了一個重重的噴嚏。

肖、白兩家的婚事因著白家那頭的不情不願，最後日子定在了八月十九。如今已是五月，距離肖家下一任家主大婚之日不過三個半月，肖家上下自然是緊鑼密鼓地上下張羅起來，就連肖家現任家主肖海如一貫嚴肅的臉上，近來也是帶著淡淡的喜意。

滿府上下，若說唯一的例外，怕是只有準新郎官本人了。自半年前回京以來，因為大婚將近，肖家的老祖宗就勒令他不准再離京，更是在自家的安排下與未婚妻白雅兒見了好幾次。

以前肖臨瑜只覺著白雅兒會是個合格的肖家主母就夠了，可經過半年來時不時地接觸，肖臨瑜卻發現一個問題：他與白雅兒在一起時，總不自覺地覺著十分拘束，另外白雅兒看向自己目光中的嫌棄也越來越明顯。這總讓他覺得十分困惑，這樣一門親事，真的是自己想要的嗎？難道真的要跟一個嫌棄自己的女子過完一生？

雖然大豐朝對商人還算優待，商賈之家也可參加科舉、入朝為官，可自古文人多清高，素來是瞧不上商賈的，更何況像白家這種詩書傳家的文人世家？可這門親事是肖家已逝的前任家主定下來的，除非是白家先退親，如若不然，這門親事是絕無可能退掉的。

白家老爺子是個另類的文人，與財大氣粗的肖家老爺子當年是莫逆之交，怎麼可能會推掉跟老友生前就定下的親事？哪怕白雅兒哭得兩眼紅腫，在正院裡頭跪到暈倒，跪到膝蓋紅腫了好幾日才好，白老爺子卻連大門都沒開，只讓身邊的老管家送出來一句話。「君子重諾。」

白雅兒自幼嬌生慣養，加之看多了詩書中關於愛情的浪漫迷說，她早已有了想白首到老的人，哪裡肯嫁到那種全身上下都是銅臭之氣的人家？那豈不是陽春白雪如她要墮入泥淖？

昏睡半日才醒過來的白雅兒知道這事求祖父是不成的了，如今距離兩家約定的婚期不過三月有餘，若是再拖下去，怕是自己與許郎此生就真的無緣了！

其實平心而論，白雅兒的意中人無論是相貌或是家世，都遠遠比不上肖臨瑜，只能說是愛情使人變得盲目，不過八品京官的庶子，相貌也只算得上白淨文雅的許知桐在白雅兒眼中卻如同謫仙一般翩翩無雙。

淚眼朦朧的白雅兒想起了自己與許知桐的初次邂逅，煙雨濛濛的初春時分，飛花嶺上菩薩廟中，曲折迴廊外，一襲白衣的書生坐在熱烈綻放著的梨樹之下不知看著什麼書入迷至極，竟連隨風飄落的梨花沾染了滿頭都未曾發現。

初遇時的驚鴻一瞥已然驚為天人，而後從他人口中得知這是京中一個八品小官家的庶子，雖然自幼不得主母喜愛，不過極好詩書，年方十七已是秀才之身，倒比不成器的嫡子得許大人喜歡得多。

京中貴人圈時常有詩會，往日裡白雅兒也不是沒參加過，可之前並未認識許知桐此人，倒是飛花嶺上匆匆一瞥後，竟數次偶遇，直至晚春時，兩人互訴衷情，私定終身。

「許郎……」手裡緊緊握著一塊品相一般的蓮花紋樣玉珮，這是許知桐過世的姨娘留下的唯一遺物，也是他送給自己的定情之物。想到還在府外苦苦等著自己的許知桐，白雅兒又是一陣難過。

肖臨瑜等了許多日都沒等到幼金的回信，在府中面對著歡喜的家人倒顯得有些格格不入，因而每日不是躲在書房裡看書，便是三天兩頭地約上三五好友，在京中的茶樓相聚暢談詩書，倒也打發了不少無聊時光。

五月的京城，已開始有些悶熱，少女們早早就換上了今年時興的夏季衣裳，大街上人來人往倒是十分熱鬧。坐在茶樓二樓臨水雅間中，肖臨瑜看著日頭下波光粼粼的內河，悠悠地嘆了口氣。

「你這兩年倒是變得越發愛嘆氣了些。」坐在一旁年歲與肖臨瑜相仿的男子為他斟上一杯清茶。「不過打咱倆認識起，你便是這副少年老成的模樣。」

端起茶杯淺啜了一口，看著河對面幾個孩童不知在玩些什麼，只瞧見是極歡樂的，肖臨瑜竟也有些心生豔羨，道：「只是有些事情想不通罷了。你去歲成親之時，不曾有什麼別的念頭嗎？」風華是肖臨瑜的多年好友，不過跟他相比，風華如今已經是要當爹的人了。

風華聽他這般問，便知曉他是心中對這樁婚事有了旁的想法，無奈地搖了搖頭。

「像咱們這種人的婚事，哪裡是自己說了就能作數的？不過是利益交換罷了。」風華之妻也是兩姓聯姻，雖然談不上多愛，不過自妻子進門後，倒也孝順公婆，侍奉他也十分盡心，少年夫妻也算得上蜜裡調油。

聽到風華這般說，肖臨瑜幽幽嘆了口氣。縱有潑天的富貴又如何？照樣還是身不由己！

兩人在茶樓裡坐了小半個時辰才道別。送走了風華後，只剩肖臨瑜一人在二樓雅間之中，靜靜地聽著臨河兩岸的喧鬧聲，只覺得有些恍然，不經意間，他聽到隔壁雅間傳來的說話聲——

「白家在文人圈子裡名氣可不小，雖然白大人如今不過是從五品的文官，可白老爺子的名聲不容小覷，許兄這回若是有把握搭上白家這艘船，滿腹才華自然有得施展！」一個年輕男子的聲音越說越高亢，不知對他口中的這個「許兄」是羨慕還是嫉妒。

一個低沈些的男子聲音響起，似乎是在回應方才那男子的話。「白雅兒如今對我是死心塌地，只要解決她，拜在白老爺子門下自然不成問題。」雖然說得平靜，不過男子聲音中隱隱的驕傲自得早已暴露了他此刻的得意。

「那到時許兄就是美人在懷，還能名利雙收，真真是羨煞旁人啊！」第三個陌生的聲音響起。

肖臨瑜是何等聰慧之人，加上隔壁雅間幾人的話也說得夠明顯了，此時肖臨瑜已經肯定他們口中的許兒與自己的未婚妻有著些什麼不可告人的秘密。心中的煩悶竟突然間少了許多，他將守在門口的護衛叫了進來。「你去打探一下隔壁雅間的人是什麼來頭，尤其是姓許的那個，來路給我探聽清楚了。」

「是。」護衛拱手出去，不過片刻就將消息帶了回來。

「欽天監主薄許長深家的庶子？」一個八品小官家的庶子竟然與白雅兒有牽扯？肖臨瑜坐在圓桌前，一時間竟不知道說些什麼好。他不是沒發現這幾回白雅兒與自己見面時那種從骨子裡發出的對自己的厭惡，卻萬萬沒想到這個清貴文人家的嫡女竟然還未嫁入肖家就已經給自己戴上了這般大的綠帽子！

也不知隔壁雅間的幾人是不是喝醉了，許是那許家庶子為彰顯自己本領高強，竟將他與白雅兒私下幽會時的卿卿我我都給說了出來，引得那幾個年輕氣盛的文人學子個個發出淫笑，最後還相約著去尋個好地方「降降火氣」。

坐在茶樓裡看著明豔的陽光漸漸變成一抹殘陽瑟瑟映在水中，迷茫了許久的肖臨瑜此刻兩眼明亮，眼神堅定，似乎已經作出了什麼決定一般，帶著人回了肖府。

再說洛河州這邊，幼金在接到周書生的來信後便趕忙安排好了手中的事，第三日便帶著宋叔、巧兒還有新招回來的車夫一行四人駕著新買的馬車往南邊去了。

茶鄉顧名思義，以種茶為生。與蘇杭一帶的茶園相比，茶鄉的茶葉倒是晚了些摘，不同於明前雨後的說法。

幼金在三月時已來過茶鄉一趟，託周書生在茶鄉附近找一片適合開山種茶的丘陵，再找幾個種茶的老手，她要在茶鄉弄一個蘇家的茶園出來。

周書生雖為書生，不過他也知道自己的天賦只到童生的分上，考上童生後便不再以讀書為唯一重心，在茶鄉一帶做些小買賣，是以人面極廣，幼金託付他辦的事倒也很快就辦好了。

「按照蘇姑娘的要求，這邊都是連成片的丘陵，足足三百七十九畝的丘陵，若是都種上茶樹，光是樹苗的費用怕都是一大筆支出。」周書生帶著幼金一前一後地走在不怎麼平坦的山間小路上，為她介紹這片茶山的情況。「這茶山原也是無主荒地，若是蘇姑娘有心想買，我也跟衙門的人打聽過了，連地帶稅費，一兩銀子一畝地。」

買荒山的價錢都是差不多的，不過周書生選的這片丘陵位置極好，繞過前面一座丘陵就是官道，若是將來要運送茶葉，倒也十分便宜。

幼金微微點點頭，問道：「不知水源在何處？」將近四百畝的茶山若是沒有水源，將來茶園的灌溉也是個大問題。

「水源就在前頭，是這丘陵原本就帶有的幾處泉眼，只需到時掘大些，水是夠用的。」周書生既然能選了這個地兒，自然也是經過多方考慮的。

兩人在山上轉了一圈，一問一答地說著話，等從山上下來時，跟在自家姑娘身後的宋叔都覺得自己後背汗津津的，熱得不行。

周書生在縣衙也是有認識的衙差，幼金既已拍板要買這塊地，不過兩日就將紅契給換了回來交給幼金，另外還找了不少短工來收拾茶山。

將近四百畝的茶山要收拾得好也是很費功夫的，不過茶鄉附近做慣短工的人都有修整茶山的經驗，各項工作在周書生與幼金的商議下倒也有條不紊地開展著。

茶樹種植所需要的樹苗，周書生早早就已經聯繫好了，只要等到茶山修整好，前日就已經開始漚的肥也都挖溝埋上後，就可以安排種下去。

幼金對茶樹的種植並算不得瞭解，只在這兩個月惡補了一番有關茶樹種植的知識，大方向還是要依靠周書生。所謂用人不疑，疑人不用，幼金對於周書生提出的絕大部分合理意見也全都採用，兩人這般合作下來倒也十分愉快。

這一趟幼金在茶鄉足足留了將近一個月的時間，不僅是修整好了茶山，將新買回的大葉烏龍及碧螺春各種一百畝、大紅袍及白毫銀針各種五十畝，還有七十畝種上了茶鄉當地盛行的一種名為美人香的茶樹。

又找人在茶山山腳下修了一幢兩進兩出的大宅子，占地面積與五里橋的蘇家面積差不多大小，不過倒是沒怎麼收拾，只是個乾淨平整的農家大院模樣。房子邊上還修了兩排青磚瓦房作為蘇家茶園的茶工們的宿舍，畢竟蘇家茶園這般大，平日裡照看茶樹生長少說都得十幾人，若是到了採茶季節，只怕要更多人。

另外還在周書生的建議下蓋了占地約三畝的炒茶作坊，為明年採茶做好準備。凡此種種，不勝細數。在茶鄉待的這一個月裡，幼金將肖臨瑜借給自己的一萬兩已花了三分之一出去。

「姑娘，咱們要不要留個人在這邊看著？畢竟三、四百畝的茶園呢！」宋叔還是有些不放心，畢竟這邊都是在當地招的人，他們若是回了洛河州，怕是連茶樹苗都能給拔光了去！

幼金點點頭，雖然周書生可以幫忙看顧一二，不過還是要有自己人在這兒才行。「之前我原想著讓宋華到侯家灣那邊去的，如今看來竟是這邊緊要些。宋華他跟在你身邊歷練也有一段日子了，宋叔覺得如何？」

一聽到大姑娘要將這般重要的事交給自己兒子，宋叔便道：「多謝大姑娘對宋華的抬舉，只是那孩子總是不定性，我怕他給姑娘添亂……」雖知這是個難得的機會，可若是兒子將事兒給辦砸了，那才是更大的罪過。

「宋華如今也快十六了，總該出來歷練一二才是。再者洛河州到這兒也算不得遠，有什麼事託人送信回去也方便。」幼金倒覺得這是個很好的歷練機會，宋華人聰明，也會來事，好好歷練一番，將來也許能幫上她不少忙。

宋叔重重地磕了個頭。「老奴代宋華多謝姑娘！」

幼金趕忙把人叫起來。「宋叔你也太拘禮了些！」這邊商議妥當，便立時給五里橋送信。

又過了十日，揹著包袱的宋華坐著馬車，也到了茶鄉。

這十日裡，幼金與周書生、宋叔等人一起買回了十七個青壯勞動力，又在茶鄉雇了四個老茶農負責教這些工人如何伺弄茶樹。

等宋華到時，只看到一片如今看過去還是光禿禿的丘陵上，零零散散地站了一群人在上頭不知道在幹些什麼。

「哥哥！」還是山腳下的巧兒最先看到已近一個半月沒見到的哥哥，高興地快步跑了過去。「我聽大姑娘說你要來，可算等到你了！」氣喘吁吁地帶著哥哥進了新蓋的房子，將行李安置在大姑娘之前安排好的前院房子裡頭，才帶著他往山上去。

瞧著這一個多月沒見過的妹妹曬黑了不少，宋華笑呵呵地問道：「巧兒，妳跟著大姑娘做啥呢？咋黑成個煤球了？」

巧兒雖然還小，不過哪有小姑娘不愛美的？聽到他這般說便噘起了小嘴。「哥哥！」

兄妹倆笑鬧著往山上去。

此刻幼金正帶著一群工人跟在幾個老茶農身邊認真學著呢，見宋華來了，趕忙朝他招手。「正好你來了，快跟著一起聽聽。」

宋華見了姑娘，臉上嬉皮笑臉的表情也變得認真起來。「是！」然後在幾個讓出一些位置的茶工邊上也蹲著聽，雖然聽不懂，不過勝在認真，倒也記得了些。

幼金特意買了三個中年婦人每日負責給家裡的工人做飯，倒也十分方便。宋華到的當晚，主僕四人一起用了一頓豐盛的晚飯後，幼金早早歇下了。

倒是宋叔與宋華父子倆談到了深夜，宋叔知道兒子自幼跟在自己身邊，品性好，人也聰慧，可一想到要將兒子留在距離自己那麼遠的地方，他總是有些放心不下。

帶著宋華在茶鄉這邊的周書生等人面前都介紹了一遍，因著是主家留下的心腹，加之宋華本也是極會來事的，不幾日便與蘇家茶園的工人們都混熟了。

留了幾日，見宋華一切都好，幼金主僕幾人才往洛河州回。

等幼金等人回到五里橋時，滿打滿算他們已經離開兩個月了。其間打京城來的信已堆了五、六封，蘇氏等人也每日都眼巴巴地等著幼金回來，誰也沒想到她這出一趟門竟耽誤這麼久才回。

「走的時候那般輕車簡從的，還以為只要去幾日就回來，不承想竟走了兩個月！整個人黑了不少，也瘦了！」看著黑了幾分還瘦了一圈的女兒，蘇氏心疼地埋怨道：「怕是我們不在眼前，妳忙得連飯都不吃了吧？」

蘇氏瞧見女兒臉上的疲相，也不忍多加苛責，道：「罷了罷了，妳快回去洗洗歇下吧！等要吃晚飯了我再叫妳。」

坐了好幾日馬車的幼金自然是樂得輕鬆，先是沐浴一番，才穿著薄薄的衣衫準備睡下，卻瞧見自己書桌上擺了不少信件，便坐在炕上隨意看了看，發現竟然全都是肖臨瑜寫來的信。「這人還真是閒得很！」笑罵了一句，也不看信，倒頭睡下了。

幼金打端午過了沒幾日就走，等回來的時候中元節都快到了。蘇家的小姑娘們個個都眼巴巴地想去看大姊，可娘親說大姊趕了幾日的路，不讓她們吵著大姊，便都乖乖在前院等著大姊起來。

「大姊醒了！」不知何時悄悄溜到後院，趁著沒人注意到時進了幼金房間的小八睜著圓滾滾的眼睛，坐在幼金床上，看著沈睡的大姊，見她睜開了雙眼，便歡喜地撲到她懷裡。

才睜開兩眼尚未回神的幼金被這突然撞進懷裡的小東西嚇了一跳，瞬間清醒不少。

「小八乖，先讓大姊起來好不好呀？」

小八賴在她懷裡好一會兒才戀戀不捨地放開她。

捏了捏小八的小肉臉，坐起了身，透過琉璃窗看著外頭已經半暗的天色，才知道自己睡了半日，睡得連骨子裡都透著一股乏勁。

外頭的丫鬟草果聽到大姑娘房裡傳出動靜，便端了熱水進來。「大姑娘起了？」瞧見一大一小兩個姑娘坐在床上，才笑道：「方才太太還說一錯眼就不見八姑娘了，原來是跑到大姑娘這兒來了。」

「妳先帶八姑娘到前頭去，我這邊收拾一下就過去。」將小八交給草果，自己接過草果遞過來的熱帕子擦了擦臉，又收拾一番才往前院去。

到了七月，蘇家的西瓜也熟了。

蘇氏原還覺著女兒拿著那些黑瓜子是種不出來什麼的，當時幼金還信誓旦旦地說道「這西瓜跟南瓜也差不多，指不定就能種出來呢」，開春時便在侯家灣的山上種下了近三畝西瓜子，沒想到還真的成活不少。

春雨滋養，夏日灌溉，倒真結出一片西瓜。七月中旬正是西瓜成熟的時候，幼金自然沒忘了當初答應過肖臨風等西瓜熟了要送一批到京城給他的事。

一輛從五里橋出發的馬車搖搖晃晃地拉著一車八成熟的綠藤花皮西瓜往京城去，一起送去的還有幼金這兩個月在茶鄉製出的幾樣新茶以及給肖臨瑜的回信。

可蘇家的西瓜還未送到京城，肖臨瑜卻已經到了洛河州。

「肖大哥？」今兒個閒來無事，在家訓練著幾隻體型十分健美的大狼狗，帶著狗從已經通航的洛河州運河邊上回來時，卻瞧見一個已經八、九個月沒見過的人正騎著一匹白馬，笑吟吟地看著自己。

肖臨瑜遠遠便已瞧見她，穿著一件水綠色窄袖斜襟衣裳配著同色寬鬆長褲的幼金，在見慣了嬌滴滴大家閨秀的肖臨瑜眼中卻覺得這般的她甚好。他笑道：「許久不見，妳倒是一點兒都沒變。」

肖臨瑜口中的沒變並不是說幼金的模樣沒變，而是說她身上的那股子韌勁與眉眼間的亮光，與自己初識她之時並無二樣。倒是大半年不見的少女如今出落得越發風姿，肖臨瑜心中才慢一步地想到幼金已經快是及笄的年歲了，自己這般似乎有些太不穩重了些。

幼金卻沒想那麼多，喝止住幾條大狗，笑得好看的桃花眼都變成了彎彎的月牙。「許久不見，肖大哥近來可好？」

肖臨瑜翻身下馬，將韁繩遞給跟在自己身後也騎著馬的書僮，站到幼金身旁，兩人有意無意地隔開了半丈距離，慢步向河岸邊的蘇家走去。幾條狗被教得十分通曉人性，見主子慢慢往家走，也邁開四條腿跟在主子身後悠閒地走著。

幼金瞧了眼他身後難得地只跟了一個書僮跟一個護衛，有些詫異。「肖大哥剛從京城過來？怎地這回只帶了兩人？」

「不過是出來散散心，帶那麼些人未免太拘束。」肖臨瑜臉上掛著淡淡的笑解釋道。

瞧著他一副很是疲累，還有些說不清的憔悴與落寞，幼金也不多問什麼，便轉移了話題，兩人有一搭、沒一搭地說著話。瞧著運河裡頭遠遠駛來的船舶，還有變得熱鬧了許多的運河兩邊，肖臨瑜嘆了口氣。「不到一年的時間，你們這兒也是大變化，倒真有些物換星移。」

因著運河在洛河州的停泊口設立在洛河州城南邊一里處，距離五里橋也不過四里地，水路的交通讓附近漸漸聚集起更多的人，原還有些荒涼的五里橋河西邊倒也變得熱鬧了許多。

「如今確實比之前熱鬧多了。」笑著跟一個路過的村民點點頭打招呼，幼金才笑著應道。

一時無話，肖臨瑜便問道：「妳這兩個月怎地都不給我回信了？」不知為何，因為幼金沒有給自己回信，他這心裡還隱隱有些失落。

幼金嘆了口氣，道：「大哥，不是每個人都能每日閒著在家沒事做，天天寫信的好吧？我五月就去了茶鄉，在那兒前後忙活了兩個月才回來，壓根兒就沒收到信，怎麼回信？」真是人比人，氣死人。人家含著金湯匙出生的，哪裡明白小老百姓的悲慘？

瞧著她一副「你還是太年輕了些」的失望表情看著自己，肖臨瑜心中的煩悶卻一掃而空，笑著道歉。「如此說來，竟是我的不是。」兩人有說有笑地閒聊著，足足走了小半刻鐘才回到蘇家。

肖臨瑜不提，幼金也不問他為何突然來了洛河州。

蘇氏對肖臨瑜的到來也表示十分歡迎，在肖臨瑜提出想暫住蘇家的請求後，也欣然同意，還有些抱歉地說道：「肖公子住到咱們鄉下人家，自然是我們的榮幸，不過咱們這小地方啥都不便利，怕是要委屈肖公子。」

「鄉間雖然比不得城裡繁華，倒也有幾分野趣，常聽臨風說起蘇嬸子手藝極好，這回我也厚顏叨擾您了。」肖臨瑜恭恭敬敬地行了個晚輩禮，笑著應道。

雖然玉蘭與李嬸子覺得有些不合適，不過既然主家都這麼說了，她們自然也沒啥可說的。肖臨瑜被安排到前院的客房中住了下來。小七、小八對這個見過兩、三回的大哥哥有些印象，倒也歡喜得很。

「如此說來，妳這兩個月在茶鄉倒是沒少折騰。」嚐了口幼金打茶鄉帶回的新茶，肖臨瑜依舊是一副雲淡風輕的笑意。「不錯，這回的茶可比妳上回送給我的好了許多。」

幼金為他續上半杯茶水，淺笑道：「多虧了肖大哥解囊相助，不然我怕也做不成這事。」雖然當初肖臨瑜這錢塞得突然，幼金那時心中有些疙瘩，不過如今想來，肖臨瑜自作主張借給自己的錢確實是幫了大忙，因而也是真心實意地感謝他。

「妳今日倒是乖覺得很。」肖臨瑜放下手中的茶杯，一把接住了搖搖晃晃向自己衝過來的小八，也不看一眼幼金，只道：「當初在信中只恨不得把我罵得狗血淋頭，如今怎地還轉了性子？」

看著他抱著小八，兩人都樂得哈哈直笑，幼金倒還是第一回見到他這般歡暢地笑，雖然被他這話說得自己臉上有些臊得慌，卻不曾發作，只道：「你是含著金湯匙出生的，自然覺得不是什麼大數，可肖大公子，我們家全部身家加起來都沒這麼多，換做是你又該如何？」

餵了小八吃了一塊蘇家廚房新研製出來的青梅糕，小八才心滿意足地跟著李嬸子出了花廳。

拿起桌上的帕子輕輕擦了擦手，肖臨瑜才道：「如此說來確實是我考慮不周了。」

「不過還是要多謝肖大哥，若不是你這筆錢，我怕是還要好幾年才能做起這個攤子來。」幼金並不是不識好歹的人，雖然她的自尊心隱隱被財大氣粗的肖臨瑜無意間傷害了一丟丟，可無論怎麼說，肖臨瑜也是好心，自己總不能當成驢肝肺。

洛河州的風吹了一日又一日，幼金幾姊妹在自家門前種下的幾叢荷花豔豔地開了一整個夏日。

不知不覺，肖臨瑜已在蘇家住了一個多月。打京城來的信隔一日就是一封，可肖臨瑜卻總是一副老神在在的，也不說要走，每日竟還帶著康兒跟小八一同讀書，美其名曰「啟蒙」。

蘇家今年種出的第一茬西瓜也為蘇家帶來一大筆收益，那些瓜果販子、酒樓茶樓還有些有錢人家知道蘇家香點心鋪子有賣西瓜的，不少便直接找到幼金拿貨，畢竟蘇家的西瓜跟從西域回來的西瓜味道相差無幾，蘇家的價格還比西域回來的價格便宜了近一半，長久下來也不是一筆小數目。

幼金自然也是樂得做大宗買賣的，每次摘回來才運到洛河州不用半個時辰，數十個西瓜便能銷售一空，倒真是省了不少心思。

如今幼寶也跟在幼金身邊學著管帳的事，幼金對幾個妹妹要求起碼每人要有一技之長，幼寶自幼性子沈靜些，不喜與外人打交道，看著幾個姊姊為了家裡每日都在外奔波，自己心裡也十分不是滋味，因此幼金一說要她學著管帳，幼寶想都不想就應了下來。

「大姊，咱們這一季西瓜賣完，真是掙了不少銀子！」幼寶如今也是每日算盤不離手，雖然她用算盤還比不得三個姊姊，不過勝在勤懇，倒也有模有樣了。「雖然咱們家的西瓜只賣五兩一個，不過原也沒投入多少本錢，如今看來竟都是純利了！」

幼金翻看著筆跡還有些稚嫩卻每筆收支都記得清清楚楚的帳本，滿意地點點頭。「帳目明晰，看來不需要多久就能做得比我好了。」

站在幼金面前的幼寶聽到長姊這般誇自己，白皙的小臉微微發紅。「今歲咱們家只種了不足三畝西瓜，統共賣了兩千又四十九個，自家吃的、送人的有八十七個。若是明年咱們再多種幾畝，怕是要掙更多銀子！」

幼金也有些震驚，因著個頭大小的差異，自家的西瓜雖然均價不過四、五兩，可才一個夏季下來，收益竟然到了八千二百多兩。刨除成本不過幾百兩銀子，最後純利潤竟然高達八千兩！

「如此說來，咱們明年再多種些西瓜才是。」幼金將帳本合上，問道：「如今種子可都留夠了？」西瓜育苗在幼金看來並不難，只要種子夠，那就再多種十幾畝也是可行的。不過看著幼寶一臉興奮的模樣，幼金還是潑了她一盆冷水。「今年雖然還能賣出四、五兩銀子一個的價錢，可明年就難說了，畢竟這種西瓜也不是什麼難事。」

果然，一聽到長姊這麼說，原還十分激動，盤算著明年再種個十幾二十畝西瓜狠狠賺一筆的幼寶瞬間就低落了不少，不過很快又回復了精神。「沒事，就算價錢比今年便宜一半，咱們也還是有大賺頭的。西瓜種子我已叫韓立哥哥跟爾華都收好了，能種十幾畝呢！」

說得興起，又抓了算盤直接坐到長姊身邊，噼哩啪啦地扒拉著算盤，嘴裡還喃喃自語。「若是明年種上十五畝，一畝產八百個，就是一萬另兩千個。一個西瓜賣三兩，那也還有三萬六千兩的賺頭。最差賣一兩一個，那也還能掙今年這麼多呢！」

看著妹妹兩眼熠熠生輝，幼金臉上笑意越深。「如此說來，咱們還是有大賺頭的是不？」

幼寶跟小雞啄米一般連連點頭。「大姊，我要去找韓立哥哥，讓他想法子再給我找些種子回來，咱們明年多種些。」

「如今連幼寶也能幹得很了！」今日回娘家的幼荷坐在正廳裡，笑著跟蘇氏說著話。「我今日來之前，婆婆還交代我一定要好好謝謝二伯娘跟幼金呢！」

幼荷嫁入柳家三月，人品模樣都是個頂個地好，婆母對她雖比不得親娘，不過也算得上極好。丈夫柳卓亭對她十分愛重，小姑子也十分懂事。加上有蘇家這個娘家撐腰，幼荷在柳家的日子過得倒也舒坦。

今年夏天更是在蘇家的幫扶下，以低於市價兩成的價錢從蘇家這兒進了不少西瓜回去賣，一個夏天下來，倒也掙下近三十兩銀子。因著秦氏知道她今日回娘家，還特意交代她要好好謝謝蘇家。

「咱們都是一家人，說這些客氣的話做啥！」蘇氏笑罵了她一句。「妳這孩子越發多禮起來了。」

在後院盤帳的姊妹倆知道幼荷來了也都到前院來，幼金笑吟吟地跟幼荷打招呼。「半月不見，幼荷姊姊又好看了許多，想來在柳家日子過得不錯。」幼荷跟蘇家如今雖然說是親如一家，不過也從不覬覦蘇家什麼，因此幼金也是十分願意跟這個堂姊交往的，這回賣西瓜的主意還是幼金先說起，幼荷才做的。

「幼金妳這張嘴是越發厲害了。」幼荷笑著看了她一眼。「我家公婆都是好的，再者我不還有妳給我準備的兩個人護著呢，哪裡就會吃虧了？」幼荷自嫁人以後性子也確實變了不少，原還是有些愛嬌的性子，如今也慢慢變得沈穩大方，頗有當年韓氏的風範了。

姊妹幾個有說有笑的，倒也十分融洽。

蘇氏瞧著如今家裡幾個孩子都這般好，幼荷也成長了許多，不由得嘆了口氣。「若是妳娘知道如今妳過得這般好，想必心裡也十分高興吧？」

聽蘇氏說起遠在定遠的韓氏，幼荷臉上的笑容也淡了，幽幽嘆了口氣。「我上回偷偷託人捎了封信回去，娘給我回信來著，沒跟我提家中的事，倒是一再叮囑我，不許我再往家裡送信了，也不許我回去。」說起韓氏，幼荷心中還是十分擔憂。「當初我就這麼逃了，我爹怕是要為難娘親，我這心裡著實著急得很，可娘親啥也不說，真是不知如何是好！」

「三嬸不想妳回去，必定是怕妳回去後再入火坑。這樣吧，我這兩日尋個去定遠的商隊，託他們打探些消息回來，若是定遠那邊出了事，我們再想法子便是。」幼金對韓氏依舊十分感念，著實不忍眼睜睜看著這般良善的婦人落入火坑。

「總歸是我們母女欠了你們家的。」幼荷拭去眼角的淚花，真心感激二伯娘一家對自己的恩德。

一旁跟在幼荷身邊的春花見她哭了，趕忙小聲寬慰道：「娘子如今可不能這般，身子要緊。」

幼荷微微頷首。「我省得的。」

蘇氏見她二人這般說話，眼中閃過一絲驚喜，有些不確信地問道：「幼荷，妳是……」

幼荷俏臉微紅，似有若無地點了點頭。「前兒有些不舒坦，請了大夫才知道，已快滿兩個月了。」

「這可是大喜事呀！」蘇氏歡喜得不行，拉著幼荷的手道：「妳這孩子，如今自己身子重也不注意著些，這大老遠地還跑過來，累著可怎麼辦？」蘇氏這是又歡喜又擔心，歡喜的是幼荷懷孕，擔心的是沒有人照顧好她。

「伯娘別擔心，我這身子好著呢！婆婆也照顧得很細心，平日裡吃食我都是獨一份的，我如今也是坐不住，妳讓我在家悶著到生產，那才要憋壞人呢！」幼荷見她這般，趕忙柔聲安撫道。

一聽說幼荷有了身孕，幼金姊妹也都十分歡喜。

雖然幼金私心裡認為幼荷才不到十七就有了身孕對母體不是很好，不過這個時代都是如此，若是真要等到二十好幾才生孩子，怕才是要出問題的。

「不成，妳婆母每日也要忙著麵攤的生意，家裡還是缺個人照顧妳，李嬸子妳去咱們家灶上選個人出來，往後每日跟著幼銀她們進城去照看幼荷，吃住在咱們家，需得照看好幼荷才是。」蘇氏想了又想，還是覺得要照看妥當些才是，當下便叫李嬸子到廚房選個人跟著去照看幼荷。

幼荷見她這般，趕忙攔住：「伯娘，不用這般煩勞才是，如今家裡已有兩個人做事，我如今都是十指不沾陽春水了，妳再叫個人來伺候我，怕是要叫人笑話了！」

幼金是不懂這些的，不過她倒是想到了另一件事。「幼荷姊姊若是生了孩兒，將來要用銀錢的地方怕是更多，不若咱們家空出來的門面先給幼荷姊姊做些什麼生意也好，多少也是一份貼補。」

蘇家香的生意如今做得越發大，上月二十已搬到更加繁華的東街上，新盤下來的鋪面比原先的大了一倍不止，生意也比往日更上一層樓。如今洛河州只要說到點心，無人不提蘇家香。

點心鋪子搬走了，原先的小鋪子也就空了出來，幼金也沒想著要賣掉，如今正好也派得上用場了。

幼荷搖頭拒絕。「我欠妳們的已經太多了，我嫁到柳家從相看到成親，妳們已幫我夠多的了。」

「妳這孩子怎地這般見外？」蘇氏倒是覺得女兒這個主意甚好。「將來孩子生下來，那花銷還大著呢！再者卓亭也要考科舉，妳小姑子過幾年也要嫁人，都是花銀子的地方！」

正是因為幼荷十分知進退，與蘇家人親熱之餘也保持著克制，從來不挾恩以報，幼金才肯這般為她著想。「幼荷姊姊，咱們可總要手裡有銀子才能硬氣不是？如今雖好，可人心善變，銀子卻不會變。」

幼荷聽她這般說，不由得又想起了遠在定遠的爹娘。是啊！外祖父在世時，爹娘感情甚篤，可外祖父才去世半年，爹就完全變了一個人一般，每日在外頭飲酒作樂，甚至有幾回跟娘親吵起來還動手打了娘親！

想想十五、六年都看不清的爹，幼荷深吸了口氣，然後微微點頭。「只是這樣一來，我欠幼金的可就怎麼都還不清了。」這便是願意接下鋪子了。

「都是一家人，有什麼欠不欠的？」見幼荷這般懂事熨貼，蘇氏心中熱呼呼的，只覺得這般好的閨女可千萬不能委屈了去。

雖說是要做些小買賣，不過幼荷也不知道做什麼好。自家以前是開了個雜貨鋪子，可她素來是不沾手的，因此打蘇家回去以後，跟丈夫商量了許久也沒個章程。

「為夫雖虛長妳兩歲，可家中只是以麵攤為生，我也歷來不通庶務，著實想不出什麼好主意。」摟著嬌妻如今還十分纖細的腰坐到炕邊，柳卓亭也是一籌莫展。

幼荷依偎在他懷裡，有些悶悶地道：「若是我娘在就好了，她定會有好主意。」

柳卓亭知道妻子自有了身孕以來，性子變得敏感易哭，見她這般想念遠在定遠的岳母，生怕招哭了她，便道：「妳今日回蘇家，來回奔波怕是累了，還是早些歇息，明日再想要做什麼也來得及。」

夫妻倆小聲說著話，不一會兒幼荷便沈沈睡下了。

見她睡著了，柳卓亭小心地為她蓋上薄薄的被子，自己又坐回油燈下邊挑燈夜戰。今年的院試他榜上無名，明年的院試他得抓緊些才行。

「肖大哥，再過十數日便是中秋，準備何時啟程回京？」幼金本沒有想著趕人走，但是京城肖家的來信已經送到自己手上，那肖家主母只差沒拿手指著自己，說自己是狐狸精，勾得她的寶貝兒子在洛河州這個窮鄉僻壤樂不思蜀。雖然她很感念肖臨瑜對自己銀錢上還有這幾個月在生意上的幫助，不過她也沒有要當狐狸精跟別人搶兒子的想法。

肖臨瑜放下手中的帳本，這一個月來他閒來無事，便自告奮勇幫著蘇家看帳，幼金也是心大，並不防他。不過肖臨瑜不愧是在商場行走了數年的人，確實有幾把刷子。

肖臨瑜笑著直呼幼金閨名。「幼金這是覺得我吃得多幹得少了？還是覺得我白在妳家蹭吃蹭喝，虧銀子了？」蘇家溫馨熱鬧的家庭氛圍是肖臨瑜從未經歷過的，吸引著他留了一日又一日，京城催他回去的信來了一封又一封，他卻一點也不想回去。

幼金無奈地搖了搖頭。「肖大哥，你我都知道，這世上不是任何事情都能逃避得了的，該是自己肩負的責任，總要去承擔。」

她從不過問肖臨瑜為何毫無聲息地跑到洛河州來，可她也知道，肖臨瑜是肖家的下一任家主，他要承擔的是肖氏一族的未來，雖說與自己無關，不過她總是不願意背了個狐狸精的名號。

嘆了口氣，肖臨瑜第一次意識到，眼前的小姑娘與自己真是一路人，彼此都肩負著一個家族的未來，可幼金卻總能看事比自己看得通透些，真真是個玲瓏心竅的奇人。他苦笑道：「妳總是有一堆歪理能說得我無言以對，罷了，偷得浮生半日閒，我也該回去了。」站起身，目光深邃地看著幼金。「若是……罷了……」

看著肖臨瑜一副欲言又止的模樣，幼金的心裡跟有隻貓在撓啊撓地一般，問道：

「若是什麼？」

淺笑一聲，搖了搖頭。「沒事。我這一走，怕是許久都不再回洛河州了，妳一個姑娘家的，總要照顧好自己才是。我瞧著你們家如今雖然人多，總還是少了些護衛，我明日從肖家別院給妳調幾人過來，看家護院也好。」

幼金皺了皺眉，心裡只覺得肖臨瑜這是在轉移話題，不過他既不願說，自己也不好再追問什麼，便也承了他這個情。「我原還想著要尋些護院，若是肖大哥願意割愛，我就恭敬不如從命了。」

瞧著她淺笑嫣然，肖臨瑜鬼使神差般地伸出了手。

微涼的左邊臉頰被男子溫熱寬厚的手掌整個覆蓋上，幼金一下子愣住了，呆呆地看著離自己不到半米之遙的肖臨瑜，覺得這一幕似曾相識。

掌心傳來的少女臉頰，嬌嫩得如同剝了殼的雞蛋一般的觸感，肖臨瑜只覺得置身於上元佳節的滿天煙花中，璀璨而動人心魄。

兩人相對一時無言，各自心中如同驚濤駭浪，可莫名的情愫卻又如同火樹銀花不夜天一般在腦子裡炸開了。

不知過了多久，幼金才先尋回自己的聲音。「時間不早了，我就先回去了。」說罷，匆匆轉身逃回了後院。

看著落荒而逃的少女身影，肖臨瑜只覺心中莫名空了一塊。他素來不通情愛，此刻卻有些無師自通一般，知曉自己對一直把她當成晚輩的少女心動了。

空落落的手舉在空中，似乎想抓住少女身上散發的似有若無的馨香，最後只得無力地垂下。

再說扭臉回了後院的幼金只覺得自己的心怦怦地跳了許久，坐在銅鏡前看著昏暗的倒影，雙手托著臉，嘆了口氣。「終究不是一路人，又何苦動心？」

幼金的靈魂並不是不通人事的少女，自然知道方才心亂如麻的自己是為何。但且不說肖臨瑜還有一個清貴文人家的未婚妻，單是這個極重門當戶對的時空，她不過是一介鄉下丫頭，哪裡能高攀得上肖家的門楣？

她無力地癱在鋪著柔軟的細棉墊子的床上，呆呆地看著帳頂，喃喃自語。「若不是……」

秋天彎似弓弦的月兒下，初識情意的男女輾轉反側，徹夜難眠，都在惋惜這份尚未開始就注定要消亡的情愫。

那一夜兩人的失態似乎都隨著夜晚的星辰墜落不見，第二日起來，又是疏和有禮的模樣，在外人看來並無異常，只有當事人雙方都在對方眼中看見了不一樣的光芒。

「這八人都是我肖家別院中選出的護衛，我便都留給妳了。」肖臨瑜說了要給她選人，很快就將人帶了過來。

蘇家如今也不是養不起護衛的人家，只是護衛這個職業不同別的，若是識人不清選著不好的，那便是引狼入室，也是因為如此，幼金才遲遲沒有尋到合適的人選。

而肖臨瑜送給自己的八個護衛，都是二十出頭，年歲相當的年輕人，只有一個護衛長年約三十，都是自幼進了肖家，對下一任家主的命令自然沒有不從的，這樣的人幼金用起來倒也算得上放心，便將八人都留了下來。

「有勞肖大哥事事為我操心，如此我便恭敬不如從命了。」吩咐宋叔將人帶下去好生安置，幼金才向肖臨瑜盈盈一拜以示謝意。

肖臨瑜微微頷首，道：「妳我之間，何須如此客氣？」此話一出，兩人之間的氣氛立時變得有些尷尬，肖臨瑜乾咳兩聲，乾硬地轉移話題。「我明日一早便要離去，此處一別，怕是將來許久都不會再相見了，等妳的茶葉製出來，須記得送我一份。」

「自然，到時怕是還要依靠肖大哥幫扶一二呢！您這個大財主我可不能就這般浪費了不是？」幼金笑吟吟地站在肖臨瑜身邊，兩人中間隔著半米的距離，沿著船隻往來的河邊上緩步走著。

四、五個護衛遠遠跟著，也不敢前來打攪兩人。

肖臨瑜也不說什麼，只看著遠方一抹已變得血紅的殘陽，映在潺潺流動的河水中，覺得此刻兩人便是無言卻也心安，輕聲問道：「將來若是有機會，幼金妳會不會到京城去？」

「京城可是大豐最繁華的地方，我自然是想去的，不僅京城，還有大豐的大好河山，我都沒看過，若是有機會，定當細細遊覽一番才是。雖當不成大謝，可人生苦短數十載，總要做些什麼才是！」幼金深吸了口氣，揚起聲音說道：「我雖為女子，不能同男子一般建功立業，卻也不願草草過完這一生，雖做不到青史留名，可總要雁過留痕才是！」

側過臉去看著夕陽下少女說起心中遠志而顯得生氣勃勃的模樣，肖臨瑜不由得低頭笑了出聲。「妳總是有妳的歪理。」

幼金看著與自己僅隔了一步之遙，眼中閃耀著溫柔光芒的男子，心不由得漏跳了一拍，趕忙以笑遮掩自己的不對勁，看著遠方一望無際的稻田，笑道：「人生在世，十之八九總不能如我意，十之一二如我意者，合該縱情肆意才是。」

夕陽將兩人的影子拖得長長的，依偎在一起的影子彷彿世間最般配的眷侶一般，羨煞旁人。

兩人在河堤邊上一直走到夕陽消失在天際，星河點點顯露在東邊，入暮時分，秋的涼意襲來，穿得有些單薄的幼金不由得瑟縮了一下。

肖臨瑜自然察覺到她的動靜，道：「入暮後還是有些涼，咱們回吧？」

夜風颯颯，迎面襲來的涼風本朝著少女的方向吹去，卻被高大的男子無情攔截，只得改道另走。

兩人並肩走著，肖臨瑜側著身子擋住了夜風的侵襲，兩人一前一後地往蘇家的方向走著。

護衛們依舊遠遠地跟著，無人敢上前去打攪主子的雅興，只順著秋夜的風偶爾聽到男子的輕笑聲。

走在河邊，遠遠地便能看到蘇家門前已經點亮的一對燈籠，蟋蟀不知疲倦地在田間地頭扯著嗓子聒噪地喊叫著，運河中不時還有魚兒躍出水面，月色下波光粼粼，甚是好看。

被打發出來尋幼金的小家丁打著燈籠遠遠瞧見了姑娘與肖公子，便站在蘇家門前，叫洪大爺開了大門等著大姑娘回來。

「夜風還是有點涼，姑娘年歲小，一會兒叫廚房的廚娘煮些祛寒湯送去給姑娘喝才是。」站在門口的洪大爺瞇著眼看著不遠處的一對璧人，心裡不由得嘆了口氣，大姑娘如今也快十五了，男女間這般總該要避避嫌才是啊！

洪大爺雖然只是個門房，不過是跟著蘇家從微時起來的，蘇家後來的僕人，連管家宋叔都十分敬重他，自然不用說這些小的。小家丁恭恭敬敬地道聲「是」，也不敢忘了此事。

「洪大爺，這夜風涼，您老人家咋還站風口這兒了？」幼金一回到家門口就看到一老一少站在門口等著，便關切地問道。

洪大爺見姑娘回來了，趕忙讓小家丁打著燈籠引路。「姑娘自個兒也知道夜風涼，自己怎地還在外頭站著？快到家裡頭待著才是。」

一旁的肖臨瑜看著蘇家主僕之間雖也有規矩在，可相處起來都是真心實意，如同家人一般地親近，再一想到自己明日便要走，心中又多了一絲不捨。

第十九章

肖臨瑜走後，一向平靜的蘇家更平靜了些。

蘇家香鋪子的生意如今做得越發大，後廚裡做點心的人都有十人，幼金也特意尋了個做過些買賣的婦人在前頭做管事。那余嫂子是個會來事、會察言觀色的俐落人兒，自前頭鋪子交給她以後，生意好了一些，回頭客也更多了，幼金也就放心讓她打理。

如今幼銀只管每日鋪子的帳，幼珠則是牢牢把著點心方子，姊妹倆如今越發能幹，幼金也索性只參與鋪子裡進人、每月盤帳的大事，其餘經營上的瑣事都交由姊妹倆商議著來，倒也落得清閒。

時近中秋，蘇家香早早就做出了月餅模子擺在前頭供客人選擇預定，如今距離中秋還有十日，就已經接到七百餘份的月餅訂單。蘇家香的月餅分了三個等次，分別是四錢、八錢、二兩銀子一份，一份只得六個，可以說是要價不菲。

可那些富貴人家自然不在乎這些小錢，畢竟月餅更多是送人，要的就是個臉面，若是送上不了檯面的，那才是掉了身分，是以訂最貴的二兩銀子一份的倒占了七百份中的一半多。

前頭幼銀噼哩啪啦地扒拉著算盤，歡喜得不行。後廚幼珠帶著十人的點心團隊，也開始加班加點地做月餅。雖然累是累了些，不過賣出的每份點心，前面後廚的人都能得到相應的提成。後廚的人如今每月能拿到手的銀子基本都有近二兩，這可比外頭點心鋪子的工錢高了一倍不止，所以無論是已經賣身進蘇家的還是沒賣身的，個個都是打定主意跟著蘇家做事。

「方才前邊傳消息來，又接了三十份二兩銀子的月餅，咱們從今日起便吃住都要在店裡了，最晚十三也要把全部的月餅都做出來。我跟二姊商量過了，等忙完這陣子，就給大家輪流放三日假，好好歇歇！」幼珠將配好比例的蜂蜜桂花混入紅豆沙中，交由山柰等人調和，給眾人加油鼓勁。

蘇家香換鋪面之時，幼金特意尋了個地兒還算大的鋪子，後院裡除了廚房，還有八間房，其中兩間用來存放平日裡做點心需要的原料，剩下的五間改成通鋪，一間則是蘇家姊妹平日裡歇息所用，物件擺設一應俱全。

「三姑娘放心，咱們一準能做完的！」一個婦人隔著藕荷色的口罩，拍著胸脯道：「不為旁的，為了銀子咱們姊妹也得做不是？」

這話一出，眾人也都點頭稱是，手裡的活兒做得更快了些。

如今後廚已經形成一條配合默契的流水線作業，負責調餡兒的、負責揉麵的、還有負責上模的，分工明確又相互配合。

點心後廚的活兒一做就是一整日，為了減輕大家夥兒的負擔，幼珠特意去訂製了長長的作業桌子還有高度配合得正好的凳子，大家夥兒都是坐在凳子上做事，不用站一整日到雙腿水腫，倒舒服很多。

另一個生得白淨的婦人也是眉眼彎彎地笑道：「不說旁的，光是咱們家這蜂蜜就不知比旁人強多少去了！」蘇家香的豆類點心餡中添加的蜂蜜均來自蘇家在侯家灣山上的蜂箱。大豐並沒有多少養蜂人，像蘇家這般還能加入蜂蜜調和點心的就更是少之又少，蜂蜜特有的香甜氣味與桂花的香氣混合在一起，不知勾動多少人的饞蟲，是以現今豆沙類的點心已然成了蘇家香的客人們必買的點心。

幼珠嘴角掛著淺淺的笑，也不多說什麼。如今家裡的點心方子只有娘、大姊跟自己知道，雖然鋪子裡的人也知道有哪些原料，不過具體的比例是大姊帶著自己熬了許多的夜，嚐那些味道只有細微差別的點心嚐到要吐才研製出來的方子。這是自家賴以為生的方子，她可不能洩漏出去了。

幼珠腦子轉得快，也敢想，如今鋪子裡好幾個賣得好的點心都是她突發奇想折騰出來的，因現在家裡條件越發地好，幼金索性也就放心讓她折騰了。

蘇家香的方子只有蘇家的幾個姑娘知道，這事是所有在蘇家香做事的人心中都清楚的。之前也不是沒有別的點心鋪想賄賂一些在蘇家香做事的人偷方子，可無一不是失敗而歸，甚至還有被大姑娘抓到的，就直接趕出了蘇家香。

有那些前車之鑑在，工人們雖然好奇，可也不敢瞎打聽，一時間倒也平靜不少。

「大姑娘，今歲咱們在侯家灣那邊的樹苗都長成了，桂花、刺玫都有不錯的收成，先前養的那幾百隻雞也都長大了不少，照這麼看來到年底就能出欄了。」打宋華去了茶鄉以後，宋叔如今管著侯家灣那邊的事，每日也是忙得很。

幼金仔細翻看了上月的帳本，點頭道：「如今已入秋，樹木防寒還有雞圈加蓋的活兒也要跟緊些。家中事多，辛苦宋叔你多費心。」蘇家的生意攤子越鋪越大，可能用的人還是不多，統共就那麼幾個，宋家父子也著實都辛苦了些。

「都是老奴該做的，得姑娘器重是我們的造化，不曾覺得辛苦。」宋叔拱拱手，笑道。他之前雖然也是在大戶人家裡做過活，可卻比不上如今在蘇家這般舒坦，主家信任、敬重自己，他自然更加用心用力。

幼金笑著合上帳本，看著宋叔道：「我前些日子已經派人送信去茶鄉，宋華定不會錯過中秋佳節，到時你們一家團聚，好好過個中秋才是。」幼金也是有自己的盤算，這番叫宋華回來，也是想多安排一個人到茶鄉去，一則是相互照應有個依靠，二則天高皇帝遠的，兩個人總比一個人好些。

「多謝姑娘！」宋叔只有宋華這麼一個兒子，自然希望中秋佳節能一家團聚，本想求個恩典的，沒承想倒是大姑娘先提出來了，自然是感恩戴德。

一老一少在幼金專用的書房說了好一會兒話，宋叔才被打發出來。

才出書房門口，便看到穿了一身短打的韓立站在門口，笑著點點頭便出去了。

韓立不知道大姑娘叫自己來所為何事，不過還是依著吩咐在門口等了半刻鐘。等到宋叔走了好一會兒，裡頭才傳出大姑娘的聲音。

「進來吧！」

他才邁開步子進書房。

秋分進來續了茶水後，在大姑娘的眼神示意下無聲地退出去，站在門口守著。秋分與另外七人是蘇家新買回的丫鬟，幼金是個懶得取名的人，便直接以二十四節氣中的八個節氣為八人命名。進了蘇家，李嬸子調養了十數日後，秋分因著穩重老實，便被分來伺候大姑娘。秋分打進了蘇家便知道蘇家的生意都是大姑娘一手操辦起來的，雖然與自己年歲差不多，可她總是十分敬畏大姑娘，對她說的話更是馬首是瞻，唯命是從。

「你到我們家來已經快兩年了吧？」幼金輕輕吹了吹茶杯裡冒著熱氣的茶，看著站得有些侷促的韓立，輕聲問道。

韓立如今已長成個濃眉大眼、俊朗壯實的後生，不知吸引了多少五里橋小姑娘的目光。

聽到姑娘這般問，韓立有些疑惑，不過還是老老實實地回道：「回大姑娘的話，已有兩年零三個月了。」

「竟有這麼久了？」幼金放下茶杯，想起當時韓立跟爾華來到蘇家時還是兩個髒兮兮的小乞兒，沒想到轉眼過了兩年，時間過得還真是快！

韓立也不知道該說什麼，索性就不開口了。

看著微微垂下腦袋的韓立，幼金笑道：「你也別緊張，先坐下，咱們好好聊聊。」

「是。」

看著他話都不多一句的樣子，幼金微微嘆了口氣，這幼銀怎麼就偏偏看上這麼個呆頭鵝？沒錯，雖然幼金每日裡都不得閒，不過對這對算得上半路結成青梅竹馬的小兒女之間的事也知道一些。

並不是說幼金瞧不上韓立，相反地，經過這兩年的相處，她對韓立這個人也有大概的瞭解，憨厚老實，沒什麼壞心眼。重點是他無父無母，幼銀性子有些懦弱，若是嫁得遠，將來受欺負了自家還不一定能護著她，嫁給韓立倒不失為一個好選擇。

「你也十六了，該到了說親的年紀，你自己是怎麼打算的？」雖然是單刀直入地問，不過幼金也有一絲尷尬，問完後有些不自在地乾咳了兩聲。

侷促地坐著的韓立也沒想到大姑娘特意把自己叫過來竟是問這個問題，曬得有些黑的臉上浮現出可疑的紅暈，磕磕巴巴地說不出話來：「我、我、我……」心裡也是驚濤駭浪，第一反應竟然是作賊心虛，只覺得是自己深藏心底的心事被姑娘發現了。

「你別緊張，我只是隨便問問。」幼金看他手足無措的模樣，不由得有些失笑，只覺得韓立是把自己當成棒打鴛鴦的壞人了。「你如今十六了，若是普通人家，也到了說親的年紀，你若是有什麼想法，不妨跟我說說？」

韓立想到自己與意中人簡直是雲泥之別，不禁有些垂頭喪氣。「我一無父母，二無家業的，哪裡會有人看得上我呢？」韓立越想心裡越覺得失落，自己怕是那想吃天鵝肉的癩蝦蟆吧！

幼金也不管他心裡的想法，只道：「自你來了我們家也一直跟著讀書習字，何必這般妄自菲薄？我如今有個想法，想派你去茶鄉幫著管事，你以為如何？」

「去茶鄉？」韓立自然知道大姑娘這是提拔自己，不過一想到自己走了就只剩爾華一個人在五里橋，卻是有些捨不得。

幼金自然知道他的後顧之憂，便道：「你只管放心去，爾華在蘇家不會受委屈。如今茶鄉只有宋華一個人，遇著事兒連個商量的人都沒有，你跟在宋叔身邊學了一段時間，也該去歷練歷練了。」其實幼金對韓立的期盼可不只這些。「另外，去了茶鄉也不可放鬆學習，你如今並未入賤籍，哪怕是個童生，總比白身好。」

大豐律例規定賤籍不能參加科舉，韓立進蘇家時並未賣身，如今看來也算是好事。說了好大一通後，看著韓立一副糾結的模樣，幼金決定還是要下點重藥。「你總不能什麼都沒有就來跟我們家提親吧？你對幼銀的情意我並非不知，幼銀是我的妹子，我自然希望她將來不用受苦，你如今這般，拿什麼來跟我提親？」

「大姑娘?!」韓立被她嚇得兩眼直瞪，完全不知道該怎麼說話了。

幼金揮揮手，也懶得跟他再費口舌。「你且好好想想吧。」便將人打發出去。

韓立出了書房，腦子如同一灘漿糊一般，不知該如何是好。

只有幼金與韓立兩人知曉此事，兩人也都心照不宣地將此事遺忘了一般不再提起。

中秋越發近了，十一這日，在茶鄉的宋華經過數日的趕路終於回到五里橋。

「瘦了，黑了，也高了。」看著已經近兩個月沒見到的兒子，李嬸子不由得紅了眼眶。

一旁的宋叔也有些眼眶發酸，不過還是強忍住情緒，道：「兒子回來是好事，妳這老婆子還哭啥哭？一路回來怕是折騰得夠嗆，快些回去歇著才是。」

聽到自家漢子這般說，李嬸子才想起來兒子一路奔波，怕是累得很了，趕忙擦乾眼角的淚花。「哎！是了，大姑娘說你回來只管歇著。快回去歇會兒，等大姑娘回來再去回話便是。」

原來幼金今兒個一早便出門去了，馬上就到中秋，她也要去給生意上有往來的客戶們送些節禮。旁的不說，知府秦大人家裡那是必送的一家。

肖臨瑜在蘇家這一個多月也不是白住的，在他的牽線搭橋下，幼金也算是攀上了知府這棵大樹。

給有生意往來的客戶送完節禮後，幼金又開始給自家的工人們準備節禮：兩個月餅加上五斤豬肉。至於賣身給蘇家，吃住都在蘇家的，就將五斤豬肉換成同等價錢的細棉料子。

「這麼些東西，得花多少錢啊？」看著堆積如山的節禮，幼珠不由得咂舌。「大姊妳這出手也太闊綽了些！」

幼金清點完數量無誤後，笑道：「人心這種東西可要好好籠絡才是，不過是花些小錢就能讓咱們家上下人心穩定，這是值得的。若是人心散了，那便是多少銀錢都換不回來的，家和才能萬事興，幼珠妳可明白？」

在洛河州開點心鋪子這兩年，雖然幼珠不常在前頭鋪子裡，不過也見了不少人，也明白管教下人的重要性，自然十分受教。「我明白了，大姊。」

幼金點點頭，不再多說什麼，她知道幼珠是聰明的小姑娘，凡事點到為止即可。

忙過節前的那幾日，中秋這日蘇家也設了家宴，主僕歡聚一堂，享用了一頓豐盛的中秋家宴。

「小時不識月，呼作白玉盤。又疑瑤臺鏡，飛在青雲端。」家宴過後，家僕盡數散去，只留下蘇家一家十口坐在後院的涼亭中賞月。在幾個姊姊的慫恿下，小七稚嫩清脆的嗓音在寧靜的夜色中傳開，站得直直的，雙手乖巧地交疊於身前，活脫脫一個小淑女的模樣，背著前幾日玉蘭先生教她背過的詩歌。

背完之後挺著驕傲的小胸脯，小七一副「快誇我」的表情看著娘親與姊姊們，得到後者的一致肯定後，才笑得兩眼彎彎地坐回幼金身邊。

蘇家的賞月活動一直持續到二更天，幾個小的耐不住睏，早已迷糊得睜不開眼。幼金懷裡抱著呼吸平穩、沈沈睡著的小八，康兒也睡在蘇氏懷裡。

「更深露重，大家也都睏了，還是早些回去歇下吧！」蘇氏小聲地說道。

幾個大的聽完也都點點頭。

幼金招來專門配來照顧幾個孩子的婦人。「把幾個姑娘跟康兒都抱回去睡下，小心別著涼。」

「是。」幾個婦人從主子懷裡接過已經睡著的五六七八四位姑娘跟小少爺，還特意裹了一塊薄薄的披風上去抵擋夜風的侵襲。

夜越發地靜，蘇家眾人也各自散去。

沐浴過後的幼金穿著袖口衣角均繡了祥雲紋樣的細棉中衣，坐在臨窗炕上，透過琉璃窗臺望著外頭皎潔的月光靜靜地灑滿蘇家的院落，蘇家各處已然都歇下，只剩幼金所住的房間還燃著明亮的燭火。

許是熱鬧過後有些失落，幼金心中想起那個在自家住了一個多月的男子，擾亂一池春水後還真一走就杳無音信，不由得暗暗罵了句。「早知道就多收他銀子才是！」

至於被她念叨的人，在京城的圓月下，獨酌到夜深才睡去，夢中又回到了洛河州，好不逍遙。可惜美夢被驚擾後，肖臨瑜再也沒夢到洛河州的人和事，一夜無夢到天明。

聽到房裡傳出動靜，貼身小廝很快便進來了。「大少爺您起了？老爺傳話來，早膳過後要見您。」

「曉得了，安排人傳膳吧。」洗漱過後，一身月白色衣衫配上玉簪，又恢復了公子如玉的模樣，邊喝著熬得香濃可口的燕窩，肖臨瑜邊後悔昨夜喝得太過了些，心裡暗暗想著往後不能這般才是。

「我聽你娘說，你昨夜醉倒在院子裡了？都是該結親的年紀了，合該穩重些才是。」肖家家主肖海如今年年近四十，長得與肖臨瑜有五分相似卻多了幾分歷經歲月的滄桑與穩重。他知道昨夜發生的事，也知道兒子在洛河州的事，自然要警醒一二。

肖臨瑜自嘲地笑了一聲。「如今我們肖家怕是已經淪為整個京城的笑柄，還結什麼親？」

「白家做出那等不要臉面的事，丟的是他白家的面子，與你何干？」肖海如放下手中的狼毫，那雙長得跟兒子一模一樣的眼睛看向立於庭中的長子，嘆了口氣。「為父知道你的心思，那小丫頭再好，終究是上不得檯面的人家出來的，若是當個側室還可，我們肖家的正房主母，必須是名門世家的閨女。」

肖海如覺得只要能讓兒子收了心好好繼承家業，就是抬進門來當個姨娘也無所謂，畢竟他們肖家家大業大的，多養一個姨娘也不算什麼大事。

可于氏卻不這麼認為，她早已認定是蘇家的小狐狸精勾走了兒子的魂，是無論如何都不願讓蘇家的人進肖家大門的。

「爹，我與蘇幼金不是您想的那般，我只當她是妹子看待罷了。」不可否認，肖臨瑜聽到父親同意讓他迎幼金入門是心動的，可想到離開前那個晚上幼金與自己說過的話，肖臨瑜知道她是絕不可能進門當小的，自己也不想委屈她，不若就放她自由吧！

聽完兒子的話，肖海如有些詫異，他以為兒子能在洛河州住那麼久，肯定是有什麼人勾住他的魂兒才讓他樂不思蜀的，倒不承想他只是拿人家當妹子。「你素來心性堅毅，我知道白家的事不過是你想離京的藉口罷了，既然已經在外頭野了那麼久，也該收收心了。」

「父親，我這輩子一直按照您的想法按部就班地活著，您讓我求學科舉，我晝夜苦讀，考得舉人身分，您希望我繼承家業，打我識字起，便開始學怎麼用算盤。父親，我只是累了想停一停、歇一歇都不成嗎？」肖臨瑜心裡頗有些不是滋味，臉上的笑也越發苦澀。

肖海如從沒想過兒子會講出這樣的話，放下手中的狼毫，一臉痛心疾首的表情看著他。「從你出生起就注定了你是肖家下一任家主，整個肖家的未來都牽繫在你身上。如今你真是越發地放肆了，你且去祠堂向列祖列宗請罪，什麼時候想明白了，什麼時候再起來吧！」

肖臨瑜還想說些什麼，卻看到父親一副恨鐵不成鋼的表情，淺嘆一聲後拱手稱是，便退了下去。

肖臨瑜在祠堂跪了七日，老祖宗心疼長孫，實在看不下去才叫肖海如去訓了一頓，肖臨瑜的跪祠堂思過才算告一段落。

再說洛河州的蘇家，中秋過後，韓立跟著宋華去了茶鄉，留下韓爾華在蘇家跟著洪大爺。蘇家家中依舊是歲月靜好，夾雜著歡聲笑語過著。

在幼金的幫助下，幼荷拿出自己的私房錢在洛河州開了一個小小的雜貨鋪子，賣些家庭用品、針頭線腦什麼的，雖不是什麼大生意，掙個家用銀子還是可以的。幼金委託到定遠打探消息的人，也帶了韓氏的書信回來。

「三嬸在信中並未提及自身，只說了旁人的事，不過我看三嬸的意思，估摸著幼荷姊姊不在定遠，她沒有後顧之憂，要跟三叔鬥的話應該也不成問題。」在幼金看來，韓氏是個十分聰慧且性情果毅的女子，月長壽跟她比起來還是差得遠了，要收拾他估計還是比較簡單的。

蘇氏點頭認同女兒的話。「不過咱們還是要多注意著些，要是妳三嬸出事，咱們還是能幫就幫一把。」

「娘放心，我自有安排。」幼金上回託人去定遠打探消息時，也順帶留意著月家的事，若是出什麼么蛾子了，她能第一時間知道消息才好應對。雖然蘇氏已經跟月長祿和離，不過要是讓月家人知道如今家中的光景，怕是一個個都要撲過來吸血了！

中秋過後，又到了金桂飄香的季節。

蘇家的桂花今年開得極好，人才到山腳下就能聞到夾雜在舒爽秋風中的淡淡桂花香。從今日起是蘇家收桂花的日子，也是蘇家一眾小姑娘們最喜歡的事——搖桂花。

幼金今日穿了一身竹青色的窄袖衣裳，也是梳了兩根麻花辮，雖然是普通的裝束，可少女明豔，竹青色秀雅，襯得十分好看。

牽著小八慢慢地走著，一邊還不忘交代幾個妹妹。「一會兒到了山上可不許亂跑亂走，不許搗亂可知道？」

「大姊妳昨日就說過了，我們都記著呢！咱們快走吧！」心急的小七拉著幼綾衝在前頭，脆生生地應道：「大姊妳快些，宋叔跟牛伯伯都在等了！」牛伯是蘇家的新車夫，如今蘇家共有車夫三人，一個負責每日往返洛河州接送幼銀及幼珠等人，一個是幼金進出專用的車夫，還有一個是平日裡接送蘇氏、宋叔等人的車夫。

牛伯笑呵呵地站在馬車前，見七姑娘最先衝到就一把將人抱起來，小心地放到馬車上。「七姑娘您可得坐穩了。」

「謝謝牛伯伯！」小七十分有禮貌地謝過牛伯，坐在車上朝才走到大門口的幼金等人招手。「大姊妳們快些呀！」

自從那年陳老三等幾人冒充山賊攔路想綁票幼金以後，蘇氏與幼金對家中幾個孩子的安全也越發地重視，平日裡幾個孩子能出門瘋玩的機會不多，所以今兒個能一起出門去玩著實是值得激動的事。

侯家灣的山上，一眾長工昨日就得了吩咐，主家的姑娘們要到山上搖桂花，一早就準備好了接桂花要用的麻布，還有供主家姑娘們解渴的白糖水也早已備妥。除了管事的還在山下的茅屋前等著主家的到來，其他長工一早已經上山去收桂花了。

「大姑娘好，昨兒個聽說姑娘要來，可把我們給高興壞了，如今個個眼巴巴地等著姑娘呢！」那管事的遠遠看見馬車就知道是蘇家人到了，馬車還未停穩就迎了上去，笑呵呵地恭維著。

幼金先下了馬車，又抱著小八下來，其他幾個妹妹也依次下了馬車。站在管事面前，幼金臉上也帶著淡淡的笑。「不過是幾個孩子要出來玩玩，候大叔不必這般大費周章地準備東西的。」將小八交給幼寶帶著，又交代了幾句。「我跟管事大叔說會兒話，幼寶妳是姊姊，要看顧好幾個妹妹。」

前兩年的荒山如今早已收拾得井井有條，一多半都種上了各種樹木，其中以桂花、茉莉、刺玫為主，今兒個開了花的桂花樹有近二十畝，收桂花倒也是一個大工程。

「大姊放心，我會看好妹妹們的。」幼寶認真地點點頭，然後帶著歡呼雀躍著要去探險的妹妹們出發了，帶來的幾個護衛跟僕婦趕忙跟著幾個主子的腳步，生怕主子磕著碰著了。

看著幾個妹妹笑笑鬧鬧地走了，幼金才繼續跟宋叔還有侯家灣的管事說話。

「如今桂花還有多少沒收的？」三人走在平整的山路上，幼金看著長勢喜人的桂花，對跟在落後自己半步距離的侯管事問道。

侯管事原也是蘇家請回來的長工，只因為人本分、做事踏實，所以被升做管事。他恭恭敬敬地回話。「回姑娘的話，如今已收了過半，再兩日便都能收得差不多了，收回的桂花也都曬乾收拾好，裝袋入了倉庫。」

幼金滿意地點點頭，又對一旁的宋叔說道：「等今年的桂花都下來了，咱們這邊只留夠點心鋪子那邊的消耗，其餘的你安排一下送到茶鄉去，讓宋華那邊準備好，先用秋茶試試，等製出好的，明年便用好的試試。」

蘇家在茶鄉的茶園自然沒那麼快有茶葉產出，所以宋華與韓立兩人在茶鄉的任務不僅是日常茶園與茶工的管理，還要尋找到好的茶園供應這兩年所需的茶葉，應付過自家茶園沒有產出的特殊時期。

「姑娘放心，老奴早已聯繫好人，只等這邊桂花入庫就可以安排送到南邊去了。」

宋叔一直都知道自家大姑娘要做什麼，自然事事思慮周全，因此一早就已安排好了後續的收尾工作。

主僕三人在山上轉了一圈，長工們都認識主家的大姑娘，見到大姑娘過來都紛紛停下手頭上的活計跟大姑娘請安問好。

「大家辛苦了，等忙完這一陣，入冬後就給大家夥兒多放幾日假貓貓冬。」冬日裡山上的活計少，幼金也樂意給長工們放假，畢竟辛辛苦苦幹了一年的活，好不容易到大冷天的，也該讓大家夥兒歇歇。

「多謝大姑娘！」長工們都樂呵呵地謝過，然後又開始專心幹活。

等幼金處理完園子的事再去找幾個妹妹時，孩子們早已玩瘋了。

本來就是鄉野裡長大的孩子，還在家裡關得久了，那到地裡還不跟脫韁的野馬一般撒歡地玩？守在一旁的僕婦個個眼巴巴地看著姑娘，生怕出什麼事。

幼金笑著讓眾人放心。「無妨的，她們小時候也是在山間地裡長大的，磕著碰著算不得什麼問題，且讓她們玩吧！」

見大姑娘都這般說了，眾僕婦也就不再那麼緊張，不過也不敢真的放鬆，規矩地守在一旁。

秋收過後，為著蘇康的教育問題，幼金與蘇氏之間還爆發過一場矛盾，原是有一日得空在家的幼金見著自以為乖巧的蘇康因看護他的嬤嬤怕風撲著他，為他多穿一件衣裳時，玩心大發的蘇康被擋住後竟一腳踹開那嬤嬤！

雖說蘇康年紀小，踹一個大人也不會受多大的傷，可瞧著那嬤嬤的反應還有蘇氏等人的反應，竟像是時有發生的事一般！

因著此事，幼金大發雷霆，當場先給蘇康來了一頓打，又與心疼兒子的蘇氏大鬧了一場，最後以幼金的堅持與蘇氏的退讓，又聘請了一位教書先生當西席結束。

幼金是下了狠心要好好糾一糾蘇康這一身的毛病。

「大姊，我去讀書了。」蘇康恭恭敬敬地垂下頭跟幼金道別，如今蘇康每日的行程可以說是滿滿當當——每日晨起練半時辰功，然後上午下午各兩個時辰要到書房去跟著陳先生讀書識字。

蘇家的小姑娘們上午與蘇康一樣，不過下午就是在後院跟著玉蘭學琴棋書畫。玉蘭在經史子集方面的修養雖比不得陳先生，不過自幼也是被當成才女來教養，琴棋書畫也都是拿得出手的。本著技多不壓身的想法，幼金自然都給妹妹們安排上了。

幼金點點頭。「去之前先回去換身衣裳，再喝些熱薑湯祛寒。」雖說弟弟的身子骨比之前好了些，不過還是要注意保養。自入冬以來，薑湯是廚房每日都準備好的，等主子們練完功再梳洗過後，正好還有八分熱，喝下去不過片刻就能讓整個人都暖起來。

蘇康點點頭，然後邁著小步子從練武的後院往前院回了。

小孩子忘性大，有什麼壞毛病要糾正也很容易。看著弟弟圓滾滾的小身子消失在拐角處，幼金重重地吁了口氣，真真是亡羊補牢，若是等到弟弟再大幾歲，怕是才要花大心思糾正這些。

一旁的蘇氏看著兒子變得懂事知禮，說不高興那都是假的，雖不想承認是自己之前把兒子給養歪了，不過蘇氏也知道如今這般對兒子才是好的，對長女的一絲不滿也算是消弭了。

幼金目送弟弟離開後，自己也回房去了。

梳洗過後，穿了一件桃紅色織花錦撒百花裙，配上白色的兔毛襖子，襯得原就面色紅潤的幼金氣色越發地好，因著還未及笄，如雲青絲只綰成了雙丫髻，以桃紅色絲帶點綴其中。

少女的嬌俏模樣落在伺候她梳洗的丫鬟眼中，不禁心中暗暗感慨，大姑娘真真是厲害，長得又好看，還會賺錢，不知道將來是哪家的公子少爺有福氣能娶了大姑娘入門。

「等會兒從西市出來，先去幼荷姊姊家，咱們再繞到雲味軒去。」幼金今日跟西市的一個行商約好要談一筆買賣，想起昨日從北方來的消息，幼金還是決定過去一趟。

今年收成好，洛河州的百姓吃得飽，手裡也有些閒錢，加上如今內河航運極為便利，入冬後洛河州城裡的人倒是不見少。

如今從五里橋往洛河州方向去的南城門外頭，因著洛河州航線的碼頭位於此處，沿岸多了不少叫賣的商家農人，尚未進城，幼金坐在馬車裡頭都能聽得到外頭熱鬧的叫賣聲、討價還價聲，還有透過馬車縫沿滲漏進來的食物香氣，無一不在訴說此處這兩、三年間翻天覆地的變化。

蘇家早兩年在運河開挖前就買下的荒地，如今也蓋成了沿街商鋪，雖比不得城裡繁華，不過連著的四、五家門面倒是能收些租子回來。蘇家的這些門面蓋成後，里正家的趙氏是第一個租下其中一間的，如今每日賣些吃食，倒是比土裡刨食來得好。

因著此事，何家與蘇家越發地親近。何軒海的親事也定了下來，是他書院先生的內姪女，何浩與趙氏對這個未來兒媳都十分滿意。兩家已經過了明路，婚事定在明年四月。為了給兒子攢下老婆本，何浩兩口子是拚了命地幹，每日起早貪黑地做生意，每日都能有幾百文錢進帳。

「如今天兒越發地冷，幼荷姊姊身子重，外頭鋪子的事讓家人操心得了，幼荷姊姊還是多多保養為宜。」幼金手裡捧著一杯還冒著熱氣的紅棗茶淺啜了一口，笑著與幼荷說話。「前些日子得了些皮子，娘特意交代送些過來給姊姊，趕明兒就叫人趕製兩件襖子出來才是。姊姊如今是雙身子的人，萬事可都要注意些，若是柳家敢讓姊姊受委屈，姊姊可不要瞞著我們。」

「妳這嘴皮子越發利了，妳瞧我，這入冬以來，臉盤子都圓了一大圈，哪裡就受委屈了？如今鋪子的事我也不操心了，都由我婆母打理，我只天兒好的時候遛達去瞧瞧，一切好著呢！」幼荷坐在燒得十分暖和的炕上，腰間還墊了一個軟枕分擔重量，面若桃花。「倒是這皮子，年中我成親時伯娘就給添了不少，如今又給我送這麼些，我怎麼好意思要？」

幼金今兒送來的是灰、白兔皮各兩張，還有一張毛色極好的水貂皮，兔皮還好，這貂皮一看就值不少錢，幼荷自從來洛河州後就一直靠著伯娘家這棵大樹乘涼，就連自己的嫁妝單子都是伯娘一家準備的，如今她一個外嫁女，跟蘇家這些妹妹們還是隔了一層的血親，這堂妹還給自己送東西，她哪裡好意思要？

雖然幼荷之前性子弱了些，不過從骨子裡透出的都是韓氏教導出來的大方明理，這近一年發生的許多事倒讓她的性子強了不少，如今與蘇家眾人相處得越發融洽。幼金是真心喜歡這個堂姊，也願意照拂她，姊妹倆都存了交好的心思，關係自然越發融洽。

從書院下學回來的柳卓亭聽說妻子的娘家堂妹今日過來了，也到正房這邊跟這個十分厲害的堂妹寒暄了幾句，然後把空間留給妻子與蘇家堂妹二人，自己則到廚房去墊兩口便回房讀書去了。

「明年就是院試了，妳姊夫心裡著急，妳且別介意。」幼荷笑著為自家相公說幾句話就跑的行為解釋。「院試過後只有不到一年的時間就是鄉試，若是不能，就要再等三年，如今家裡人都生怕吵著他，他自己倒不覺什麼，每日只是埋頭苦讀。」

幼金笑著應道：「姊姊不必說這麼多，我能理解的。再者姊夫要是在這兒，我還不知道要說什麼好呢！」說罷還朝幼荷擠眉弄眼一番，逗得幼荷捧著肚子直笑。

東廂房中正捧著書埋頭苦讀的柳卓亭聽到正房那邊傳來妻子銀鈴般的笑聲，不覺嘴角也露出一絲笑意，心神卻不曾跑偏。

姊妹倆說了好一會兒話，幼金臨走前又往幼荷手裡塞了十兩銀子。「姊姊拿著，就當是我給小外甥買零嘴吃了。」

「幼金妳這是做什麼？」幼荷卻是不肯收這個錢的。「我的嫁妝銀子還有不少呢，手裡不缺錢，妳快拿回去。」彷彿那一大錠銀子是燙手山芋一般，怎麼也不肯收。

「姊姊如今身子重，一大家子上下嚼用都是錢，總不能一點傍身錢都沒有，伸手管公公、婆婆要銀子吧？」幼金將銀錠子緊緊按在幼荷手裡。「姊姊若是真把我當妹子，就收下吧！」

見幼金話已至此，幼荷無可奈何，嗔怪一句。「妳這丫頭啊！」不過心裡還是十分熨貼的，她知道幼金這是真把自己當成一家人看了。送走了妹子以後，幼荷才叫春花將幼金今日送來的東西都搬回東廂房。

「許久不見，三爺越發福相了。」雲味軒中，已經離開柳家的幼金見到黃三爺就行了晚輩禮。

「蘇家丫頭，許久不見，倒是長大了不少。」黃三爺剛從京城回來，才緩過旅途勞累，一聽說是蘇家丫頭來找他，忙不迭地讓下頭的人將她帶到二樓廂房來說話。「妳消息倒是靈通，我才不過回來兩日，妳就上門來了。」黃三爺知主家大小少爺都與蘇家丫頭交好，加上蘇家也是自己眼看著就發家起來的，不自覺就對蘇家丫頭高看一眼。

幼金坐在下首，臉上掛著淺笑，道：「三爺這話說得倒叫我汗顏，今日上門叨擾主要是知道三爺南來北往的消息靈通，想跟三爺打探些消息。」幼金也不拐彎抹角，一來就直奔主題。

雖然如今蘇家主要靠點心鋪子為生，不過平日裡還是有種植不少蔬菜，冬日裡還給雲味軒供應難得一見的新鮮蔬菜豆芽跟豆苗，是以跟黃三爺這邊也一直維持著較好的往來關係，幼金也不是第一回找他打探消息。

黃三爺擱下茶杯，道：「我都快成包打聽了。說說看，這回又要打聽什麼消息？」

雖然蘇家小姑娘喜歡找他打探消息，不過黃三爺也沒有私藏，一直都是知無不言，言無不盡。

「我聽說北方要開始打仗了？」幼金自聽到這個消息，就一直惴惴不安。洛河州雖然離邊境不算近，可若真是攻破了北境，不過半月，鐵騎就能攻到洛河州，到時她蘇家上下數十口人能不能保住性命都是兩說。幼金前世本就是行伍出身之人，自然知道戰爭有多殘酷。

聽蘇家小丫頭一來就是這麼驚人的話題，黃三爺有些嚇到，乾咳了幾聲，略微順了順氣。「我也是前不久才收到消息，倒也不是大規模的戰爭，只是邊境那邊爆發了幾場游兵強搶物資的小戰。今年北方春夏大旱，本就沒多少農作物，還全旱死了，入冬以來又連著下了好長時間的大雪，口糧不足，自然就打起大豐邊境老百姓的主意。」

話是這麼說，不過黃三爺還是面色惴惴，未竟之言裡，也是怕萬一爆發戰爭，洛河州地處大豐國土偏北，物產豐饒，又是重要關口之一，自然是敵軍的主要目標之一。

黃三爺想到的，幼金自然也想到了。寂靜的廂房內，一老一少相對而坐，面色凝重。

過了好一會兒，黃三爺才打破一室寂靜。「蘇家丫頭妳也別想太多，咱們大豐如今也算得上國富力強，若是真打起來，未必會輸。」話是這麼說，可若是在北邊作戰，寒冬臘月的，大豐的軍隊定然沒有北邊敵軍的優勢。黃三爺也不知道該如何說，只得虛應幾句。

幼金也是心不在焉的，又問了一些京城的消息。她有一段時間沒有再收到肖臨瑜的來信，心裡莫名有些失落，便忍不住又打探了幾句。

「我這回入京沒見到大少爺，聽京城的管事說，小少爺開始到京中的官學讀書，怕是三、五年都不會再到洛河州來了。」黃三爺不知道其中關竅，只以為蘇家丫頭是與小少爺交好，便多提了幾句小少爺的事。「有一日我在朱雀大街上見到小少爺騎著白馬從街上過，那京城的小姑娘暗送秋波送得眼珠子都快掉出來了呢！」說到這個，黃三爺忍不住哈哈笑了幾聲。

幼金臉上的凝重表情也收了起來，露出淺淺的笑。「想不到京城民風這般開放，將來有機會定要去見識見識。」

兩人心照不宣地將北境之事翻篇，又說了會子話，幼金便起身告辭了。「今日多有叨擾，多謝三爺。」

「無事，左右如今入了冬，我閒來無事跟妳說說話，倒也算是打發時日。」黃三爺將人送到樓梯口，兩人又寒暄幾句。

幼金這才出了雲味軒，回到蘇家香點心鋪子去。

蘇家香如今生意做得越發大了，幼金一腳邁進自家鋪子大門口的時候，前頭七、八個招呼客人的小丫頭竟無一人是空閒的，每個人臉上都掛著熱情的笑，鶯聲燕語，上門買點心的客人都被哄得開開心心，是以不能怪蘇家香的生意越做越好。

掌櫃的倒是見到幼金了，趕忙處理完手上的事，迎了上來。「大姑娘今兒怎麼有空過來了？二姑娘在樓上呢！」平日裡大姑娘不常來鋪子，有什麼事都是二姑娘和三姑娘商量著就能處理好，若實在解決不了的，才會煩到大姑娘那邊去，所以掌櫃的一下子見到大姑娘還以為出了什麼事，臉上表情不變，心裡卻有些不安。

「無事，我去談事正巧路過，就進來瞧一瞧，妳且去忙妳的吧。」幼金打發了掌櫃的，自己徑直上了二樓蘇家人專用的廂房，透過窗看了看鋪子裡迎來送往，又與幼銀說了一會子話。

如今蘇家香的鋪子足夠大，幼金還在二樓開闢了雅舍，為有條件又有需要的富貴人家的女眷提供會友、逛街歇腳的好選擇。蘇家香二樓的雅舍共有十二間，設有最低消費一兩銀子。一兩銀子在富貴人家的女眷眼中倒也不值什麼，加上蘇家香如今好幾樣都是現烤出來的點心，就是要熱氣騰騰的時候才好吃，是以不少有錢人家的女眷出來逛街遊玩，歇腳時都會選擇蘇家香點心鋪子，所以這十二間雅舍倒也帶來了一月近百兩的收益，一開始還有些猶豫不決的幼銀也再次為長姊作出的決定折服。

正在二樓廂房盤帳的幼銀一見到長姊來了，就趕忙放下手裡的活兒迎上前。「大姊怎麼過來了？不是要去談生意？」

摸了摸幼銀如今已然養得十分有光澤的青絲，幼金笑咪咪地說道：「我談完事情，見時辰還早就過來瞧瞧妳們。最近生意如何？」

聽到大姊問起，幼銀便將帳冊捧到大姊面前。「這月已用了上等精麵粉兩石又八斗，雞蛋三百餘枚，紅豆、綠豆等豆類一石，支出二百一十九兩，收入八百二十三兩四錢。」這個月才過完中旬，蘇家點心鋪子已經賺了六百餘兩，可以說是生意十分好。

「妳如今帳目做得越發明晰了。」幼金滿意地點點頭。「鋪子的事妳多跟掌櫃和幼珠商量著來，若是拿不準的就跟我說。」如今蘇家香有知府的照拂，洛河州眾多有錢人家也都是蘇家香的死忠顧客，自然不會像剛開始時那樣，有不長眼的敢上門來敲詐。不過要營運一個鋪子，瑣事還是多，幼銀的性子綿軟，幼金也是存了要改改她性子的心，是以哪怕家中如今不乏人手，還是要幼銀管理蘇家香的經營事宜。

「大姊放心，我曉得的。」幼銀得到大姊的肯定，心裡也高興，知道大姊這話並無惡意，也十分受教。

放下帳本，幼金喝了口熱茶，又問道：「如今倉庫裡原料還有多少？」點心鋪子是自有倉庫的，也有固定的供應商定期送貨上門，是以原料囤得並不算多，最多也就一月左右的原料。

果然，幼銀回答道：「約莫還有半個月的分量，宋掌櫃那邊過兩日就會送新的原料過來。」

「我一會兒叫人給宋掌櫃的送個口信，這次咱們就多準備幾個月的原料。」幼金想了想，還是決定有備無患，萬一到時真的戰亂，起碼這些糧食能夠支撐自家度過難關。「妳到時候做好入庫登記，另外倉庫的鑰匙一定要保管好。」

「我曉得的，倉庫的鑰匙只有我跟幼珠才有，連掌櫃的我都不曾讓她拿過鑰匙。」幼銀點點頭應道，她自然也知道自家倉庫的重要，鑰匙都是貼身保管的。「大姊怎麼好好的想著要多準備糧食了？」

「聽人說北方有雪災，怕糧價有波動，先存著倒也無妨，左右都是糧食，一、兩年都放不壞。」幼金看了眼有些疑惑的幼銀，笑著解釋道。

她面上淡淡的，幼銀也深以為然，不再多問什麼。

幼金心裡沒底，不過這北方動盪的消息從黃三爺嘴裡說出來，那就有八分的可能是真的。就算知道這是真的，幼金也不敢將此事跟家裡人說，只自己暗暗開始準備，萬一戰爭真的開始，總要為一家老小鋪好活命的路才行。

五里橋蘇家與城裡蘇家香鋪子的倉庫裡都堆滿了糧食，幼金又是買棉花、買皮子，又著人從侯家灣山上的養豬場那裡殺了兩頭豬，全部燻成臘肉以備不時之需。蘇家上下只以為她是為過年做準備，沒有人知道她是悄悄開始做好戰前準備。

蘇家買完糧不過數日，果然北方開始打仗的消息如同無處不到的寒風一般，在洛河州悄悄傳散開來了，一時間到處人心惶惶，糧油、布料這些都是戰時必備的物資紛紛應聲開始漲價。就連平日裡大門不出、二門不邁的蘇氏都聽說了北邊在打仗的消息，愁得不行，彷彿明日天一亮，北邊游牧民族的鐵騎就要踏破洛河州的城門一般。

北邊的局勢從一開始只是游兵偶爾南下搶糧，隨著北邊又連著下了半個月大雪，終於在臘月中旬爆發了大規模的南下掠奪戰爭。洛河州距離北邊邊關快馬加鞭要半個月左右，加之洛河州本就是一省要塞，關口之處有軍隊駐紮，戰爭一時還影響不到這邊來。

游牧民族天生驍勇善戰，加上也是被逼到絕路上，打起仗來個個都是不要命的，入冬以來大豐的軍隊本就糧餉不足，這一對比就落了下乘，竟然真的攻破了邊境線，一路長驅直下，不過十幾日就打到了定遠縣北的嘉興關！

第二十章

數日前。

月家眾人如今個個如同熱鍋上的螞蟻一般，一大家子上躥下跳地收拾行囊要往南邊逃。雖然月家的房屋、田地都在翠峰村，可跟性命比起來，這些身外之物就顯得沒那麼重要了。

這兩年月文濤、月文偉都已成親。

月長壽也學著他二哥那般享了齊人之福，韓氏這兩年來整個人迅速老了下去，也不願意跟月長壽親近。月長壽自從岳丈沒了以後，再無桎梏，每日都喝得醉醺醺地回來，後來更是荒誕到為窯姊兒贖了身，一個窯姊兒登堂入室，成了他心尖尖上的人，兩個兒子因著這事已經不知道被月長壽打了多少次，幾年前最讓人羨慕的一家子，如今早已分崩離析。

月文濤中了童生後，倒是娶了個商戶家獨生的閨女，因著新媳婦帶來的嫁妝銀子不少，也有岳丈的提攜，月家大房又漸漸變成三兄弟間最得臉的，這回張羅著要往南邊逃便是月長福一大家子。

可月家如今上下一大家子加起來有二十幾口人，哪裡是說走就能走的？

大房那邊關起門來商量，殊不知二房跟三房也各自商量了一番。當夜，二房、三房兩家一起，趁著大房跟老倆口不注意，悄悄把家裡的牛車趕走了。月長壽早就把定遠的鋪子給賣了，捲了家裡所有的銀子，只帶了那窯姊兒跟兩個兒子，把韓氏留在了翠峰村。

三房的兩個兒子這兩年早已被父親的所作所為傷透了心，若不是娘親以死相逼，他們就是寧願與母親一同死在定遠也斷不會跟著父親走。

悄悄跟著月長壽等人的牛車從月家出來走到村口，韓氏看著沈沈夜色中向南走的牛車，兩眼發紅。她可以死，她也想月長壽死，可她的兩個兒子還在，為了孩子，她只能看著月長壽等人離去。

等到第二日一早，月家大房的人起來後，才發現家裡的牛車都不見了，只有韓氏一人站在門口，呆呆地看著慢慢飄落的雪花。

「老二老三這兩個畜生！」月大富氣得倒仰，他存了拋下兩個兒子的心，可沒想到兩個兒子竟也生出跟自己一樣的心思！他坐在炕上連罵了好幾句。「兩個白眼狼，不孝子！」

「爹，您現在再怎麼罵，老二老三也早就走了。咱們是不是也得趕緊走才是？這晚一日，北邊指不定就打過來了！」月長福雖然也很想將這兩個老不死的拋下，不過他知道老不死的這麼些年肯定存下了不少銀子，若是帶著他們，一路上的嚼用就都有了，是以只能忍氣吞聲，腆著臉問道。

「你快去鎮上雇個騾車回來，多花些銀子就花了，咱們也趕緊走！」月大富一聽說馬上要打到翠峰村來了，便趕忙拍了拍炕，開始吩咐家裡人幹活。「老太婆趕緊帶著老大家的，蒸幾屜饅頭出來帶著路上吃，還有該收拾的衣衫被褥，都趕緊收拾好，帶不走的就都鎖起來。」

眾人雖然都亂成一團，不過月大富一家之主的威嚴還在，他一發話，眾人便都忙不迭地開始張羅起來。

所有人都在忙裡忙外的，只有韓氏一人，彷彿一切繁雜都與她無關一般。小陳氏進進出出忙活時不知道用眼睛剜了她多少回她也視若無睹，把小陳氏氣得立即又去跟婆婆告狀兼出餿主意。

「娘，這老三家的老三自己都不帶走，留著難不成還要跟咱們一起走啊？」小陳氏一邊揉麵一邊跟老陳氏嚼舌根。「我方才看她在那兒跟石頭一般杵著，也不知道過來搭把手，真真是個白吃白拿的累贅！」

小陳氏是給老陳氏上慣了眼藥的，果然，老陳氏聽完她的話立時就罵了起來。「妳個掃把星、小娼婦，自己家老子死了整天就哭喪著臉！要不是她，當時老三家的幼荷嫁給城裡的員外，如今日子不知道多好過！大好的家業都被她糟踐了，還想跟著老娘白吃白喝？作她的白日夢去！」

聽到老陳氏這般說，小陳氏心裡暗喜，少一個老三家的就少一個拖累，也少一個人跟自家搶兩個老東西的積蓄，臉上不由得露出一絲喜意。一旁蹲著燒火的文濤媳婦兒聽到婆母跟祖母這般，一個大氣都不敢出，只垂著頭生火。

月長福很快就雇好一輛正好也要往南逃的騾車，那人只是夫婦二人，見月長福給的價高，便同意了接上月家老小，一同往南去。

如今整個翠峰村已然走了十之八九的人，只有老族長跟幾個族老誓死不肯走，其餘人都紛紛往南逃了。

月大富在正房裡頭背著所有人將銀子、房屋地契全都貼身藏好以後，才從正房出來，一一將各處門都落了鎖，最後鎖住大門，一家老小上了騾車，大青騾便撒開蹄子往南跑。

月家大門口站著的，是拎著一個小破包袱，不知何去何從的韓氏。

月家眾人最後還是丟下了韓氏。

「大姑娘！接到人了！」大年初二，是月幼荷回娘家的日子，月家正院裡正是熱鬧的時候，外頭宋叔三步併作兩步的進來，然後伏在幼金耳邊小聲地說了句話。

幼金點點頭。「先把人帶進來吧。」

宋叔得令，拱了拱手便退了出去。

「把什麼人帶進來？」蘇氏正與幼荷說說笑笑的，聽到幼金這般沒頭沒腦地說了一句，蘇氏便隨口問了句。

幼金坐到幼荷身邊，拉著幼荷的手，且笑不語。

幼荷看著她這副模樣，心中沒來由地一顫，有些不可置信地問：「是我娘嗎？」

「人沒事，幼荷姊姊先別激動，妳如今已經快八個月的身子了。」

幼金這話便是證實了幼荷的猜測，幼荷的美眸中瞬間淚光盈盈，兩手緊緊抱著肚子，生怕自己太激動引得孩子也激動起來。

出去的宋叔很快又回轉進來，這回後面還跟著已經瘦脫相的韓氏。

「娘！」幼荷站在正院裡頭，看到宋叔身後的韓氏，眼淚再也忍不住，往前走幾步，撲到韓氏懷裡，已然哭成了淚人兒。

「好孩子，娘一切都好。」韓氏抱著分別了許久的女兒，柔聲安慰之餘，看向幼金以眼神表示感謝。

蘇氏也是好哭的，也紅了眼眶。

幼金見事情頗有一發不可收拾的意思，趕忙打斷道：「幼荷姊姊如今有了身孕，萬萬不可太過激動，三嬸趕了好幾日的路，不若先坐下來歇會兒，咱們往後有的是日子相聚呢！」

聽到幼金這般說，韓氏才發現女兒已經挺了個大肚子，趕忙嗔怪道：「妳這孩子，都是要當娘的人了，還這般好哭，等來日孩子生下來變成個小哭包可怎麼好？」嘴裡一邊怪女兒，一邊小心地扶著她坐下來，自己則在蘇氏的示意下坐到了蘇氏身邊。

一旁侷促地站了許久的柳卓亭這才上前去見禮。「小婿柳卓亭，見過岳母。」

韓氏細細打量了一番二房為女兒選的夫婿，最後滿意地點點頭，這年輕人一看就是個正派的好孩子。「好孩子，這些日子辛苦你照顧幼荷了，有什麼不是還要你多擔待一二。」

「岳母言重。」

柳卓亭雖有些一板一眼，不過在丈母娘眼裡就是這個年輕人懂禮節的表現，真是丈母娘看女婿，越看越滿意。

幼金見母女倆都沒那麼激動了，才緩緩問道：「三嬸，怎麼就妳一個人來了？文生哥兒倆呢？」幼金打發人去接韓氏，是想著把韓氏跟兩個堂兄弟都接過來的，畢竟韓氏不可能把兩個兒子扔下不管。

韓氏嘆了口氣，才將數日前翠峰村月家的事娓娓道來。

聽完韓氏的話，幼荷只覺得被氣得胸口怦怦跳。「爹怎麼會變成這個樣子？那弟弟們跟著爹會不會出什麼事？」幼荷自幼與兩個弟弟感情十分要好，如今外頭動盪不安，她自然也是揪心的。

幼金聽了倒是不知該笑還是如何，這月家的男人還真的是一家人啊，大難臨頭各自飛。微微拍了拍幼荷的手，沈聲安慰道：「幼荷姊姊跟三嬸且放心，既是往南逃的，指不定也會到洛河州來，我會叫人打聽打聽，找到了就把人接回來，不讓他們跟著三叔受苦。」

韓氏激動地站起身來，然後朝幼金與蘇氏的方向跪了下去，連磕了好幾個頭。「多謝嫂子跟幼金！若不是妳們出手相助，我們家幼荷還有我，指不定連命都沒了！」

「嬸子（妳）這是做什麼？」幼金與蘇氏都一起跳了起來，忙將人扶起來坐好。

蘇氏拉著韓氏的手，嗓音微啞。「咱們都是一家人，當年若不是妳明裡暗裡幫著我們，幼金她們姊妹指不定要受多少難呢！」

韓氏自從到了五里橋看到蘇家的大門，就知道蘇家如今是真的發跡了，本以為人心都會被財帛所迷，韓氏之前還有些不安，如今也都全然沒有了，妯娌兩人親近一如往日。

韓氏的到來讓本就歡樂的新年變得更加圓滿了些。幼荷有太多的話想要跟韓氏訴說，也有太多的話要問，柳卓亭也知道妻子的心思，就留了幼荷一人在五里橋，自己回了洛河州跟爹娘解釋。柳家兩老也是知道兒媳婦家一些細枝末節的事，聽說是親家千里迢迢趕了過來，加上兒媳婦如今身懷六甲，自然也不計較這些小事。

再說回蘇家，韓氏與眾人說了好一會子話後，才跟著幼金安排的下人下去梳洗一番。

等韓氏換上蘇氏為她準備的乾淨衣裳，收拾好再回到正院時，蘇家的僕人已將晚飯都擺上了飯桌。

見韓氏來了，蘇氏拉著她的手在上首坐下來。「這衣裳原是我做來過冬的，還怕妳穿著不合身，不承想還大了些。」韓氏與蘇氏個頭差不多，不過韓氏原是豐滿的體型，蘇氏偏瘦。可韓氏這兩年過得並不好，人也瘦了不少，蘇氏這兩年養得好，倒是長了不少肉，是以蘇氏的衣裳穿在韓氏身上，反倒還有些寬鬆了。

「無妨，趕明兒我叫人趕製兩身衣裳出來給三嬸穿便是。」幼金站在蘇氏身旁，笑咪咪地看著精神稍好的韓氏。「三嬸就在家裡住下，正好跟娘作伴。」

韓氏倒是不願意的。「我已經麻煩妳們這麼多了，怎麼還好在妳們家白吃白住的？」韓氏也知道若是留在蘇家必然好，可她的心性從不允許她這般挾恩以報，加上兩個兒子如今還不知所蹤，也怕自己住在蘇家給蘇家帶來麻煩，是以她是不願住下的。

「娘跟我回家吧！柳家雖然地方比不得伯娘這兒大，擠擠總是能住的。我這也快生了，娘在我身邊我總能安心些。」幼荷是韓氏的女兒，自然也猜到韓氏的心思，便想將韓氏帶回柳家。

韓氏一聽也猶豫了，她是生過三個孩子的，自然知道女人生孩子都是在鬼門關上走一圈。自己女兒從小是嬌慣的，若是沒有她在身邊看著，總還是不放心。

幼金見眾人一時都拿不出個主意來，便趕忙招呼大家入席。「菜都擺好了，咱們還是先吃完飯再說吧！三嬸這一路奔波，怕是也沒機會吃口熱乎的，有啥事咱們吃完飯再慢慢說。」眾人互相招呼著入席吃飯。飯席之間，其樂融融，自無須多提。

夜色如墨，熱鬧了一整日的蘇家也漸漸歸於平靜，前門後院均已落鎖，只有護衛分上下夜兩次在蘇家周邊巡夜，其餘人早已在溫暖的被窩中與周公相會。

後院，幼荷出嫁前在蘇家的閨房中，韓氏與幼荷母女倆躺下有一搭、沒一搭地說著話。幼荷有太多想要問的、想要知道的，因此大多時候都是韓氏小聲地說，幼荷專心地聽娘親說起定遠的那些人和事。

「其實妳爹的打算我早就猜到了，不過當時還是抱著一絲奢望，妳走後沒多久，妳姥姥也沒了。這回逃難我本以為他會顧及我們多年的夫妻情分，不承想他竟狠心到如此地步。若是還能活著見到他，我是定要與他和離的。」韓氏雖然要強，可真跟女兒說起自己被丈夫拋棄逃命的事時，還是忍不住紅了眼眶。「只是可憐妳與文生、文玉哥兒倆。」

幼荷緊緊摟著韓氏的胳膊，淚在眼眶中轉了好幾圈，最後無聲掉落到軟枕之上。

「娘放心，我定不會放任您不管的，往後您就跟我一起住，我給您養老！」

「妳個傻姑娘，哪有娘家人上門要婆家養的？」女兒這般熨貼，韓氏心裡自然也高興，不過為著女兒好，她還是柔聲拒絕了。「娘如今還這般年輕，哪就要到養老的地步了？娘還想著自己做點小生意，若是妳兩個弟弟願意跟著娘，娘還要供他們繼續讀書呢！」

知道娘親心裡這般有成算，幼荷也跟找到了主心骨一般，用力地點點頭。「好，我如今手上還有些銀子，到時候一併給娘。」

那邊月家母女倆說著悄悄話，這邊蘇家母女也在為韓氏的將來打算。

「幼金，妳三嬸是妳張羅著接過來的，想來她將來如何妳心裡也有成算了吧？」蘇氏想起晚飯時女兒的言行，知道她定是有了什麼想法。「妳三嬸是有恩於咱們家的，妳可得好好安排才是。」

幼金喝了盞燉得軟糯可口的銀耳羹，笑道：「娘放心，我既把三嬸接了過來，自然是有我的打算。不過如今才過年，有什麼安排的也等過完年再說不是？」

蘇氏知道大女兒是最有成算的，她如今既這般說，想來便是有了安排，也就不再多問，只叮囑了兩句早些歇息。「夜已深了，如今正值過年，妳沒啥事就早些睡吧。」

「娘放心，我曉得的。」幼金點點頭，叫來秋分打著燈籠送蘇氏回正院歇下，自己則坐回書桌前，繼續蘇氏來之前未做完的事。

幼荷在五里橋住到了大年初四，才在柳家兩老的催促下，依依不捨地告別韓氏與蘇家眾人，回了洛河州。

韓氏站在河堤上，看著女兒坐的馬車噠噠地向城裡去，直到馬車走遠變成一個黑點，韓氏才哈了一個熱氣，暖了暖凍僵的雙手，返身進了蘇家的大門。

「幼金，我會盡快找到事情做，然後從你們家搬出去的。」韓氏有些赧然，她身上所有的積蓄都悄悄塞給了文生，來到洛河州時身無分文，如今荷包裡也只有女兒給的幾兩碎銀子，只能厚著臉皮在蘇家白吃白住一段時間。

幼金看著有些侷促的韓氏，笑著拉她坐下來。「三嬸這是嫌在我們家住得不舒服，所以要急著離開嗎？我本還有事兒要煩勞三嬸，如今您這一說，我反倒都不好意思煩勞您了。」

「不煩勞，妳有什麼事儘管說，只要我能幫得上忙！」韓氏一聽說幼金有事找她幫忙，立時就應了下來。「我都聽幼荷說了，妳們花那麼些銀子給她置辦嫁妝，還時不時地補貼她不少，我們母女欠你們太多了。」

「三嬸都說了，我們是一家人，一家人哪裡要分這麼清？」幼金心中對三嬸與幼荷的為人越發滿意，將自己的盤算說與韓氏知。「我原是想著過完年後在洛河州再開一處鋪子，三嬸自幼跟著韓爺爺做生意，這新鋪子的管事，我可是屬意讓您來的，您若是真心疼姪女兒我，就一定要應下來才是。」

「我不過都是打理雜貨鋪子的雜事，都是小打小鬧，哪裡做得來這些？」韓氏心想定是二嫂為自己說話了，所以幼金才這般為自己鋪排，心裡越發地愧疚。「幼金，嬸子知道妳是好意，可嬸子自認沒多少本事，若是厚著臉皮應下來後還給妳添麻煩，那才是不顧一家人的情分。」

聽到韓氏這番話，幼金反而更堅定了要把新鋪子交給韓氏來管的想法。「三嬸，您是不知道這想找一個知根知底，人品性情又信得過的管事有多難，我是好意，不過我也不會為著您就把家裡的銀子拿來打水漂的，我是信得過三嬸的本事，才會開這個口，三嬸若是有意，不若等年後鋪子開張了先試上一段時間，若實在不行，那咱們就再打算如何？」

看著幼金目光灼灼的模樣，韓氏莫名覺得心裡有了些底氣。「成，那我就試試。」韓氏並不是拎不清的人，她知道姪女兒這是為了自己，心裡暗暗想著，等到鋪子開張以後定要管好，才對得起二房一家子對自己的恩情。

幼金見韓氏肯應下此事，心裡對她就更滿意。她就欣賞韓氏這樣不拖泥帶水、不矯情的人，當即又跟她說了新鋪子的打算。

如今蘇家要走動的親戚也只有柳家，另就是一些平日裡有生意往來的客戶，也要借著過年的日子多多走動，新鋪子的事既然幼金是打定主意給韓氏管，自然後面幾日的走動也都帶著韓氏。幼金也不止一次地提起已安排人到洛河州打探文生、文玉哥兒倆的消息，韓氏心中的愁緒倒是沖淡了幾分。

新春的洛河州城裡，依舊是人聲鼎沸，雖然大家都知道北方在打仗，不過年還是要過的。

當月長祿與月長壽兄弟倆到洛河州的時候，已經是年初八了。

「這洛河州真是繁華！」坐在牛車上的婉娘抱著快三歲的兒子，兩眼跟大風吹轂轆一般轉個不停，完全被洛河州的繁華迷住了眼。「當家的，不若咱們就在這兒住下吧？」

月長祿兄弟倆駕的是牛車，本就走得慢，加上一路上停停走走的，又不像蘇家的車夫一般認識路，在路上倒是耽擱了好些天。如今到了洛河州，兄弟倆也是累得夠嗆，聽到婉娘這般提議，月長壽看了看自家的嬌娘，便朝月長祿點點頭。於是，月家二房三房就在洛河州暫且停了下來。

洛河州繁華，意味著消費也高。月長祿這三、四年在婉娘的枕頭風影響下也存了些私房錢，卻耐不住一家三口在洛河州每日這般花銷。加上月長壽是個精的，當時帶上二哥一起走只是為了路上多個伴，打著若是遇著什麼危險就把二哥一家給賣了的主意，銀錢卻都是分得極清的。

月長祿看著三房兩個大人加兩個半大小子，在洛河州住下以後還能每日都吃上些熱乎的，不像自家只能每日吃最便宜的三合麵饅頭應付一二，婉娘都不知道跟他私底下鬧了多少回，他的心肝寶貝文寶也不知道哭了多少回要吃肉。一想到同是兄弟，老三這般每日好吃好喝的，自己卻只能吃個半飽，月長祿就更不甘心了，悄悄打上了三房的主意。

月家哥兒倆都為著要省錢，住在了洛河州西市最便宜的大車店裡頭。月長祿打定了主意要從老三身上搞些銀子，甚至連藉口都不用尋，大車店裡頭人來人往的，丟個銀子不也是正常之事嗎？

當日夜裡，趁著月長壽一家熄燈睡下後，大車店的過道裡也空無一人，一道人影掩沒在夜色中，悄悄閃入了月長壽一家暫住的房裡。可誰承想，螳螂捕蟬，黃雀在後，月長祿進了三房的房間後，不過前後錯腳的時間，另一道黑色的人影從茅房那裡出來，悄悄進了月長祿一家三口住的房間。

因著婉娘作天作地的撒潑打滾不願住通鋪，月長祿才忍痛以兩倍之價住了小小的單間，他自己去偷老三銀子的同時，卻沒承想老三也惦記上了他。只剩下婉娘與一個不到三歲的兒子在房裡，月長壽自然是如魚得水，可尋摸了好一會兒只找到不到兩錢的碎銀子，黑乎乎的房裡，月老三生怕吵醒了二哥，只得鳴金收兵，拿著聊勝於無的碎銀子從二房的房間出去。

「老三？你怎麼在這兒？」那頭月長祿從老三的房間裡滿載而歸，卻正好看到老三站在自己門口鬼鬼祟祟地張望，便開口問道。

原就作賊心虛的月長壽被二哥從後面這冷不防地嚇了一下，只覺得背上的寒毛都豎了起來，臉上露出僵硬的笑，磕磕巴巴地說道：「沒、沒什麼，我從、從茅房出來，路過，路過。」說罷也不管月長祿一臉懷疑地看著他，拔腿往自己房裡回。

月長祿看著老三一臉心虛的模樣，心中有些懷疑，可又說不出個所以然，只得暫時作罷。

第二日清晨，兩聲怒吼分別從兩間房裡傳出：「哪個王八羔子（畜生）偷了老子的銀子?!」話音剛落，兄弟倆分別從不同的房間裡開門出來，怒氣沖沖的模樣著實有些嚇人。

大車店的掌櫃看著眼前一副要吃了他的表情的兄弟倆，笑呵呵地說道：「兩位客人，本店規矩，財物由物主自行保管，若是人人都跟您二位這般，丟了銀子就要我們店家賠，那我們還要不要開店做生意了？」大車店的掌櫃也是見慣風雨的人，哪裡會被這兩個北方逃難來的窮鬼唬住？

「我的銀子昨日還在身上，今日一早起來就不見了，不是你們偷的，那就是住店的人裡有偷兒！」月長壽丟了足足五兩銀子，如今只覺得心口都在滴血。五兩銀子啊！那可夠他們一家四口省吃儉用吃上好幾個月了！

「你小子怎麼說話的？」大車店裡住的人大多是南來北往的鏢師、客商，其中不乏脾氣暴躁的。這不，一聽到月長壽這般說，立即就有個手裡拿著一人高木棍的方臉漢子站起了身，虎視眈眈的模樣看得月長壽沒由來地心肝顫了一顫。

「和氣生財、和氣生財。」大車店掌櫃的夾在三人中間，安撫那方臉漢子幾句。「不過是鄉下出來逃難的，沒見過什麼世面，劉兄大人大量，跟他們有啥好計較的？」

那姓劉的方臉漢子見掌櫃的從中調和，便冷冷地瞪了月家兄弟二人，「哼」了一聲。「今兒個就給掌櫃的面子，往後可別犯我手裡！」說罷邁著大步子出了大車店。

掌櫃的見他走了，心裡也鬆了口氣，又回過頭來對月家兄弟二人說道：「兩位若實在說丟了銀子，小老兒跟衙門裡的差爺也有兩分交情，要不我這就叫人去報官如何？」

「不能報官！」兄弟倆作賊心虛，不約而同地大吼道，然後都意識到自己犯了一個錯誤，才又擰巴地改口。「不過就是丟了些碎銀子，就不麻煩了！」

「是啊是啊，不麻煩了！」月長祿舔了舔有些發乾的嘴唇，艱難地應了一句，兄弟倆在掌櫃若有所思的目光中落荒而逃。

掌櫃的見他兄弟二人這般模樣，只覺得是兄弟倆賊喊捉賊，存了坑他一把的心，心裡想著若是尋了機會一定要把這兩家人趕出去才是。

月長祿兄弟倆既是苦主，可也都作賊心虛，因此兩人沒了報官的心思。

再說那月長祿這回在老三這兒得手一次就得了五兩銀子，銀錢來得容易竟叫他生出了別樣的心思：他在街上給人幹苦工，賺血汗錢，一個月不過幾錢銀子。可這一夜之間得手，就得了五兩銀子！老三是個面上光的，沒多少銀子，可這兒是哪兒？洛河州啊！最不缺的就是有錢人！

月長祿越想越覺得此路可行，背著婉娘與月長壽，獨自一人到洛河州街上遛達。洛河州如今湧入了不少北方逃難來的百姓，人多手雜的，倒真讓月長祿得手了兩個。月長祿也知道自己不擅長做這樣的事，因而也不敢一上去就往那有錢人身上撞，偷了兩個都是平頭百姓打扮的漢子，到手二錢銀子，勉強讓他滿足了。

幼銀今日難得被長姊放假，帶著丫鬟到布莊去挑兩疋夾綢料子準備給韓立裁製春衣。過年時大姊將韓立與她的事過了明路，韓立到蘇家這兩、三年做事勤懇，為人忠厚，加上韓立承諾將來兩人成婚後依舊跟著蘇家一起住，不入贅，也不讓幼銀與家人分別，蘇氏對此事自然舉雙手贊同。

「二姑娘這般溫柔賢淑，韓哥兒真真是三輩子修來的福氣才能入了姑娘青眼。」幼銀如今身邊配了一個名叫立冬的貼身丫鬟，立冬長了一雙圓滾滾的大眼睛，配上圓嘟嘟的小臉，十分討喜，如今正跟在幼銀身邊嘰嘰喳喳地說著話。

幼銀芙蓉般的小臉微微發紅，也不應立冬的話，指了指一疋靛青色的夾綢料子。

「麻煩小哥拿這個給我瞧瞧。」

那布莊的小夥計也有眼力見兒，立時就取了過來。「姑娘眼光真好，這可是今春新進的料子，做成衣裳穿在身上最適合不過，又暖和又精神！」小夥計聽到方才那小丫鬟說這小姐打扮的姑娘是要買來送給心上人的，又取了疋竹青色的料子過來供她選擇。

「姑娘瞧瞧這個，也是極好的。」

幼銀輕蹙眉頭，糾結了一會兒，最後又選了一疋月白色，共三疋料子。「就這三個吧。」

結了帳，主僕倆抱著料子出了布莊，守在布莊門口的護衛就立即跟上來。「二姑娘。」然後十分有眼力見兒地接過主僕倆手裡抱著的料子，跟在幼銀身邊。

這是因著今日洛河州內的外來人口越來越多，大姊擔心她的安危，特意點了家中的護衛來保護她的，雖然幼銀覺得沒有這個必要，不過大姊堅持，她也就帶上了護衛。

「咱們回去吧！」幼銀朝護衛點點頭，主僕三人也不趕時間，邁著步子往點心鋪子回。

在距離點心鋪子還有一個街口的時候，幼銀看到一個這輩子都忘不了的身影從街那頭緩緩向自己走來。

「姑娘？」立冬首先發現幼銀的不對勁，趕忙扶住了臉色瞬間白得瘮人的二姑娘。

「姑娘您怎麼了？您說句話，別嚇婢子呀！」

幼銀已經聽不見立冬說什麼，喧鬧的洛河州街頭的聲音全都變成虛無縹緲的風一般，她的眼中只看到那個臉上頂著一條疤的漢子，彷彿自己回到了翠峰村，回到那個任人打罵的年歲。那人走得越近，幼銀就越害怕，甚至整個人都已經抖若篩糠，只求那人千萬別看到自己。

月長祿得手了兩個，心滿意足地往西市回的時候，看到路邊一個十三、四歲、長得頗有幾分姿色的小姑娘死死地盯著自己看，許是作賊心虛，越發不敢光明正大地往那邊看，只側著眼悄悄瞥了好幾眼，隱約看到那小姑娘穿著打扮都極好，想必是個富貴人家的小姐，若是得手，又能有不少銀子才是……

護衛也發現那道打探的視線，直接擋在幼銀身前，凶狠地往視線來源瞪了回去，然後頭也不回地跟立冬交代。「我看著二姑娘，妳快回店裡請大姑娘來。」今日正是大姑娘在店裡坐鎮，二姑娘才抽空出來轉轉的。

月長祿被那挎刀的年輕人惡狠狠地瞪了一眼，立即認慫，灰溜溜地走了，只留下早已冷汗濕了背的幼銀。

一路小跑回店裡請人的立冬很快就帶著幼金回來了。

幼金一來就看到幼銀整個人如同到鬼門關走一遭一般，立即上前將人扶住。「幼銀，大姊在這兒，別怕，別怕。」

「大、大姊，我、我、我……」幼銀已然嚇迷糊了，話都說不完整。

幼金當機立斷，直接給立冬使了個眼色，兩人一左一右死死地扶著幼銀往店裡回。幼金附在幼銀耳邊低聲哄道：「別怕，不管出什麼事，有大姊在。」所幸方才幼銀出事的地方距離蘇家香不遠，四人不過一刻鐘就回到了店裡。

將幼銀扶回二樓廂房，又將身邊人都打發掉。

被強灌了幾口熱茶進去才緩過勁的幼銀終於能冷靜幾分，將方才之事說與幼金知道。

「大姊，月長祿、月長祿他來了！」幼銀的情緒穩定了不少，可內心的慌亂無措卻束縛得她喘不過氣，整個人手足無措地看著幼金。「我看到他了！我真的看到他了！」

幼金伸出手緊緊將幼銀的手攥住，柔聲安撫道：「無妨的、無妨的，一切有大姊在。」眼中卻慢慢凝出一股子寒意，月家的那些人對她們始終是個禍害，是該想個法子了結才是。

幼銀的情緒一直不大安穩，幼金只得叫人去請寧安堂的大夫過來給她開了幾帖安神的藥，又叫立冬拿著到鋪子後頭的後廚去煎了藥端過來哄著幼銀喝。

幼銀喝了藥不過半個時辰，藥勁就上來了，不一會兒就靠在榻上沈沈睡去。幼金取來錦被輕輕為她蓋上，吩咐秋分留在裡頭看著幼銀。自己則到隔壁廂房，將立冬與護衛都叫過來，細細詢問今日之事的詳細經過。

聽到家中護衛大概描述了一番那個有些可疑的中年男子的模樣，說到那漢子臉上還有一道疤，幼金心中一沈。「我曉得了，此事你倆都不許外傳，尤其是太太跟幾個姑娘。」

雖不知是為何，不過想著方才二姑娘的異常，又看著大姑娘如今神色凝重，兩人心中一緊，想來此事茲事體大，便都行禮稱是。「是，婢子（屬下）明白。」

揮了揮手將兩人打發出去後，幼金獨自一人在廂房裡坐了許久，直到那杯原先還冒著氤氳香氣的花茶變得冷澀，最後才拿定主意。

月長祿兄弟二人的行蹤並不難打聽，不過半日，蘇家的護衛就將消息打探回來了。肖護衛長站在廂房內，尊敬地拱手將今日打探到的消息一一回稟。「稟大姑娘，那月家兄弟倆不過才到洛河州數日，前幾日兄弟倆還鬧著說銀子不見了，那掌櫃的說要報官，兄弟倆又跟作賊心虛一般灰溜溜地跑了。」

幼金端坐在主位之上，聽完肖護衛長的話後，修長而略帶一層薄薄繭子的食指微微彎曲，小聲而有節奏地敲著酸枝木桌面。過了片刻，才道：「有勞護衛長，這幾日安排人跟著月長祿，不要打草驚蛇，有什麼動靜要立時告知我。」

月長祿是逃難過來的，一沒背景，二沒勢力的，幼金如今想收拾他那就是分分鐘的事，但大豐雖民風開放，忠孝依舊是極重視的。若是此事留下了手尾，日後讓人翻查出來，幼金與蘇家眾人也討不了好。為今之計，便是先找著月長祿的命門，再慢慢地收拾他。

再說月文生兄弟二人，被迫跟著父親逃難來到洛河州以後，月文生心中大動，他是知道姊姊就在洛河州的，在幼荷與如今的月長壽之間選擇，月文生也會毫不猶豫地選擇幼荷。

這一路上，月文生兄弟二人都表現得算聽話，因此月長壽對兩個兒子並沒有嚴加看管，反倒是樂得兩人不在眼前，好讓他有時間跟嬌娘膩歪到一起。這不，文生兄弟倆才出了三房如今住的房間門口，關上木門，裡頭就傳出女子嬌媚而輕浮的聲音。

月文生雖還不通人事，可也不是個傻子，自然知道裡面發生了什麼。臉色變得十分難看的他拽著還有些懵懵懂懂的弟弟，邁開步子氣沖沖地往外頭去。

可真等他出了大車店，站在人來人往、車水馬龍的洛河州街頭時，他才發現原來洛河州如此大，要在洛河州找一個人，無異於大海撈針。

月文玉看著熱鬧的街市，有些好奇又有些不安地拽著月文生的衣角。「三哥，我們要去哪兒啊？」月文生在月家行三，才八歲的月文玉經過這番家變與輾轉，如今娘親不在身邊，爹早已不是那個疼愛自己的爹，他唯一信任的只有他的親哥哥了。

「我們去找娘跟姊姊。」雖然心裡有些慌亂，不過月文生卻眼神堅定。娘曾經告訴過他，姊姊在洛河州嫁了人，臨走前娘也跟自己說過，她會到洛河州來找姊姊，雖然月文生不知道這是韓氏為了哄他跟著月長壽走而編造的謊話。

一聽說是要找娘跟姊姊，月文玉也是精神一振，不過瞬間又被這偌大的洛河州給拍回現實。「可是三哥，這地兒這般大，咱們怎麼找啊？」

可月文生是堅持要去找的，果斷地邁開步子向前走去，道：「就算是大海撈針，只要有一絲希望，咱們都不能放棄！文玉難道想跟著爹一起走嗎？」

一聽到三哥這般反問，月文玉就連連搖頭。「我跟三哥一起。」兄弟倆就這樣挨家挨戶，一條巷子一條巷子，漫無目的又十分堅持地在洛河州的大街小巷中轉了起來。

那廂幼金雖還瞞著蘇氏等人，不過卻悄悄將此事說與韓氏知曉。「如今三叔與兩位兄弟都在洛河州，三嬸若想與三叔和離，此時便是最好的時機。若三嬸想跟三叔破鏡重圓，我便最後幫您一次。」若是韓氏還要跟月家的人有什麼牽扯，幼金只會最後再幫她這一次，往後便橋歸橋、路歸路。

韓氏聽完幼金的話，不假思索，立時便作出決斷，神情果決地看著幼金。「我要跟月長壽和離。」她與月長壽十幾年的恩愛早就在他想要將女兒推入火坑時淡了幾分，又在他把那個女人帶進門時全部斷絕了。

「幼金，三嬸想再求妳一件事。」韓氏站到幼金面前，彎下雙膝，直接跪倒在地。「能不能把妳兩個兄弟也帶回我身邊？如今月長壽就如同鬼遮眼一般，文生、文玉哥兒倆跟著他，那真是一輩子的前程都要搭進去了！」

幼金趕忙將人扶起來坐回原位，低聲道：「三嬸這是做什麼？我知道您對兩個兄弟掛念得緊，兩個兄弟何嘗不是？」說罷揚聲衝門外道：「把人帶進來吧！」

韓氏先是不明所以，可當她轉頭看到兩個瘦了不少的兒子就呆愣愣地站在門口時，眼淚立時就下來了。「文生！文玉！」

「娘！」文生哥兒倆在洛河州轉了好幾日也沒撈到一根針，今日更是一出門就被兩個挎刀的人請到了這個這兩日自己曾路過好幾回的點心鋪子。哥兒倆一開始還惴惴不安地坐在隔壁廂房，桌上擺著的新鮮出爐的糕點兄弟倆也不敢嚐一口，問那兩個護衛，他們什麼也都不說，直到方才，一個綠衣小丫頭過來請他們出去，兄弟倆還是有些不安。

所有的不安在見到韓氏的那一瞬間全部消失了。

文玉年紀小，直接就撲到了韓氏懷裡，乾瘦的小臉早就被淚水畫花，一邊哭還一邊打嗝。「我、我、我還以為再也、見不到娘了！」

「傻孩子，娘不是好端端在你面前了？」韓氏憐愛地看著小兒子，拿著帕子細細地將他臉上的淚痕擦乾，又看向兩眼憋得通紅的大兒子，伸出手道：「文生！」

文生兩眼通紅，緊緊咬住牙關，生怕自己失態一般，邁著沈沈的步子走向韓氏。

韓氏心疼地將大兒子也納入懷中。「辛苦你了。」

文生微微搖頭，在所有人都看不到的地方，一顆豆大的淚珠悄悄滑落，滲入衣衫中再無人知曉。這幾日在洛河州打探消息的同時，北方戰事慘敗的消息不斷傳來，今日一早傳來定遠失守的噩耗，月文生更是惴惴不安，他已經開始懷疑當初娘是為了讓他們離開才編造的謊言，娘若是自己要走，為何把銀子都給了自己？

月文生越想越害怕，可又不敢外露一分。所有的不安、後悔、焦慮都在見到娘親的這一刻全部煙消雲散，幸好，幸好娘沒事。

看著因重逢喜極而泣的母子三人，再想想這幾日都有些魂不守舍的幼銀，幼金不禁嘆了口氣。同樣是為人父母的，看看韓氏跟兒子重逢，再看看月長祿把幼銀嚇得魂不附體，真真是諷刺至極。

幼金還在晃神的時候，韓氏就領著兩個兒子再一次給幼金跪下。

「幼金，妳對三嬸一家的恩情，三嬸無以為報……」

「三嬸這是做什麼！」幼金趕忙將人扶起來，嗔怪了幾句。「我們都是一家人，您是長輩還跪我，不是叫我折壽嗎？」

韓氏擦乾臉上的淚痕，在幼金與兩個兒子的攙扶下站起來，對兩個兒子說道：「你們要記住，咱們母子今日能平平安安地團聚在一起，你們姊姊如今也能好好的，都是仰仗了幼金的恩情，這是咱們要記一輩子的恩情。」

「是，兒子記住了。」月文生從進門的時候就注意到了陪在娘親身邊，通身打扮與氣派都如同大家閨秀一般的姑娘，沒想到居然是當年跟著和離走了的二伯娘家的三妹。心中越想越疑惑，不由得又看了眼幼金。

注意到月文生的目光，幼金淺笑著朝他點點頭，又看向韓氏。「那三嬸您再跟文生、文玉哥兒倆說說話，我到外頭忙去了。」說罷便轉身出去，將空間留給韓氏母子三人。

韓氏與兩個兒子分別的時間雖不算長，可如今外頭到處都亂糟糟的，自然也有問不完的話，並且，她還要打探兒子的心思，雖說她是打定了主意要跟月長壽和離，可兩個兒子怎麼說也是月家的子孫，若是兒子願意跟著自己，她心裡就還有底，可若是連兒子都不願跟著自己，她又哪裡有底氣跟月長壽爭？

月文生一聽娘說要與爹和離，竟毫不猶豫地站在了韓氏這邊。「爹如今並非良人，我與文玉會好好孝順娘親的。」文生表態要跟在韓氏身邊，文玉自然是不用說的了。

母子三人既然商量好了要一處過，韓氏便將這個決定告訴了幼金。

幼金點頭表示明白。「既如此，擇日不如撞日，打今兒起文生哥兒倆就跟著三嬸，外頭馬車候著，三嬸今日就別忙了，先帶文生哥兒倆回家歇著去，月長壽那邊由我再來想法子。」若是今日讓文生哥兒倆回去，指不定就把他們在洛河州安家的事給說漏了，到時自己還未準備好，月長祿就找上門來，那就真是要措手不及了。

韓氏對於幼金的安排自然是沒有意見的，又是對幼金感謝了一番才帶著兩個兒子離開。

月文生兄弟倆不見的事一開始月長壽並不在意，只以為兩個孩子是跑出去野了。可等了兩日都不見人回來，月長壽才有些慌了，想著要出去尋人。

再說嬌娘，早就看那兩個小畜生不順眼，如今小畜生自己走了正合她意，哪裡肯讓月長壽去把人尋回來？看著婉娘養得白白胖胖的兒子，嬌娘目光流轉便有了主意。

打了盆水給在外尋了一日的月長壽洗了腳，嬌娘柔聲俯到月長壽身邊。「老爺，那洛河州這般大，世道又亂，您如何找得了？文生哥兒倆都是聰慧的孩子，想來不會有事的，可老爺您要是出了事，可讓我跟肚子裡的孩子怎麼辦呀？」

一聽嬌娘這般說，累了一日的月長壽瞬間就來了精神。「嬌娘，妳是說……妳有了？」跟嬌滴滴的、還懷了自己的種的美人兒比起來，月文生跟月文玉就顯得毫不重要了。

「今日覺著有些不爽利，到外頭尋了個大夫把脈，說是日子還淺，不過確實是有了。」嬌娘羞答答地垂下了頭，柔順地依靠在月長壽懷裡，在他看不見的地方，目光中盡是冷然。自她進了月家的門以後，那兩個小畜生跟那個賤人一樣都瞧自己不順眼，如今還不等她出手，兩個小畜生就不見了，真真是天助她也！

嬌娘不想要月文生兄弟倆回來，甚至是十分著急地要擺脫他們，於是跟月長壽一哭二鬧地就從大車店搬了出去，在西市城門外柳樹巷子那兒找了個破舊的小院子，暫且算是安了家。

月長壽搬出去一事並沒有跟月長祿商量過，月長祿是連著兩、三日都不見月長壽一家，去跟大車店掌櫃打聽才知道原來月長壽一家已經退房好幾日，連當初來的牛車也被牽走了。

「老三真不是東西！牛車是公中的，他竟一個人偷偷牽走了！」月長祿氣沖沖地回了房，一腳踹翻了那張無辜的圓凳。

婉娘才把兒子哄睡著，見他氣沖沖地回來，由著他發瘋也不理他。

月家逃難的兩兄弟就這麼半道決裂了，月長祿這些日子在洛河州可以說是偷摸拐騙樣樣都沾，婉娘雖然也大概猜到他在外頭做什麼，不過看著他每日好飯好菜地帶回來，她也就樂得享受，甚至是很支持他去做這些事。

再說蘇家那邊，月文生兄弟倆住進來以後便跟著一起在前院書房讀書，文生哥兒倆人品性情都很好，康兒一下子多了兩個堂兄，倒也十分喜歡他們，堂兄弟三人每日一起練武、習字，連帶著康兒的性子都沈穩不少。這個意外之喜倒是讓蘇氏與幼金對三房兩個孩子越發有好感。

文生兄弟初入蘇家時還處處拘謹，不過經過幾日的相處，發現二房的妹妹們人品性情都是個頂個的好，兄弟倆才慢慢融入蘇家。

為著將來的事，幼金也與文生詳談過一回，知道他心裡還是想走科舉的路，便最大可能地為他提供幫助。「家裡的西席陳老先生是秀才出身，是有幾分本事的，你如今基礎尚弱，跟在陳老先生身邊讀書也是盡夠的了。等將來考上童生後，再到洛河州的書院去，三哥以為如何？」

「能跟在陳老先生身邊讀書已是我的福氣，哪裡還能再煩勞三妹？」月文生到蘇家來的時日雖短，可蘇家大姑娘的故事那可是聽了不少，他知道如今蘇家的光景都是靠眼前尚未及笄的三妹帶著幾個妹妹拚出來的，對她的敬重自然又多了幾分。

「無妨，將來的事咱們將來再說，三哥如今就安心在家裡讀書即可，外頭的事有我跟三嬸呢！」幼金端起青瓷茶杯淺啜一口，看著清亮的茶湯中已經舒展開來的茉莉花，滿意地笑了笑，這批花茶倒是成色比上一批好。

堂兄妹詳談過後，月文生就帶著弟弟一起到蘇家的書房去讀書了，如今每日固定在蘇家書房讀書的有蘇家八個女兒、蘇康、韓爾華以及月文生兄弟倆，共有十二人。文生是早早就啟蒙過，還參加過童生試的，他的基礎最好，也最刻苦。

陳老秀才也十分欣賞這個後生，按照主家的吩咐，每日上課調整為上午給幾個小的啟蒙，午後則是專門教授將來要參加科舉的月文生兄弟及韓爾華。

月文生沒想到自己還有讀書的機會，自然十分珍惜這來之不易的機會，因此每日埋頭苦讀，希望自己將來能夠考取功名，以此報答母親的養育之恩以及二房的恩情。

至於韓氏，如今每日也是忙前忙後地張羅。蘇家的新鋪子選址也是在洛河州東市，主營是賣蘇家自產的各色蜂蜜、花茶等，幼金一心要將蘇家香的招牌做大，因新鋪子賣的東西不同，所以取名蘇家蜜。

蜂蜜在古代算是比較難得的東西，加上有美容養顏效果的花茶，以這兩樣作為主要產品，新鋪子的裝潢自然不能太差，韓氏這幾日便都是在張羅新鋪子裝修的事。

如今新鋪子開張在即，幼金自然是要忙的。韓氏負責打理鋪子的事，幼金則馬不停蹄地跟做包裝的匠人打交道，以印有「蘇家蜜」字樣的窄口白瓷瓶作為裝蜂蜜的器皿，一則包裝上了檔次，一則也是宣傳了蘇家蜜的招牌。

「這回的樣品可以，辛苦葛掌櫃跟各位師傅趕趕工，二月二十三前，五百個一斤裝的，三百個兩斤裝的白瓷瓶，麻煩做好後送到東市蘇家香新鋪子就成。」幼金對這回的樣品很滿意，才拍板定了下來。

那葛掌櫃聽到蘇家姑娘終於定了，心裡也是鬆了口氣，這已經是他們做出來的第四個樣品了，雖然麻煩是麻煩了些，可葛掌櫃知道蘇家可是長做長有的大客戶，自然也是緊趕著做出來。「蘇姑娘放心，二十三那日，一準夠。」

付了五十兩訂金後，幼金又帶著人從西市出來，看著越來越多衣衫襤褸的人湧入洛河州，幼金心中一沈，怕是北邊戰事越發吃緊了吧？

秋分跟在大姑娘身邊已有半年，還是第一回見到大姑娘在外頭愣了神，趕忙上前小聲問道：「大姑娘怎麼了？」

在丫鬟的小聲呼喚下，幼金回過神來，面上淡淡的，搖了搖頭。「無事，走吧。」說罷，提起裙襬上了自家馬車。

秋分忙跟了上去，待姑娘上了馬車坐穩後才放下簾子，隔絕了外頭不少打量的目光。

馬車噠噠地走在熙熙攘攘的西市街道上，坐在馬車裡閉目養神的幼金聽到馬車兩邊傳來的鼎沸人聲，心中有些不安與慌亂。戰爭的殘酷她是知道的，若是洛河州真的被攻破了，她是否真的有能力保護好這麼一大家子人？幼金深深地嘆了口氣。

罷了，目前也只能走一步算一步了。

——未完，待續，請看文創風824《富貴不求人》3（完）

文創風
823

富貴不求人 2

國家圖書館出版品預行編目資料

富貴不求人 / 塵霜著. --
初版. -- 臺北市 : 狗屋, 2020.02
冊 ; 公分. --（文創風）
ISBN 978-986-509-080-7（第2冊 : 平裝）. --

857.7　　108021883

著作者　塵霜
編輯　黃淑珍
校對　黃薇霓
發行所　狗屋出版社有限公司
地址　台北市104中山區龍江路71巷15號1樓
電話　02-2776-5889～0
發行字號　局版台業字845號
法律顧問　蕭雄淋律師
總經銷　知遠文化事業有限公司
電話　02-2664-8800
初版　2020年2月
國際書碼　ISBN-13　978-986-509-080-7

定價250元

狗屋劃撥帳號：19001626

網址：love.doghouse.com.tw　E-mail：love@doghouse.com.tw